FRIEDERIKE HAEDECKE

Göttinnen und Mörderinnen

FRIEDERIKE HAEDECKE

GÖTTINNEN UND MÖRDERINNEN

DIE FIRST LADIES DES RÖMISCHEN REICHES

ARTEMIS & WINKLER

Bibliografische Information der Deutschen Nationalbibliothek. Die Deutsche Nationalbibliothek verzeichnet diese Publikation in der Deutschen Nationalbibliografie; detaillierte bibliografische Daten sind im Internet über http://dnb.d-nb.de abrufbar. Autorenfoto Umschlagklappe: © privat. Umschlagmotiv: © AKG, Berlin. Umschlaggestaltung: init . büro für gestaltung, Bielefeld. Printed in Germany

ISBN 978-3-538-03134-0

INHALTSVERZEICHNIS

WIE VERFÜHRERISCH WAR DIE MACHT IN ROM?

In den vergangenen 2000 Jahren hat sich wenig geändert – zumindest was die Freude vieler an Klatsch und Tratsch über Prominente angeht. Was heute Zeitschriften wie »Bunte«, »Gala« oder »Hello« übernehmen, erledigten in der klassischen römischen Antike Autoren wie Sueton, Velleius Paterculus oder auch Tacitus. Das soll deren Wert als herausragende Quellen nicht mindern. Doch diese und andere Autoren prägten die Wahrnehmung der Öffentlichkeit von der Elite des Kaiserreiches. Meist taten sie das mit Absicht, oft in tendenziöser, verfälschender Art und manchmal sogar boshaft. Was passierte hinter den Mauern der Kaiserpaläste? Wer konnte gut mit wem? Wo bahnte sich eine Affäre an? Wo wurden Kuckuckskinder vermutet, wo sogar zugegeben? Im Zentrum all dieser Geschichten standen immer wieder die Frauen am Kaiserhof, denn sie waren das Kostbarste, was eine Familie an Machtpotential zu vergeben hatte. Die Geschichten über das Leben bei Hofe waren dadurch mehr als bloßes Geschwätz: Sie zeigen, wie die Zeit selbst ihre Führungselite wahrnahm.

Die Frauen des Römischen Reiches besiegelten mit ihren Ehen politische Bündnisse und mit ihren Scheidungen dramatische Brüche zwischen den Lagern. Livia, Julia, Messalina, Agrippina oder Poppaea, Faustina oder Iulia Domna – ihre Namen sind es, die die Geschichte des römischen Kaiserreiches mit Dramen füllen. Sie verführten und eroberten. Sie schmiedeten Ränke und wurden Opfer von Intrigen. Sie kämpften wie Löwinnen, um ihre Söhne auf den Thron zu bringen, ihre Brüder zu stützen oder ihre Männer vor Machtverlust zu bewahren. Doch ihre Pläne machten sie auch zur Gefahr für ihre Gegner. Viele von ihnen wurden des Mordes verdächtigt. In einigen Fällen zu Recht. Und manches Frauenleben am Kaiserhof fand selbst ein gewaltsames Ende.

Die Quellenlage ist üppig und doch prekär: Keine Schriftquelle stammt von den Damen selbst – ja, keine einzige ist überhaupt von einer Frau geschrieben. Der Stadtklatsch Roms weidete sich genüsslich an den von Männern beschriebenen Eskapaden der Oberschichtdamen. Da wird von Messalina, der Frau des Kaisers Claudius, behauptet, ihre sexuelle Gier sei nur durch ein Doppelleben als Ehefrau und als Hure zu befriedigen gewesen. Andere, wie Poppaea Sabina, schwelgten in dekadentem Luxus. So soll die zweite Frau Kaiser Neros täglich in der Milch von fünfhundert Eseln gebadet haben, um ihre Haut jugendlich frisch zu halten. Heimliche Liebschaften, Bestechungen, Intrigen, uneheliche Kinder – alles Ingredienzien, auf die noch heute keine TV-Seifenoper verzichtet.

Doch es gab auch andere, die »Göttinnen« unter den First Ladies, von denen manche den Beinamen *Augusta* trugen. Livia, die Frau des Augustus, oder Antonia, die ewige Witwe des Drusus, wurden als ideale Verkörperungen römischer Tugenden stilisiert. Aber was stimmt nun von alledem? Im Gegensatz zu heute hatte ein antiker Promi nicht die Möglichkeit einer öffentlichen Gegendarstellung oder einer Verleumdungsklage. Konnte der Kaiser das Entstehen einer Schrift nicht verhindern oder die kursierenden Exemplare vollständig vernichten, ging alles so, wie es niedergeschrieben wurde, in die Geschichtsbücher ein. Nur wenige Frauen haben in der Neuzeit einen Anwalt unter den Historikern gefunden, der versuchte, ihr Bild geradezurücken. Viele dramatische Spitzen in den Erzählungen wurden auf diesem Weg gekappt. Machtgierige Bestien entpuppten sich oftmals nur als Frauen mit einer eigenen politischen Meinung, böse Giftmischerinnen lediglich als geschickte Strippenzieherinnen, deren Charakter zumindest nicht verderbter war als der ihrer männlichen Zeitgenossen. Meist zeigte sich aber, dass die Tendenz der charakterlichen Darstellung gar nicht so falsch lag. Anders formuliert: Wo von Rauch berichtet wurde, war meist auch Feuer. Eine Heilige als Hure darzustellen, einen Vamp als brave Hausfrau oder eine intelligente Politikerin als meinungslose Dulderin, hätte einen antiken Schriftsteller die Glaubwürdigkeit gekostet. Einer braven Gattin konnte man bestenfalls ein paar lässliche Sünden andichten oder einem

Luder mütterliche Züge verleihen. Vorsicht im Umgang mit den antiken Quellen bleibt dennoch geboten. Die Freude an den zwei Jahrtausende alten Fortsetzungsgeschichten muss das aber nicht trüben. Denn damals wie heute ist es im Grunde doch beruhigend zu sehen, dass es »denen da oben« eigentlich auch nicht anders ergeht als uns Normalbürgern. Das Alltagsleben der First Ladies auf dem Palatin war zwar erheblich luxuriöser, doch in seinem Ablauf unterschied es sich gar nicht so gravierend vom Leben der Metzgersgattin vom Viminal. Die Frauen der Oberschicht heirateten im Wesentlichen nach den gleichen Bräuchen, sie waren ohne nennenswerte medizinische Versorgung den gleichen Krankheiten ausgesetzt. Wie jede andere Frau betrauerten sie diejenigen Kinder, die der katastrophalen Säuglingssterblichkeit zum Opfer fielen. Die Kenntnis um die Lebensgewohnheiten im antiken Rom ermöglicht so – mit sehr viel Vorsicht – die Rekonstruktion von Ereignissen im Leben der First Ladies, die keinen detaillierten Niederschlag in den Quellen gefunden haben.

Wie viel Macht die Hand des Kaisers mit sich brachte, hing immer vom Einzelfall ab. Und oftmals war es eben nicht die aktuelle Ehefrau des Caesaren, die den größten Einfluss auf ihn ausübte. Dass diese Rolle von den Geliebten gespielt wurde, mag weniger überraschen als die Tatsache, dass auch die Mütter, ebenso oft die Schwestern des Regenten und manchmal sogar die Nichten die exponierte Position bei Hofe innehatten. Wie übten diese Frauen Macht aus? Strebten sie nach Reichtum, nach Befehlsgewalt, nach persönlicher Verfügungsgewalt über den Regenten? Suchten sie die Anerkennung der Zeitgenossen oder den langfristigen Platz in den Geschichtsbüchern? Und wie hoch war der Preis, den sie für das Erreichen ihrer Ziele zahlen mussten?

Über Jahrhunderte gestalteten Frauen im Umfeld der Kaiser die Geschichte mit. Eine lange Zeitspanne, in der sich ihr rechtlicher Status und ihr Selbstverständnis – wie auch das der normalen Römerin – vielfach änderte. Jahrhunderte voller Tragödien und

Triumphe, voller Schicksale und Rätsel. Sie sind bis heute Stoff für Romane und Spielfilme. Ein solcher postumer Ruhm dürfte den allermeisten Damen am römischen Kaiserhof gefallen haben. Denn ein offizielles Amt war der Status der Frau an der Seite des Regierenden in Rom nie. Römische Kaiserinnen hat es demnach, auch wenn zahlreiche Literaturtitel so etwas suggerieren, zu keiner Zeit gegeben.

Es wurde schnell geheiratet im kaiserzeitlichen Rom, ebenso schnell geschieden und manchmal noch am gleichen Tag wieder geheiratet. Eheschließungen verliefen völlig formlos. Es genügte der gegenseitig bekundete Wille und im Idealfall ein rauschendes Fest, um von da an als Ehepaar zu gelten. Der Rückweg war ebenso bequem. Ein Scheidungsbrief oder sogar nur die mündliche Mitteilung an den nicht mehr erwünschten Ehepartner – und die Sache war erledigt. Was heute als Alptraum der Scheidungsanwälte gelten würde, war in Rom an der Tagesordnung. Warum auch nicht, waren doch in den allerseltensten Fällen Gefühle im Spiel.

Wer sie doch zuließ, galt in Rom durchaus als Sonderling. Den Feldherrn Marcus Antonius kostete seine offenkundige Zuneigung zu der schönen Ägypterin Kleopatra den Respekt seiner Zeitgenossen. Kaiser Tiberius, der aus politischen Gründen Augustus' Tochter Julia heiraten musste, vergaß nie seine große Liebe Vipsania Agrippina, was die Römer enorm erstaunte. Abneigung oder gar tiefe Abscheu dagegen waren weniger selten in den Ehen am Kaiserhof. So ging dem eben genannten Tiberius seine Frau Julia derart auf die Nerven, dass er Rom verließ und bis nach Rhodos floh, um dort ein Leben für die Wissenschaften zu führen. Andere griffen zu härteren Methoden, um sich eines missliebigen Gemahls zu entledigen. Die Geschichte der Kaiserzeit wimmelt von Gerüchten über Attentate, fingierte Unfälle oder, besonders beliebt, heimtückische Giftmorde. Was sich in den Schlafzimmern der römischen Kaiser wirklich abspielte, ob nicht doch aus einer Zwangsehe eine Liebesverbindung wurde, können wir nur vermuten. Manchmal hat es eben diesen Anschein, wie bei Augustus und Livia, die mehr als ein halbes Jahrhundert verheiratet blieben, obwohl der ersehnte Nachwuchs ausblieb. Andere Zeiten waren weniger romantisch. An den Höfen der wahnsinnigen Kaiser Caligula und Nero spielten sich auch unter den Frauen schauderhafte Gewaltszenen ab. Die Berichte darüber dürften – selbst nach Abzug aller Quellenübertreibungen – einen wahren Kern haben.

Ruhiger waren dann die Zeiten der Flavier und der Adoptivkaiser. Die Frauen der Severer wiederum beherrschten das Spiel mit der Macht derart perfekt, dass man sie bisweilen als faktische Herrscherinnen einordnen muss. So unterschiedlich die Lebensbedingungen waren, die all diese Frauen an den Kaiserhöfen vorfanden, einte sie doch ihre Rolle als Widerpart der Regierenden. Ob und wie weit sie sich von der Macht verführen ließen, bestimmte die individuelle charakterliche Veranlagung. Die Risikobereitschaft Messalinas ist wohl unübertroffen. Sie ging so weit, ihren Gatten Claudius öffentlich mit einer zweiten Hochzeit zu brüskieren. Die Quittung kam prompt und konsequent: Claudius ließ sie ermorden. Die bescheidenen und nachgiebigen Ehefrauen, Töchter oder Schwestern von Kaisern haben weniger Spuren in den Quellen hinterlassen. Numerisch sind sie sicherlich in der Mehrheit. Doch es gibt zu wenige Nachrichten, um ihre Statuen und Münzbildnisse mit Leben zu füllen. So ergibt die Geschichte der »First Ladies des Römischen Kaiserreiches« ein Bild, das sicher nicht repräsentativ ist für die Jahrhunderte, in denen es entstand. Die Aufmüpfigen und die Rebellinnen sind es, von denen Großteile dieses Buches handeln. Doch ihre Geschichte beginnt mit der Mustergattin am Kaiserthron: Livia Drusilla.

DIE FRÜHEN FIRST LADIES – LIVIA, OCTAVIA UND KLEOPATRA

Bei Einbruch der Dämmerung wurde es meist schnell ruhig auf Roms Straßen. Wer etwas auf sich und sein Leben hielt, trat ohne Not nicht mehr vor die Türe. Die Gefahr, in einer dunklen Ecke in einen Hinterhalt gezerrt und um seine Geldbörse erleichtert zu werden, war viel zu groß. An diesem Oktoberabend des Jahres 39 v. Chr. aber summten die Straßen der Metropole auch nach Sonnenuntergang noch geschäftig. Hohe Herren ließen sich von ihren Sklaven den Weg durch die Menge bahnen, aber auch Männer und Frauen aus den einfachen Stadtvierteln harrten in den Gassen aus. Kinder sausten zwischen den Beinen ihrer Eltern hindurch und suchten nach einem Platz in den vorderen Reihen. Gleich würde es Nüsse regnen und vielleicht ließen sich ja welche aufschnappen. An den Kreuzungen tuschelten die Wartenden und schauten gespannt in die gleiche Richtung. Es gab etwas nicht Alltägliches zu sehen. Eine Prominentenhochzeit allererster Liga: Octavian, der sich wenig später Augustus nennen würde, heiratete Livia Drusilla, eine Dame nobelster Herkunft. Der Bräutigam war einer der mächtigsten Männer der Stadt. Seit vier Jahren regierte er das Römische Reich gemeinsam mit Marcus Antonius und Lepidus im sogenannten »Zweiten Triumvirat«. Die drei Feldherren hatten sich im Bürgerkrieg nach der Ermordung Julius Caesars im Jahr 44 v. Chr. vorerst durchgesetzt. Die Braut aber war für die meisten Römer ein noch unbeschriebenes Blatt.

Vor dem Haus, in dem Livia lebte, hatte sich eine ansehnliche Menge versammelt und beobachtete, wie sich die schmale Holztür zur Gasse hin öffnete und eine junge Frau hinaustrat. Die Vorderen mussten ein wenig zur Seite treten, um ihr Platz zu machen. Die meisten Straßen Roms waren schmal, gerade ausreichend, damit Fußgänger sie in beiden Richtungen passieren konnten. Nur auf wenigen breiteren Straßen der Metropole war es überhaupt erlaubt, mit einem Wagen zu fahren. Auch die Braut, die sich nun auf den Weg machte, ging zu Fuß. Fackeln begleiteten ihren Weg und beleuchteten, was ohnehin kaum noch zu kaschieren war: Livias festliche, weiße Wolltunika wölbte sich in Leibesmitte bei mancher Bewegung verräterisch: Die Braut war eindeutig schwanger. Allein dieser Tatbestand hätte das Geflüster der Gaffer am Straßenrand schon erklärt. Doch zu allem Überfluss war der Vater des ungeborenen Kindes nicht der Bräutigam Octavian, sondern der Hausbesitzer Claudius Nero, mit dem Livia bis vor kurzem verheiratet gewesen war und mit dem sie bereits ein Kind hatte, den fast dreijährigen Tiberius. Livias Gesichtszüge ließen kaum eine Regung erkennen. Ihre schmalen Lippen und die aristokratische Nase wiesen sie als Mitglied einer der traditionsreichsten Familien Roms aus. Ihre Vorfahren stammten aus den Häusern der Livier und der Claudier und hatten sich unzählige Male um die Römische Republik verdient gemacht. Eine Frau mit solchen Vorfahren hatte keine Angst vor einem Skandal. Ohnehin hatte Livia schon Schlimmeres überstanden. Erst vor wenigen Monaten war sie mit ihrer Familie aus einem mehrjährigen Exil nach Rom zurückgekehrt. Livias Vater hatte zur Seite der Caesarmörder gehört und seine Familie aus Furcht vor der Rache der Erben außer Landes gebracht. Als seine Partei 42 v. Chr. in der Schlacht bei Philippi unterlag, stürzte er sich voller Verzweiflung in sein Schwert und wurde tot aufgefunden. Auch Livias damaliger Ehemann Claudius Nero hatte um sein Leben gefürchtet und sich über Jahre mit seiner Familie nicht nach Rom zurückgetraut. Und nun? Ausgerechnet Octavian, der ehrgeizigste unter den Möchtegernnachfolgern Caesars, hatte beschlossen, sie zu heiraten. Auf dem Weg zum Haus ihres Zukünftigen hatte Livia ausreichend Zeit, um darüber nachzudenken, was auf sie, ihren Sohn und das Ungeborene zukam. Die komplizierte Brautfrisur wog schwer auf ihrem Kopf. Mehrere Stunden hatten die Sklavinnen sie frisiert und Strähne für Strähne mit weißen Wollbändern zu einem gigantischen Kegel aufgetürmt. Ganz oben thronte ein Kranz aus duftenden weißen

Majoranblüten, der heiligen Pflanze der Liebesgöttin Aphrodite. Würde sie die Kraft aufbringen, ihrem neuen Ehemann mit der Ergebenheit entgegenzutreten, die von einer römischen Matrone erwartet wurde? Octavian war bereits zweimal verheiratet gewesen und hatte sich kaum ein Jahr zuvor von seiner zweiten Gattin Scribonia scheiden lassen, weil er seinen »Ekel über die Verderbtheit ihres Charakters«, wie er selbst gesagt haben soll, nicht überwinden konnte. Diese niederschmetternde Nachricht hatte seine Frau just an dem Tag erreicht, an dem sie seine Tochter Julia zur Welt gebracht hatte. Octavian hatte Scribonia geheiratet, weil sie über gute Verbindungen verfügte. Er hatte die Beziehungen genutzt und die Gemahlin dann weggeworfen wie einen gebrauchten Lumpen. Hinter vorgehaltener Hand tuschelte man, Scribonia habe sich zu laut beschwert, dass Octavian sie so offensichtlich betrog. Die Konsequenzen ihres Mutes hatte sie schnell zu spüren bekommen. Aber immerhin – sie war mit dem Leben davongekommen, und das konnte man nicht von allen behaupten, die sich Octavian in seiner noch kurzen Karriere in den Weg gestellt hatten. Nach Caesars Ermordung waren Hunderte römischer Aristokraten den *proscriptiones* zum Opfer gefallen, das heißt, ihr Name wurde öffentlich geächtet und jedermann hatte das Recht, sie zu töten. Nicht wenige waren auf persönlichen Befehl Octavians auf diesen Ächtungslisten gelandet. Würde Livia das Zusammenleben mit einem solchen Mann ertragen, an dessen Händen Blut klebte? Auf der anderen Seite war er ihr gar nicht so unsympathisch. Er war nur wenig älter als sie und wusste seinen jungenhaften Charme auch einzusetzen. Dass es Gerüchte gab, auch junge Männer würden ihn nicht ganz kaltlassen, darüber wollte Livia erst einmal nicht nachdenken. Wahrscheinlich war es sowieso nur boshafter Klatsch, denn Ähnliches wurde über viele gelästert, die einfach zu schnell zu viele Erfolge gefeiert hatten. Und Octavian war fraglos der erfolgreichste politische Senkrechtstarter, den die Römische Republik je gesehen hatte. Als Julius Caesar in den Iden des März unter den Dolchstichen der Verschwörer starb, hinterließ er ein Testament, mit dem er seinen Großneffen Octavian postum adoptierte. Mit dem gigantischen Privatvermögen aus dem Testament gelang es diesem, sich eine machtvolle Klientel in Rom und im Heer zusammenzukaufen und zu einem ernst zu nehmenden Kandidaten um die Nachfolge seines Adoptivvaters zu werden. Caesars mächtiger Feldherr Marcus Antonius, der ihn zunächst überhaupt nicht auf der Rechnung gehabt hatte, hatte sich schließlich mit ihm zusammentun müssen. In den Jahren des Zweiten Triumvirates war es Octavian gelungen, seine Position sogar noch zu festigen. Die Frau an seiner Seite erwartete eine mächtige Zukunft, so viel stand bereits fest.

Octavian war eitel, das hatte Livia schnell gemerkt. Gern ließ er sich als »Sohn des Vergöttlichten« ansprechen. Ansonsten aber schien er im persönlichen Umgang durchaus erträglich zu sein. Er war wohl recht kinderlieb. Seine einzige Tochter Julia war sein Augenstern. Doch daran, dass er Livia den kleinen Tiberius und auch das zweite Kind, mit dem sie schwanger war, wegnehmen lassen würde, hatte er keinen Zweifel gelassen. Die Kinder würden bei ihrem Exmann Claudius Nero aufwachsen. Wie oft sie die beiden sehen würde, lag nicht in ihrer Hand. Gegen die bereits kühle Abendluft zog sich Livia den traditionellen Brautschal, das gelborangefarbene *flammeum*, enger um die Schultern.

Den meisten Zuschauern am Wegesrand schien ihr Schicksal herzlich egal zu sein. Viele Gesichter in der Menge waren ausgemergelt. Um die dürren Körper flatterten die schlichten Kleider der römischen Unterschicht. Rom hungerte. Schon seit Monaten waren die Getreidelieferungen in die Hauptstadt ausgeblieben. Octavians Rivale Sextus Pompeius hatte die Häfen abgeriegelt und ließ kein Getreideschiff durch. Mittlerweile hatte sich die Lage der Stadt dramatisch zugespitzt. Die traditionell geworfenen Nüsse, die eigentlich nur ein Zeichen dafür waren, dass sich eine Braut von ihrer Kindheit verabschiedete, schnappten die Wartenden gierig auf. Doch hin und wieder konnte Livia unter den Schaulustigen einen ihr bekannten Aristokraten und sein Gefolge erkennen. Vereinzelt, aber doch hörbar, erklang der Hochzeitsruf »Talassio!«. Octavian war nicht untätig gewesen und hatte seine Anhänger mobilisiert. Ein bisschen Unterstützung konnte Livia gut gebrauchen. Ihr Tag hatte bereits im Morgengrauen begonnen, als sich die Gäste im Haus ihres Exmanns Claudius versammelten. Als die ersten Übereifrigen schon an die Tür klopften, lag sie noch auf der Massageliege der Sklaven. Sie rieben ihren ganzen Körper mit einer Lotion aus Lupinensamen, Bohnen, Iriswurzel und rotem Salpeter ein, um der Haut einen attraktiven Glanz zu verleihen. Auch wenn ihr die Streicheleinheiten durchaus guttaten, stieg der Schwangeren der eigentümliche Geruch der Mischung unangenehm in die Nase. Und während der anschließenden Behandlung ihrer Zähne mit einer Mixtur aus Urin und zerstoßenem Horn konnte sie den Brechreiz kaum unterdrücken. Ihr Gebiss aber schimmerte danach wie eine Perlenreihe, versicherten ihr die Sklaven eilfertig. Das Brautmahl hatte sich über den gesamten Tag hingezogen. Die Tische bogen sich unter Köstlichkeiten und erlesenen Weinen, als gäbe es keine Nahrungsmittelkrise in Rom: Octavian hatte sich nicht lumpen lassen. Die Stimmung war entsprechend prächtig. Derbe Späße gehörten zu einer römischen Hochzeit dazu, doch Octavian und seine Gäste übertrieben derart, dass man sich in der Stadt noch Tage später die Mäuler zerriss. Ein sogenanntes »Zwölfgöttermahl« sei inszeniert worden, hieß es. Octavian sei höchstpersönlich als Apoll aufgetreten, der dem Iupiter, den Claudius Nero spielen musste, die Frau ausspannte. Ohnehin hatte sich der gehörnte Claudius offenbar klaglos in sein Schicksal gefügt. Er spielte die Rolle des Brautvaters und führte das *auspicium*, die Vogelschau, durch, bei der er nach günstigen Vorzeichen für die neue Ehe suchte, die ihn seine Frau, seinen Sohn und ein noch nicht einmal geborenes Kind kosten würden. Inmitten des Festgetümmels sausten nackte Sklavenjünglinge herum und flüsterten den Gästen Zoten ins Ohr. »Was treibst du hier, Herrin? Dein Mann liegt dort!«, rief einer der Jungen der Braut entgegen und zeigte auf die Liege des Claudius Nero. Wieherndes Gelächter der Festgesellschaft belohnte seine Frechheit.

Und während die Gäste nach dem üppigen Mahl satt und angetrunken nach Hause gehen konnten, musste die Braut den traditionellen Zug zu ihrem neuen Wohnhaus, der Villa des Octavian, hinter sich bringen. Livia war mittlerweile vollkommen erschöpft. Sie schätzte, dass ihr Kind bereits in wenigen Wochen zur Welt kommen würde. Als der Zug dann endlich an der Villa des Caesarsohns angekommen war, bestrich die Braut die Türpfosten mit Öl und schlang einige Wollsträhnen über den Türrahmen. Den offiziellen Teil der Hochzeit hatte sie damit erfüllt. Hier würde sie von nun an als Hausherrin leben. Für Livia begann eine Ehe, die über ein halbes Jahrhundert halten sollte und die sie zur bekanntesten Römerin ihrer Zeit machte – der Frau des Kaisers Augustus.

Fraglos war die Blitzhochzeit von Octavian und Livia ein ungewöhnliches Ereignis, über das in Rom viel getratscht wurde. Der Bräutigam selbst hatte noch einmal Wasser auf die Mühlen der Spötter gegossen, als er sogar das altehrwürdige Priesterkollegium der *pontifices* in die Sache hineinzog. Denn eigentlich mussten in Rom zwischen Scheidung bzw. Witwenschaft und Wiederverheiratung zehn Monate Zeit liegen. Schwierige Vaterschaftsfragen konnten so unterbunden werden. In diesem Fall aber waren die *pontifices* gefragt worden, ob es in Ordnung sei, eine Frau sichtlich nach der Empfängnis, aber vor der Niederkunft zu heiraten. Das sei zulässig, antworteten die Priester brav. Kein Wunder, denn sowohl Octavian als auch Claudius Nero, mit dem alles abgesprochen war, waren Mitglieder des Kollegiums. »Das Volk aber schwatzte viel darüber«, schrieb der Konsul Cassius Dio in seiner *Römischen Geschichte*, und sagte unter anderem: »Glückspilze bekommen Kinder in drei Monaten.« Ansonsten war die Verbindung nicht so außerordentlich, wie sie heute erscheinen mag. Denn die allermeisten Ehen der römischen Upper Class wurden genau aus dem gleichen Grund geschlossen, der auch Livia und Octavian zusammengeführt hatte: Politik. Legendär waren die fünf Ehen des Pompeius, die allesamt Ergebnis wechselnder politischer Konstellationen gewesen waren. Eine seiner Gattinnen war Julia, die geliebte Tochter Julius Caesars, gewesen. Ein Extrembeispiel des politischen Ehereigens spielte sich ebenfalls zu Lebzeiten Caesars und Pompeius' ab. Der jüngere Cato überließ 53 v. Chr. seine zweite Frau Marcia, mit der er drei Kinder hatte, einem Konsul namens Hortensius, damit sie diesem Kinder schenke. Nachdem Hortensius gestorben war, nahm Cato Marcia wieder zurück und heiratete sie ein zweites Mal. So machte man das in Rom. Die *familia*, der Verband aus Verwandten und Klienten, war der wichtigste Rückhalt im Leben eines Römers, und die Eintrittskarte zu einer neuen *familia* waren die Frauen. So konnte man sich Beziehungen schaffen oder aber schlichtweg Geld besorgen. Denn auch Vermögen wurden über die weibliche Linie vererbt und gingen im Fall einer Ehe in die Verfügung des Ehemannes über. Da sich politische Konstellationen schnell änderten, bestand das Leben vieler Frauen aus dem ständigen Reigen von Heirat, Scheidung und Wiederverheiratung. Eine Frau, die nur einmal den Ehebund einging, hieß *univira* und genoss hohes gesellschaftliches Ansehen. Aber viele dieser »Frauen eines einzigen Mannes« gab es bei den oberen Zehntausend nicht.

Auch Livia war nun keine *univira* mehr, denn die Ehe mit Octavian war auch für sie bereits die zweite. Ihren ersten Ehemann Claudius Nero hatte sie geheiratet, als sie fünfzehn war. Für ein römisches Mädchen war das ein völlig normales Ehealter. Der Gemahl, den ihr der Vater ausgesucht hatte, war allerdings fast dreißig Jahre älter als sie und ein entfernter Verwandter. Livias Vater hatte es eilig gehabt, seine Tochter unter die Haube zu bringen. Er stand auf den Ächtungslisten und suchte nach einem schnellen Weg, wenigstens einen Teil seines Vermögens über Livia in Sicherheit zu bringen. Die zweite Ehe von Livia kam nun sogar noch schneller zustande. So schnell, dass viele antike Schriftsteller der Versuchung erlagen, einen romantischen Hintergrund zu vermuten.

»Sie war schon schwanger«, schwärmte beispielsweise der antike Autor Sueton, »und er liebte und schätzte sie auf einzigartige Weise und mit einzigartiger Treue.« Tacitus, einer der berühmtesten römischen Historiker, schrieb dagegen durchaus boshaft: »Dann nahm sie Augustus (Octavian), in Leidenschaft für ihre Schönheit entbrannt, dem Gatten weg, wohl kaum gegen ihren Willen, jedenfalls in solcher Eile, dass er ihr nicht einmal Zeit zur Niederkunft ließ, sondern sie als Schwangere nach Hause führte.« Allerdings wollte er der Dame damit keineswegs schmeicheln. Tacitus konnte Livia nicht ausstehen und schürte mit seinem Text die in Rom ohnehin kursierenden Gerüchte, dass die beiden schon vor der Hochzeit eine Affäre unterhalten hätten. Möglich ist das, doch es hieße, den Charakter Octavians völlig zu verkennen, wenn man ihm unterstellen wollte, sich wie ein blind verliebter Jüngling in irgendeine Ehe gestürzt zu haben. Ganz im Gegenteil war diese, wie auch die allermeisten anderen Entscheidungen Octavians, wohlüberlegt. Livia war ihm nicht unsympathisch. Er hatte sie erst wenige Wochen zuvor auf seiner eigenen Geburtstagsparty kennengelernt. Am 23. September 39 v. Chr. hatte er seinen 24. Geburtstag und gleichzeitig die rituelle erste Rasur seines Bartes gefeiert. Der Bart war ein Zeichen der Trauer um seinen ermordeten Adoptivvater Julius Caesar. Dass er ihn nun abnehmen ließ, verstanden die Zeitgenossen, für die das Lesen solcher Symbolhandlungen zum Alltag gehörte, sofort: Nach den Jahren von Rache und Verfolgung, der Zeit des Bürgerkrieges zwischen Caesarmördern und Caesarrächern, standen die Zeichen nun auf Versöhnung.

Keine Quelle überliefert, was die ersten Worte waren, die zwischen dem später einflussreichsten Power-Paar der Antike fielen. Aber es scheint einer der seltenen Fälle gewesen zu sein, in denen Herz und Verstand die gleiche Sprache sprachen. Octavian befand sich politisch in prekärer Lage. Er hatte sich im Kampf um das Erbe Caesars bislang nicht um die alten römischen Adelseliten geschert. Er brauchte sie nicht, denn hinter ihm standen die Truppen der römischen Legionen, die er sich durch gewaltige Geldsummen gefügig hielt. Auch die stadtrömische Unterschicht, die *plebs*, zählte zu seinen Anhängern. Doch auf Dauer war es einfach zu teuer, das Volk bei Laune zu halten. Selbst das gigantische Vermögen des Julius Caesar konnte die Gier der Massen nicht über Jahre stillen. Und nun, da sich die Reserven dem Ende zuneigten, brauchte Octavian neue Verbündete. Livia sollte seine Eintrittskarte in die alte römische Elite werden.

Ihre Familie hätte das Heiratsansinnen ablehnen können. Dass sie es annahm, wurde als Zeichen gewertet, dass die römische Oberschicht sich in die neuen Verhältnisse fügte und begann, sich mit den aktuellen Machthabern, nämlich Octavian und seinen Mitherrschern Marcus Antonius und Lepidus, abzufinden. Manch konservativer Senator mag da aufgestöhnt haben, da der Name, den man nun förderte, so gar keinen republikanischen Glanz ausstrahlte. Octavians familiärer Hintergrund war, abgesehen von seiner Adoption durch Caesar, nicht gerade nobel. Er stammte aus dem Ritterstand und sein leiblicher Vater war gerade mal der Erste in der Familie gewesen, der es zu ein wenig politischem Einfluss gebracht hatte. Livias Familie dagegen glänzte bereits seit Generationen in den wichtigsten Ämtern. Ihre zahlreichen Ahnenbildnisse, die wichtigste Mitgift einer römischen Ehefrau, würden von nun an das Atrium im Haus des Octavian schmücken und aufwerten. Zu ihren Vorfahren gehörten so klangvolle Namen wie der des Stammvaters Appius Claudius, der schon im 6. Jahrhundert v. Chr. in den Kreis der römischen Patrizier aufgenommen worden war. Ihr Vater Marcus Drusus Claudianus war als Jugendlicher noch dazu von der Sippe der Livier adoptiert worden, einem der klangvollsten Geschlechternamen der Republik. Und die Familie ihrer Mutter Alfidia gehörte zur ländlichen Aristokratie und war steinreich. Es hätte möglicherweise andere Frauen gegeben, die einen ähnlichen politischen und familiären Hintergrund hatten, vielleicht sogar unverheiratete oder zumindest nicht schwangere. Dass Octavians Wahl dennoch auf Livia fiel, darf man durchaus der Tatsache zuschreiben, dass sie ihm gefiel. Die Zuneigung ging allerdings nicht so weit, dass er der Hochschwangeren die anstrengende öffentliche Hochzeitszeremonie erspart hätte. Denn rechtlich nötig war ein solcher Akt nicht. Im Rom der klassischen Antike reichte es, wenn zwei Menschen eine Lebensgemeinschaft einfach begannen. Dazu genügte es, einen gemeinsamen Haushalt zu bewohnen oder gemeinsame Kinder zu haben. Das später so wesentliche, öffentliche »Ja-Wort« war weder juristisch noch aus anderen Gründen nötig. Für Octavians Pläne aber war der Pomp mindestens ebenso wichtig wie die Hochzeit selbst. Denn jedermann sollte wissen, dass Octavian, der Emporkömmling, nun seinen festen Platz in der römischen High Society hatte.

So dramatisch wie die Ehe von Octavian und Livia begonnen hatte, so überraschend schnell steuerte sie in ruhige Gewässer. Das Paar mochte sich ganz offensichtlich und begegnete einander respektvoll. Baby Drusus, das kurz nach der Hochzeit geboren worden war, zog gemeinsam mit dem großen Bruder Tiberius zum leiblichen Vater Claudius Nero, doch der Kontakt zur Mutter blieb bestehen. Als Claudius 33 v. Chr. starb, stand es außer Frage, dass die Kinder jetzt im Haushalt des Octavian aufwachsen würden, der auch die Vormundschaft für die beiden Minderjährigen übernahm. Livia hatte ihre Söhne wieder. Octavian allerdings, sosehr er die Jungen auch mochte, hoffte auf einen eigenen Sohn. Wohl noch im Jahr nach der Hochzeit wurde Livia schwanger. Doch das Kind kam viel zu früh zur Welt. Ob es bereits tot geboren wurde oder in den ersten Tagen nach der Geburt starb, ist nicht klar. Eine schmerzhafte Erfahrung für das junge Ehepaar, doch noch waren beide jung. Weitere Kinder würden sicher kommen. Während Octavian an seiner politischen Karriere zimmerte, führte Livia in der bewährten Art römischer Matronen seinen Haushalt. Sie kümmerte sich um die Produktion von Wolle und Stoffen im Haus und bereitete den privaten und politischen Gästen ihres Mannes gastliche Empfänge. An ihr war es, wartende Klienten bei Laune zu halten und die Villa in reinlichstem und schickstem Zustand zu präsentieren.

Zu den Menschen, die im Haus Octavians stets hochwillkommen waren, gehörte seine große Schwester. Mit der sechs Jahre älteren Octavia verband den jungen Machthaber zeit seines Lebens ein enges Verhältnis. Er habe sie stets »innig geliebt«, berichtet Plutarch. Beide hatten noch eine ältere Halbschwester, Octavia Maior (das bedeutet »die Ältere«), zu der aber offenbar nur wenig Kontakt bestand. Als Vater Gaius Octavius schon 58 v. Chr. starb, blieben der damals fünfjährige Octavian und die elfjährige Octavia mit ihrer Mutter Atia zurück. Die Familie zog nach Velitrae, in die Albaner Berge nördlich von Rom, auf das Landgut der Großmutter Julia, der Schwester Julius Caesars. Als die Mutter wieder heiratete, folgten auch die Kinder zurück nach Rom. Octavia verließ alsbald den mütterlichen Haushalt, da sie bereits mit zwölf oder dreizehn Jahren zum ersten Mal verheiratet wurde. Erstaunliche fünfzehn Jahre hielt diese Ehe mit einem Politiker namens Gaius Marcellus. Während dieser Zeit gab es durchaus Ambitionen, Octavia anderweitig zu verheiraten. So versuchte Julius Caesar höchstpersönlich, die Großnichte mit Pompeius zu verkuppeln. Dieser lehnte allerdings ab, da das Bündnis ihm gerade nicht opportun erschien. Dem nun erwachsenen Octavian, der noch nicht über eigene Kinder verfügte, war vollkommen klar, dass die Hand seiner Schwester ein gewaltiges Pfund war, das er alsbald würde einsetzen müssen. Ein biologischer Zufall machte ihm die Sache leichter. 40 v. Chr. starb Octavias Mann Marcellus. Octavian verfügte damit ganz unverhofft über die Möglichkeit, ein neues Ehebündnis zu schmieden. Die Entscheidung, in wessen Haus Octavia ziehen sollte, fiel in diesem Jahr nicht schwer, auch wenn man dafür die juristische Regel ignorieren musste, dass eine Witwe zehn Monate unverheiratet zu bleiben hatte: Octavian versprach seine Schwester Marcus Antonius, dem grandiosen Feldherrn, mit dem er sich 43 v. Chr. im Zweiten Triumvirat verbunden hatte. Dieses Bündnis hatte allerdings schon arg gelitten. Antonius' Frau Fulvia und sein Bruder Lucius hatten gegen ihn intrigiert und das Triumvirat dadurch fast gesprengt. In Brundisium, der heute als Brindisi bekannten Küstenstadt in Apulien, versöhnten sich Octavian und Antonius im Jahre 40 v. Chr. wieder und beschlossen gleichzeitig ihre Verschwägerung. Der Zeitpunkt war günstig. Auch Marcus Antonius hatte jüngst seine Frau zu Grabe getragen. Das Mitleid der Römer hielt sich in diesem Fall in Grenzen, denn Antonius' Frau Fulvia galt als Mannsweib und streitbare Furie. Als Octavian und Antonius noch im Clinch miteinander lagen, war sie die willkommene Zielscheibe bösen Spottes von Seiten Octavians gewesen. Er hatte sogar ein höchst ordinäres Epigramm auf sie gedichtet. »Entweder vögele mich, oder es gibt Krieg zwischen uns«, habe ihn die Frau des Antonius bedroht, so Octavian. Von jetzt an sollte ein anderer Ton zwischen den neuen Schwägern herrschen. Octavia galt als stille, freundliche Frau, die ihre Rolle als römische Matrone ernst und ihren Platz mit großem Pflichtbewusstsein einnahm. Auch wenn es pure Politik war, die ihr diesen Ehemann eingebracht hatte, Octavia hatte es nicht schlecht getroffen. Marcus Antonius sah blendend aus, hatte eine beeindruckende Kette von Schlachterfolgen vorzuweisen, und eine nicht minder lange Reihe von gebrochenen Herzen zeugte von seinem umwerfenden Charme. Als Witwe von immerhin schon dreißig Jahren konnte sie durchaus zufrieden sein.

Ihre zweite Hochzeit änderte Octavias Leben schlagartig. Sie verließ die Stadt Rom, in der sie den Großteil ihres bisherigen Lebens verbracht hatte, und zog mit Marcus Antonius nach Griechenland. Der Feldherr hatte im Triumvirat die Herrschaft über die östlichen Reichsgebiete übernommen. Die Stadt Athen bereitete dem jungen Paar einen rauschenden Empfang. Octavia wurde gefeiert wie einst die hellenistischen Königinnen. Sie wurde mit Ehrungen bedacht, die man sonst nur einer Göttin gewährte. Prachtvolle Goldmünzen kamen in Umlauf, die die Porträts des Ehepaares zeigten. Dass eine Römerin auf einer Münze gezeigt wurde, war für den Westteil des Imperiums absolut ungewöhnlich. Im Osten des Reiches aber hatte man ein anderes Verhältnis zur Ehrung von Herrscherinnen. Hier konnte man, ohne Anstoß zu erregen, auch eine Frau auf Münzen feiern lassen, und Marcus Antonius nutzte diese Möglichkeit, um seine Frau zu ehren. Der Winter 39 v. Chr. in Athen hatte fast etwas von Flitterwochen. Marcus Antonius bereitete dort zwar einen Feldzug gegen die Parther vor, war aber viel zu Hause. Er genoss die griechische Lebensart in vollen Zügen und kleidete sich gern wie ein Zivilist. Eine kleine stille Auszeit nach all den Kriegszügen der vergangenen Jahre.

Kaum ein Jahr nach der Hochzeit schenkte Octavia ihrem Mann die erste Tochter, Antonia. Das Mädchen wurde in einen Haushalt geboren, in dem es bereits von Kindern wimmelte. Fünf ältere Halbgeschwister lebten mit Octavia und Marcus Antonius in Athen: Drei davon entstammten Octavias erster Ehe. Sie waren wohl erst in der zweiten Hälfte der 40er Jahre geboren worden und somit nicht viel älter als Antonia. Der Bruder hieß Marcus Claudius Marcellus und zwei Schwestern Claudia Marcella. Dass Schwestern den identischen Namen trugen, war in Rom nicht unüblich. Mädchen hatten meist überhaupt keinen Vornamen, sondern trugen den Geschlechternamen des Vaters in weiblicher Form. Das heißt, die Tochter des Julius Caesar hieß automatisch »Julia«, die von Tullius Cicero »Tullia« und die Töchter von Claudius Marcellus eben »Claudia«. Die jüngere Claudia hatte ihren leiblichen Vater gar nicht mehr kennengelernt. Sie war erst nach dessen Tod Anfang 40 v. Chr. geboren worden. Aus Marcus Antonius' Ehe mit Fulvia waren noch der achtjährige Marcus Antonius Antyllus und sein zwei Jahre jüngerer Bruder Iullus Antonius mit von der Partie. Ein quirliger Haushalt, der dazu noch aus zahlreichen Ammen, Kinderfrauen und Hauslehrern bestand.

Denn wie die Söhne erhielten auch die beiden Töchter eine durchaus umfassende Schulbildung. Als erwachsene Frauen sollten sie durch Eloquenz und Esprit den Haushalt ihres Ehemanns bereichern. Sie lernten Rechnen, Lesen und Schreiben, wahrscheinlich auch Griechisch und die Grundzüge der Philosophie, absolvierten ein Fitnesstraining, lernten Singen, Tanzen und vielleicht auch ein Instrument wie die Lyra. Dazu übten sie schon früh, wie man mit Wolle umgeht. Spinnen und Weben waren angesehene Tätigkeiten. Und nach der Qualität deren Beherrschung bemaß man den Wert einer römischen Hausfrau. Ferner mussten die beiden Claudias lernen, ihre Sklavinnen im Umgang mit dem Wollhandwerk zu beaufsichtigen und die Arbeit zu organisieren. Und auch wenn die Details der Ausbildung der Mädchen dem Personal oblagen, hatte Octavia die Oberaufsicht zu führen und dafür Sorge zu tragen, dass sie sich an die Anweisungen ihrer Lehrer hielten.

Als die beiden Mädchen älter wurden, hatten die Dienstleute die ausdrückliche Order, sie keinen einzigen Moment aus den Augen zu lassen. Die größte Kostbarkeit des Haushaltes, die Jungfräulichkeit der beiden, durfte unter keinen Umständen gefährdet werden. Noch bis in die beginnende Pubertät hinein würde man den Mädchen die Brust fest bandagieren, um sie optisch kindlich zu halten. Auf der anderen Seite aber sollten sie bereits früh so attraktiv wie möglich erscheinen. Sie trugen Ohrringe und geschminkte Lippen. Kleine römische Lolitas, die dafür vorgesehen waren, als wichtigstes Unterpfand ihrer Familie einem Ehemann übergeben zu werden. Octavia hatte die faktische Verantwortung für die Kinder, auch wenn diese, wie sie selbst, rechtlich ihrem Mann Marcus Antonius unterstellt waren. War der allerdings abwesend, managte Octavia den Haushalt allein. Das war kein ungewöhnlicher Zustand für eine Ehe der klassischen Antike. Und nach jenem romantischen Winter 39 v. Chr. nahmen die Zeiten von Antonius' Abwesenheit erheblich zu. Kriegszüge, Politik und, wie sich zeigen sollte, manch andere Beschäftigung hielten ihn von seiner Gattin fern.

Marcus Antonius' Entscheidung für Octavia hatte, genau wie im Falle der Hochzeit Livias mit Octavian, nicht viel mit Gefühlen zu tun. Für ihn war es bereits die dritte Ehe, die er ausschließlich aus politischem Kalkül einging. Aber er konnte recht zufrieden sein mit der Gattin, die ihm Octavian als Bekräftigung des Triumvirates in die Arme gelegt hatte. Zwar war Octavia nicht mehr die Jüngste, aber durchaus noch in einem Alter, in dem sie Kinder gebären konnte. Sie war attraktiv, hatte auffallend schönes und langes Haar. Wie ihr Bruder verfügte sie über einen scharfen Verstand, der es ihr ermöglichte, die politischen Zusammenhänge zu durchblicken und sich selbst in den zahllosen römischen Ränken zu positionieren. Dabei aber spielte sie sich nicht in den Vordergrund, sondern sie verband mit ihrer Rolle als Ehefrau eines Triumvirn bedingungslose Loyalität. Octavia gab die Rolle der römischen Matrone perfekt. Still und sittsam erfüllte sie damit die Erwartungen von zwei Seiten: die ihres Mannes und die ihres Bruders, der die brave Schwester in seiner Propaganda als Ideal herausstellte. Ob Octavia tatsächlich so uneingeschränkt tugendhaft und strebsam war, sei dahingestellt, doch muss es ihr zumindest gelungen sein, diese Rolle nach außen glaubwürdig zu verkörpern. Nicht alle Frauen im Haus des Augustus würden sich später so klaglos unter dessen Kuratel stellen lassen.

Dabei hätte es schon zu Beginn der Ehe allen Grund für Octavia gegeben, misstrauisch zu sein. In Athen, so überliefert der Philosoph Seneca, habe ein anonymer Schmierfink eine Statue Octavias bekritzelt mit der unzweideutigen Aussage, dass Antonius zwei Frauen habe. Und selbst wenn dieser peinliche Vorfall Octavia nicht zu Ohren gekommen sein sollte: Die Spatzen pfiffen es längst von den römischen Dächern, dass sich der stattliche Gemahl noch wenige Monate vor der Hochzeit mit der braven Octavia in eine verhängnisvolle Affäre verstrickt hatte. Da gab es diese Frau, die zwar offiziell als Römerin galt, aber in Ägypten geboren worden war. Ihre Muttersprache war Griechisch, wie die aller hochrangigen Ägypter. Sie schien all das zu verkörpern, was einer römischen Ehefrau untersagt war: Leidenschaft, Selbstbestimmtheit und Risikobereitschaft. Ihr Name ist einer der klangvollsten der antiken Geschichte: Kleopatra VII., Königin von Ägypten.

Nach allem, was wir wissen, war Kleopatra keine Schönheit. Die Züge ihres Gesichtes ließen wohl an Perfektion durchaus zu wünschen übrig – immerhin haben die Münzschläger ihr eine ausgeprägte Hakennase verpasst. Die Stärken dieser bis heute faszinierenden Frau scheinen anderswo gelegen zu haben: Sie war eine ungewöhnlich intelligente, eloquente und unterhaltsame Frau mit sonorer Stimme, die darüber hinaus das Handwerk der Verführung gut erlernt hatte. Mit der wohl unverblümtesten Avance aller Zeiten hatte sie sich schlagartig in den Mittelpunkt der Weltgeschichte katapultiert. Die Truppen von Julius Caesar besetzten im Jahre 48 v. Chr. das ägyptische Alexandria, um hier in den Thronstreit zwischen Kleopatra und ihrem Bruder Ptolemaios einzugreifen und die fruchtbaren Landschaften am Nil dem Römischen Imperium einzuverleiben. Kleopatra ließ sich nun angeblich von einem Begleiter im Schutze der Nacht zum königlichen Palast rudern, wo Caesar sein Quartier aufgeschlagen hatte. Sie legte sich der Länge nach in ein Bettzeug, ihr Begleiter schnürte sie ein und trug das Bündel in den Palast zu Caesar. Dort entstieg sie den Decken vor den erstaunten Augen des römischen Feldherrn. Dieser erlag sogleich, wie Plutarch recht schlicht beschreibt, »ihrer Anmut und dem Reiz ihres Umgangs«. Ob die Geschichte sich *en détail* so abgespielt hat, ist nicht zu rekonstruieren, doch sie wurde so erzählt und manifestierte den Ruf der Ägypterin als Verführerin und mutiger Herrscherin. Sicher ist: Kleopatra hat auf direkteste Art und Weise die politische und die körperliche Nähe Caesars gesucht. Mit ihrem selbstbewussten Vorstoß hat sie sich bei dem für seinen Mut und seine Risikobereitschaft berühmten Feldherrn gehörigen Respekt verschafft. Hätte Caesar ihr eine Abfuhr erteilt, hätte sie zumindest ihre politischen Ambitionen begraben können. In Ägypten, wo sogar Geschwistermord in Herrscherfamilien keine Seltenheit war, wäre wohl auch ihr Leben akut in Gefahr gewesen. Aber Kleopatra war das Risiko eingegangen. Sie und Julius Caesar schienen trotz eines Altersunterschiedes von fast dreißig Jahren vom gleichen Schlag zu sein. Der gemeinsame Sohn Ptolemaios Kaisar, genannt Caesarion, der wohl schon im Sommer 47 v. Chr. zur Welt kam, konnte von sich behaupten, gleich zwei Charakterstars der Weltgeschichte zu Eltern zu haben.

Selbstverständlich wusste Marcus Antonius um die Affäre Kleopatras mit Caesar. Ganz Rom kannte die Geschichte, da die ägyptische Königin und ihr Sohn Caesar sogar in die Hauptstadt gefolgt waren. Kaum eine Viertelstunde entfernt von dem Haus, in dem Caesar mit seiner Ehefrau Calpurnia lebte, hatte Kleopatra nach orientalischer Sitte Hof gehalten. »Ich hasse sie«, resümierte der sinnenfeindliche Moralist Cicero kurz und bündig und dürfte damit wohl auch mancher Römerin, vor allem Caesars Gattin Calpurnia aus der Seele gesprochen haben. Denn Kleopatras pure Existenz war Provokation. Sie führte ein selbstbestimmtes Leben, wie es einer Römerin nie möglich gewesen wäre. Sie nahm sich, was sie wollte, und das waren – so zumindest die gängige Interpretation der Zeit – Macht und Sex. Dass sich hinter der lasziven Verführerin eine klar kalkulierende Politikerin verbarg, der es immerhin gelang, ihr Land vor einer totalen Vereinnahmung durch das Römische Reich zu bewahren, sahen nur die wenigsten Zeitgenossen.

Nach der Ermordung Julius Caesars verließ seine Geliebte die Stadt und kehrte nach Ägypten zurück. Von hier aus unterstützte sie im Bürgerkrieg die Partei der Caesarrächer. Doch Marcus Antonius und Octavian misstrauten der Dame, deren Sohn immerhin ein leiblicher Nachkomme und damit potentieller Erbe Caesars war. Octavian dagegen war lediglich von Caesar adoptiert. Als dauerhafte Verbündete aber war Kleopatra, die Herrscherin über das reiche Land am Nil, Gold wert. Marcus Antonius bestellte sie zum Gespräch über weitere militärische Zusammenarbeit nach Kilikien und stellte sich damit selbst die Falle, aus der er zeit seines Lebens nicht mehr herauskommen sollte. Denn wenn es überhaupt Episoden in der Antike gibt, von denen man mit einiger

Sicherheit sagen kann, dass sie vom Herzen und nicht vom Verstand gesteuert wurden – diese ist eine solche.

Die verhängnisvolle Affäre wurde von Kleopatra bewusst angezettelt. Wie schon bei Julius Caesar setzte sie völlig unverhohlen zur Attacke an. Auf einem Schiff mit vergoldetem Heck, so berichtet Plutarch, sei sie den Fluss Kydnos zum Quartier des Marcus Antonius hinausgesegelt. »Sie selbst lag unter einem reich mit Gold verzierten Sonnendach, gekleidet und geschmückt, wie man Aphrodite gemalt sieht, und Knaben wie gemalte Liebesgötter standen zu beiden Seiten und fächelten ihr Kühlung zu. Ebenso standen die schönsten Dienerinnen, gekleidet wie Nereiden und Chariten, teils an den Steuerrudern, teils bei den Tauen. Herrliche Düfte von reichlichem Räucherwerk verbreiteten sich über die Ufer ... es verbreitete sich in der Masse das Gerücht, Aphrodite komme in feierlichem Zuge, den Dionysos zu besuchen zum Heile für Asien.« Und die Ägypterin ging nicht etwa von Bord und bat um Empfang. Ganz im Gegenteil lud sie ihrerseits Marcus Antonius ein, zu sich auf das Schiff zu kommen. Hier richtete sie, folgt man dem Historiker Sokrates von Rhodos, ein spektakuläres Gastmahl aus. »Das Geschirr war vollständig aus Gold und mit Edelsteinen edelster Machart besetzt, auch die Wände waren mit purpurnen und golddurchwirkten Teppichen geschmückt. Kleopatra stellte für Antonius und die, die er mitbringen wollte, zwölf Speiseliegen zu je drei Gästen bereit. Als er von der Pracht völlig erschlagen war, lächelte sie nur und sagte, das sei ein Geschenk für ihn, und lud ihn für den kommenden Tag noch einmal ein mit seinen Freunden und Offizieren. Da schmückte sie das Bankett noch weit mehr aus und ließ das vorige kümmerlich erscheinen, und wieder schenkte sie es ihm. Jeder der Offiziere konnte das Speiselager, auf dem er geruht hatte, mitnehmen, und sogar die Beitische für die Trinkgefäße und die Tischdecken wurden unter ihnen geteilt, und sie konnten sie mitnehmen. Die höheren Chargen bekamen beim Verlassen Sänften mit Trägern zur Verfügung gestellt, die meisten bekamen Pferde mit silbernem Zaumzeug, allen leuchteten äthiopische Sklaven mit Fackeln vor. Am vierten Tag wurde der Boden der Speiseräume mit Rosen im Wert von einem Talent bestreut, und alles war mit Girlanden behängt.« Eine phantastische Schilderung, die sicherlich größtenteils aus der Gerüchteküche stammt. Doch stimmt sicherlich, dass Kleopatra Marcus Antonius mit märchenhaftem Reichtum beeindruckte und – ganz trickreich – seine Kumpel gleich mit dazu. Doch die Ägypterin verließ sich nicht nur auf ihre körperlichen Reize und den Prunk. Sie kannte Marcus Antonius aus ihrer Zeit in Rom. Der Feldherr war schon damals die rechte Hand Caesars gewesen. Vielleicht wusste sie, dass Antonius durchaus ein Faible für starke Frauen hatte. Dieser Mann verfügte über das nötige Selbstbewusstsein, sich vor einer durchaus derb auftretenden Frau nicht zu fürchten, sondern den Umgang mit ihr interessant zu finden. Wie schon Julius Caesar erkannte Antonius in Kleopatra eine Frau, die ihm das Wasser reichen konnte. Vielleicht steigerte auch die Vergangenheit Kleopatras im Bett des Caesar ihre Attraktivität, denn auch Marcus Antonius verstand sich ja als legitimer Nachfolger des großen Juliers – auf dem Schlachtfeld und vielleicht auch anderswo. Kleopatra spielte das Spiel mit und setzte mit dem Instinkt der geborenen Verführerin auf die richtige Karte. Anstatt dem starken Militär gegenüber das schutzbedürftige Mädchen zu geben, brach sie schon bei ihrem ersten Besuch mit lautem Getöse in die Männergesellschaft ein. »Da nun Kleopatra auch in den Scherzen des Antonius den Soldaten und den schlichten Mann erkannte«, so erzählt Plutarch, »bediente auch sie sich ihm gegenüber alsbald ungehemmt und rückhaltlos dieses Tones. Denn an und für sich war ihre Schönheit, wie man sagt, gar nicht so unvergleichlich und von der Art, dass sie beim ersten Mal berückte, aber im Umgang hatte sie einen unwiderstehlichen Reiz.« Was auch immer bei Marcus Antonius den Ausschlag gab – um den Mann war es geschehen.

Sturzverliebt verbrachte Antonius einen rauschhaften Winter

41/40 v. Chr. mit Kleopatra in Alexandria. Der Feldherr hatte ohnehin eine Neigung zu östlichem Prunk und fand in der Ägypterin eine Frau, die das alles mit großem Spaß mitmachte. »Im Orient lässt sich gut ruhen«, lässt Shakespeare Jahrhunderte später Antonius in seinem Drama sagen, das das Schicksal des Feldherrn und seiner ägyptischen Geliebten unsterblich machte. Was da aber im Osten vor allem ruhte, war das Pflichtbewusstsein des römischen Triumvirn. Er verbrachte die Wintermonate in wüsten Gelagen, bei denen sich die Tische unter den teuersten Speisen bogen. Kleopatra ließ sich ständig etwas Neues einfallen, um den Geliebten bei Laune zu halten. »Sie würfelte, zechte und jagte mit ihm, sah ihm zu, wenn er seine Waffenübungen hielt«, so erzählt Plutarch. Nachts streifte sie mit ihm verkleidet durch das nächtliche Alexandria und trieb allerlei Schabernack mit den Einwohnern. Was kostete die Welt? Nichts, was Kleopatra und Antonius nicht hätten bezahlen können. Eine der teuersten Perlen der Welt hätte die Königin in Essig aufgelöst und getrunken, so berichtete man sich. 100 000 Sesterzen habe sie einfach mal so heruntergeschluckt. Aus dem einzigen Grund, dass sie es konnte. Buchstäblich über Nacht schien aus dem Legionär, der die harte Pritsche seiner Feldlager gewohnt war, ein Partylöwe geworden zu sein. Wein, Weib und Gesang statt Marschverpflegung und Schlachtordnung.

Doch so kopflos, wie die Quellen glauben machen könnten, waren in jenen wilden Monaten weder Marcus Antonius noch Kleopatra. Beide ließen ihre politischen Ambitionen nicht aus den Augen. Kleopatra hatte durch die Bindung an den mächtigen Feldherrn erreicht, dass sie als Königin von Ägypten anerkannt wurde und ihr Land politisch weitgehend eigenständig blieb. Tatsächlich zeigt eine kolportierte Anekdote, dass sie sich auch durchaus um die politische Zukunft ihres Liebhabers sorgte, der im ständigen Partyfieber zu versacken drohte. Sie habe ihm einen geräucherten Fisch an eine Angel stecken lassen und dann, als er den seltsamen Fang an Land zog, gesagt: »Überlass doch, Imperator, die Angelrute uns Königen von Pharos und Kanopos; dein Fang sind Städte, Königreiche und Kontinente.« Doch Marcus Antonius hatte seinen Blick für die römischen Verhältnisse keineswegs verloren. Als Kleopatra im Herbst des Jahres 40 v. Chr. seine Kinder, die Zwillinge Alexander Helios und Kleopatra Selene, zur Welt brachte, hatte er Ägypten bereits wieder verlassen und war erneut verheiratet: mit Octavians Schwester. Doch sollte diese sich der Illusion hingegeben haben, ihr Mann habe die Akte Kleopatra endgültig geschlossen, hatte sie sich getäuscht.

Octavia war, so machen es die Quellen glauben, von ganz anderem Schlag als die verführerische Ägypterin, doch auch sie scheint ihre Wege gehabt zu haben, Marcus Antonius für sich zu begeistern. Octavia war gleichfalls kein Heimchen am Herd. Sie musste in der persönlich schwierigen Position zwischen ihrem Bruder und ihrem Mann einen Weg finden, der beide zufriedenstellte. 37 v. Chr. kriselte es bereits wieder gewaltig im ohnehin brüchigen Triumvirat. Octavian und Antonius neideten sich die Vormachtstellung im Reich und bezichtigten sich gegenseitig, zu wenig militärische Unterstützung zu leisten. Im Frühsommer reisten Marcus Antonius und seine Frau, die bereits wieder schwanger war, mit den sechs Kindern nach Italien zurück. In Tarent gelang es Octavia dann auch tatsächlich, zwischen Bruder und Mann zu vermitteln. Sie erbettelte bei Antonius mehr Schiffe für Octavian, die dieser im Kampf gegen den Rivalen Sextus Pompeius benötigte. Eine Flotte von 120 Wasserfahrzeugen sollte die Lücken füllen, die Stürme und der andauernde Seekrieg in die Flotte Octavians gerissen hatten. Dieser wiederum versprach 20 000 Soldaten für den Krieg des Antonius gegen die Parther. Wie sehr sich Octavia persönlich um die Aussöhnung bemüht hatte, zeigen ungewöhnliche Münzen, die in dieser Zeit geprägt wurden. Auf ihnen sind Octavia und Antonius abgebildet, die einander das Gesicht zuwenden, oder aber die Köpfe von Antonius und Octavian gegenüber dem der Octavia. Eine solche Profildarstellung einer Frau gleich mit den zwei wichtigsten Machthabern im Reich hatte es noch nie gegeben.

Der »Vertrag von Tarent« zwischen Marcus Antonius und Octavian verlängerte das Triumvirat um weitere fünf Jahre. Um die Abmachung zu bekräftigen, wurde Antonius' zehnjähriger Sohn mit Octavians einziger Tochter Julia verlobt. Das Mädchen war gerade einmal zwei Jahre alt. Doch ihre Hand war die wertvollste im Reich – die Verlobung somit das wirkungsvollste Zeichen der Versöhnung zwischen den Triumvirn. Für die kleine Julia, die zur fraglichen Zeit wahrscheinlich nicht mal den Namen ihres Verlobten sprechen konnte, war es nur der Auftakt zu einem Leben als Spielball der Politik ihres Vaters. Noch war sie zu klein, um sich zur Wehr zu setzen.

Octavia konnte stolz auf sich sein. Mehr als alle anderen Frauen im Römischen Reich nahm sie aktiven Anteil an der Politik. Ihr Einfluss fußte nicht auf einem Titel oder einem offiziellen Amt. Es war vielmehr ihre ganz persönliche Fähigkeit, den Streithähnen Octavian und Antonius zuzureden. Zusammen mit ihrer Familie machte sie sich alsbald wieder auf den Weg nach Osten. Auf Korfu aber wendete sich das Blatt. Antonius schickte sie mit den Kindern zurück nach Rom. Der Kriegszug gegen die Parther sei zu gefährlich, so eine mögliche Lesart der Trennung, die Octavia zunächst geglaubt haben mag. 36 v. Chr. wurde in der Hauptstadt ihre zweite Tochter von Antonius geboren, die wie die erste ebenfalls den Namen Antonia erhielt. Der Gemahl allerdings erfuhr dies nur durch Boten. Er lag längst wieder in den Armen Kleopatras.

Noch im Jahr 37 v. Chr. hatte Antonius die Ägypterin zu sich nach Syrien befohlen. Und sie folgte dem Ruf, obwohl es sie wahrscheinlich Überwindung gekostet hat, Antonius zu verzeihen, nachdem dieser sie schwanger hatte sitzenlassen und in Rom eine Frau geheiratet hatte, die politisch passender war. Und dass der Hochzeit von Octavia und Antonius keine unglückliche Zwangsehe gefolgt war, dürfte auch Kleopatra zu Ohren gekommen sein.

Nun aber schien die Zeit der Schmach wie weggewischt. Kleopatra präsentierte Marcus Antonius dessen inzwischen dreijährige Kinder, denen sie die klingenden und programmatischen Namen Helios und Selene, Sonne und Mond, gegeben hatte. Die kleine Sonne und der kaum den Windeln entwachsene Mond lernten einen Vater kennen, den sie bislang nur aus den Reden ihrer Mutter kannten. Doch ob diese voller Sehnsucht oder voller Wut erzählt worden waren, ist nicht überliefert. Sicher aber ist: Antonius und Kleopatra knüpften nahtlos dort an, wo sie drei Jahre zuvor aufgehört hatten. Wenige Monate nach der Geburt der zweiten Antonia in Rom wurde Antonius erneut Vater: Kleopatra brachte in Ägypten den gemeinsamen Sohn Ptolemaios Philadelphos zur Welt. Eine Familie im Westen in Rom, eine Familie im Osten – ein klassisches Dilemma, in das sich Marcus Antonius sehenden Auges manövriert hatte. Sein Gegenspieler Octavian wetzte die Propagandamesser. In der von ihm maßgeblich beeinflussten Quellenüberlieferung erscheint Kleopatra als üble Sirene, die Antonius zu Sündhaftigkeit und Verschwendung animierte. Octavia dagegen war in der öffentlichen Darstellung die schmählich Betrogene, die dennoch großherzig zu ihrem Gatten stand. Tatsächlich ertrug Octavia die peinliche und für sie augenscheinlich auch wirklich traurige Situation mit bemerkenswerter Größe. Als Antonius 36 v. Chr. militärische Hilfe gegen die Parther brauchte, konnte er sich auf die Truppen der Kleopatra verlassen. Aber auch Octavia machte sich von Rom aus mit Soldaten nach Osten auf, um ihn zu unterstützen. Die Reise wurde ein Debakel. In Athen weigerte sich Antonius, seine Ehefrau überhaupt zu empfangen. Die Soldaten nahm er an, Octavia musste blamiert wieder abreisen. Kleopatra habe ihn erpresst, so raunen die Quellen. Sollte er sie verlassen, werde sie sich das Leben nehmen, habe sie ihrem Geliebten gedroht. In ihrem Verhalten Antonius gegenüber griff sie tief in die Trickkiste der Frauen, die eine Rivalin ausstechen wollen. »Ihr Blick strahlte auf, wenn er kam; ging er weg, so war er hinschmelzend und tief betrübt«, schreibt Plutarch. »Sie richtete es so ein, dass er sie oft weinen sah, wischte aber die Tränen ab und suchte sie zu verbergen, als wollte sie, dass er es nicht bemerkte. Die Schmeichler ereiferten sich für sie und schalten Antonius einen harten, gefühllosen Mann, der eine Frau in den Tod treibe, die einzig und allein an ihm hinge.« Dass Kleopatra um den Mann Antonius fürchtete, ist durchaus nachvollziehbar, denn dieser hatte aus seiner Wertschätzung für die offizielle Ehefrau nie ein Hehl gemacht. Allerdings wären einige theatralische Auftritte seiner Geliebten sicherlich nicht Ursache für den erfahrenen Feldherrn Marcus Antonius geworden, sich für die Zurückweisung des octavianischen Hilfsangebots zu entscheiden. Tatsächlich war die Truppenstärke des Kontingentes, das Octavian seiner Schwester mitgegeben hatte, lächerlich gering. Mit 2000 Soldaten lag es weit unter den in Tarent zugesagten Zahlen. Antonius entschied sich für die militärische Stärke des Ptolemäerreiches und gleichzeitig für Kleopatra. Octavian kam der Skandal gerade recht. Er hatte mit einer Zurückweisung seiner Schwester gerechnet, die ihm in seinem Propagandafeldzug gegen Antonius neue Munition verschaffte. Wie ekelhaft, die tugendhafte Octavia zurückzuweisen, die trotz aller Brüskierungen doch nur hatte helfen wollen! Stattdessen verlustierte sich Antonius weiterhin mit der Schlange Kleopatra! Erwartungsgemäß war die römische Öffentlichkeit, die Octavian aufs Genaueste ins Bild setzen ließ, entrüstet.

Obwohl sie mehr als genügend Gründe gehabt hätte, sich von Antonius zu trennen, stand Octavia weiter zu ihrem Mann. Sie lebte, angeblich gegen den Willen ihres Bruders, weiter im Haus des Antonius und kümmerte sich um die vielen Kinder. Auch wenn dieses Bild der treusorgenden Gattin stark von Octavian betont wurde, der seine Schwester zum moralischen Gegenbild der verruchten Kleopatra aufbaute, steht fest, dass Octavia sich wirklich so verhielt. Sie kümmerte sich auch um die Kinder Fulvias, die Antonius bei ihr in Rom zurückgelassen hatte, und engagierte namhafte Hauslehrer, um all die Kinder und Jugendlichen zu erziehen, die in ihrem Haus lebten. Der Dichter Krinagoras von der Insel Lesbos beispielsweise kümmerte sich um Marcellus und um die ältere Antonia. Und wie es sich für eine vorbildliche römische Matrone gehörte, empfing Octavia Freunde ihres Mannes und half ihnen bei deren Geschäften in Rom. 33 v. Chr. spitzte sich die militärische Situation zwischen Octavian und Antonius zu. Octavia hatte den Krieg zwischen ihrem Mann und ihrem Bruder nicht verhindern können. Nun musste sie eine Entscheidung treffen. Jetzt endlich verließ sie das Haus, das sie gemeinsam mit Antonius bewohnt hatte, und zog zu Augustus und Livia auf den Palatin. Ihre eigenen Kinder, aber auch den jüngeren Sohn des Antonius von Fulvia nahm sie mit. Der Älteste, Antonius Antyllus, nahm seit 36 v. Chr. bereits an den Feldzügen seines Vaters teil. Die Kinder und Zöglinge Octavias bevölkerten nun das Haus auf dem Hügel, in dem mittlerweile auch Tiberius und Drusus, die Söhne Livias aus erster Ehe, und Octavians einziges Kind, Julia, lebten. Neun Kinder, deren Väter im Kampf um die Macht in Rom auf verschiedenen Seiten standen und die die ständig wechselnden politischen Konstellationen durch Umzüge und ein Leben in unterschiedlichsten Haushalten zu spüren bekommen hatten. Was diese Kinder, die später teilweise in verschiedensten Kombinationen verlobt und verheiratet wurden, miteinander gesprochen haben, ist nicht überliefert. Dass das Zusammenleben aber, je älter sie wurden, durchaus spannungsgeladen war, ist anzunehmen. Auch die Schwägerinnen Livia und Octavia waren jetzt zum ersten Mal unter einem Dach vereint. Sie kannten sich seit nunmehr sechs Jahren und hatten gemeinsam Streitereien und Versöhnungen ihrer Männer erlebt. Gradlinig und durchsetzungsstark Livia, die jüngere der beiden, warmherzig und mütterlich Octavia, die ältere – beide Frauen bildeten über viele Jahre die Grundfesten im Leben des Octavian.

In den ersten Jahren der Ehe von Livia und Octavian spielte dessen Schwester, so hat es den Anschein, sogar die wichtigere Rolle in der Politik und der Propaganda des Bruders. Schrittweise aber wurde auch Livia immer mehr in den Vordergrund geschoben. Nachdem Octavian im Jahre 36 v. Chr. in der Seeschlacht bei Naulochos einen großen Sieg über seinen Dauerrivalen Sextus Pompeius errungen hatte und auch den dritten Triumvirn Lepidus weitgehend ausgeschaltet hatte, verzichtete er auf einen eigenen Triumphzug in Rom, er »verlieh aber Standbilder an Octavia und Livia, dazu das Recht, ohne Vormund ihre eigenen Angelegenheiten regeln zu dürfen und dieselbe Sicherheit und Unverletzlichkeit wie die Volkstribunen zu genießen«, berichtet der antike Autor Cassius Dio. Das war eine Sensation! Denn nach römischem Denken war eine Frau derart leicht zu beeinflussen und so schwach in ihren Willensentscheidungen, dass sie einen Vormund brauchte, um nicht andauernd in Schwierigkeiten zu geraten. Nur die höchsten Priesterinnen, die Vestalinnen, galten als so rein, dass man ihnen eigene Entscheidungen zutraute. Nur sie durften beispielsweise ein eigenes Testament verfassen. Die Strenge der Vormundschaft hatte sich allerdings in den späten Jahren der Römischen Republik gelockert. Zahlreiche Frauen der Oberschicht wurden steinreich, verfügten selbst über ihre Vermögen und wickelten eigenständig finanzielle Transaktionen ab. Offiziell aber hatte jede Frau nach wie vor einen Vormund. Jede, außer Octavia und Livia, die damit jetzt auf eine Stufe mit den Vestalinnen und sogar mit den Männern gestellt wurden.

Octavia füllte im Haus des Bruders auch eine propagandistische Rolle aus, die Livia verwehrt geblieben war. Die Schwester des Triumvirn Octavian war die Vorzeigemutter des Reiches. Offenen Herzens für ihre eigenen Kinder und sogar die ihres Mannes von einer anderen Frau. Livias Hoffnungen auf ein gemeinsames Kind mit Octavian dagegen hatten sich noch immer nicht erfüllt, obgleich die beiden schon so viele Jahre verheiratet waren. Unklar ist, ob Livia und Octavian nach der ersten tragisch verlaufenen Schwangerschaft wussten, dass sie keine weiteren Kinder bekommen würden. Doch auch, wenn sie noch Monat um Monat warteten, ob sich Anzeichen für eine erneute Schwangerschaft bemerkbar machten – mit jedem Jahr wuchs die Sorge, dass die Ehe kinderlos bleiben würde. An einem solchen Zustand konnte nach damaligem medizinischem Verständnis nur die Frau schuld sein. Doch Octavian, der sich bereits zweimal zuvor ohne mit der Wimper zu zucken von einer nicht mehr opportunen Gattin getrennt hatte, hielt an der Ehe fest. War aus Vernunft Liebe geworden? Man ist geneigt, es zu vermuten, denn ein leiblicher Sohn war für Octavian mehr als ein persönlicher Herzenswunsch. Er brauchte einen Nachfolger, dem er sein mühsam erkämpftes politisches Erbe hinterlassen konnte. Denn noch war seine Position nicht unumstritten. Noch hatte er in Marcus Antonius einen mächtigen Widersacher, den es niederzuringen galt.

Marcus Antonius war 34 v. Chr. ein psychologisch wichtiger Schlachterfolg gegen den König von Armenien gelungen, der seinen durch den vergeblichen Partherkrieg angekratzten Ruf als Feldherr ein wenig aufpolieren konnte. In Alexandria wurde in einem pompösen Umzug der Triumph gefeiert. Antonius und Kleopatra präsentierten sich auf goldenen Thronen sitzend mit ihren drei gemeinsamen Kindern und dem Caesarsohn Kaisar. Offiziell wurde ein neuer Titel für Kleopatra verkündet. »Königin der Könige« sollte sie von nun an heißen. Ihr Sohn Kaisar erhielt den entsprechenden Namen »König der Könige«. Zu allem Überfluss erkannte ihn Antonius öffentlich als leiblichen Sohn Julius Caesars an. Wie auch die anderen Kinder Kleopatras erhielt er umfangreiche Landstücke als Herrschaftsbereich. Ägypten, die Kyrenaika, Zypern, Medien, Parthien, Phönizien und Syrien – all das sollte von nun an von Kleopatra und ihren Kindern beherrscht werden.

Von Octavians Propaganda angestachelt, rasten die Römer. Was fiel diesem Antonius ein? Römische Rechte, römische Territorien – alles einer hinterlistigen Verführerin aus dem Osten zum Fraß vorgeworfen! Ob die Abtretung der Gebiete tatsächlich rechtsrelevant stattfand oder sogar nur der Propaganda des Octavian entsprungen war, ist in der Forschung umstritten. Die Römer allerdings empfanden das Verhalten des Antonius als Affront gegen alles, was im Römischen Reich Bedeutung hatte. Möglicherweise hat Antonius in dieser Zeit seine Geliebte Kleopatra sogar offiziell geheiratet, so mutmaßen zumindest einige Quellen. Sollte dies tatsächlich so gewesen sein, war die Ehe nach römischem Recht nicht gültig. Denn nach wie vor war er mit Octavia vermählt. Erst 32 v. Chr. machte er der Farce ein Ende. Wie die Hochzeit war auch der Fall einer Scheidung im Rom der klassischen Antike an wenig Formalitäten gebunden. Man zog einfach in getrennte Haushalte oder schickte einen Scheidungsbrief. Antonius sandte Boten nach Rom, die Octavia mit dem schlichten Satz »Du magst Deine Sachen mitnehmen« aus einer Ehe herauswarfen, die längst keine mehr war.

Mit der Scheidung hatten sich Marcus Antonius' private Verhältnisse geklärt. Politisch aber war er weiterhin in größten Schwierigkeiten. Seine Verbindung mit Kleopatra war eine tickende Zeitbombe. Kaum etwas spielte Octavian so sehr in die Hände wie die fatale Bindung des Antonius an die Königin von Ägypten. Denn nicht Marcus Antonius war das offizielle Kriegsziel, sondern die Frau an seiner Seite. Obwohl er schon lange außer Landes war, hatte Antonius in Rom noch immer eine beachtliche Gefolgschaft. Noch Anfang des Jahres 32 v. Chr. verließen die beiden Konsuln Gnaeus Domitius Ahenobarbus und Gaius Sosius Rom und liefen mit Hunderten Senatoren zu Antonius über. Ahenobarbus kehrte allerdings alsbald zurück, weil Kleopatra sich ihm gegenüber allzu hochmütig benommen hatte. Doch weiterhin hörte ein gewaltiges Heer auf das Kommando des mächtigen Feldherrn. Bei seinen Soldaten stand Antonius hoch im Kurs. Die Kampagnen Octavians, den Rivalen als weibstolle Memme darzustellen, waren bei dessen Legionen auf taube Ohren gestoßen. Antonius' Soldaten wussten, dass ihr Anführer durchaus bei klarem Verstand war und eindeutige politische Ziele vertrat. Kleopatra dagegen gab eine dankbare Zielscheibe ab. Sie stand für Dekadenz, für Verschwendung und für Hochmut. Und bei aller Übertreibung gab sie immer wieder Anlass, dass sich ihr Ruf als arrogante Intrigantin festigte. Sie habe Römer, die bei ihr zu Gast waren, verspottet, hieß es. Ihre römischen Leibwachen seien gezwungen worden, ihren Namen auf die Schilde zu schreiben. Ja, sie habe sogar verkündet, einst auf dem Kapitol Recht sprechen zu wollen. Jede ihrer Eskapaden, ob sie nun wirklich geschehen oder von Octavians phantasievollen Propagandisten erfunden worden waren, schürten in Rom die Begeisterung eines finalen Kriegszugs gen Osten.

Auch Marcus Antonius war nach den nunmehr zehn Jahren, in denen er mehr oder minder gemeinsam mit Octavian geherrscht hatte, klar, dass nur einer von beiden als römischer Machthaber übrig bleiben würde. Gemeinsam mit Kleopatra stellte er eine gewaltige Heeresmacht auf die Beine, die über Ephesos Richtung Rom marschierte. Und je näher die Auseinandersetzung rückte, umso fatalistischer schien das Paar aneinandergekettet zu sein. Den Winter 33/32 v. Chr. verbrachten sie wieder in Saus und Braus auf der griechischen Insel Samos. »Während ringsum fast der ganze Erdkreis von Seufzen und Klagen erfüllt war, erschallte diese einzige Insel viele Tage lang von Flöten- und Saitenspiel, füllten sie die Theater und wetteiferten die Chöre miteinander«, so wurde berichtet. Es war ein Tanz auf dem Vulkan. Warum nicht feiern, wenn der nächste Tag ohnehin der letzte sein konnte.

Und in Rom? Hier lebten die Frauen der Gegenseite ihr spätrepublikanisch ordentliches Leben, so die Quellen. Außerhalb der Öffentlichkeit, ja nahezu verhuscht, wie es Octavian von »seinen Frauen« wollte. Da vor allem die Schriftstücke der augusteischen Propaganda die Zeiten überdauert haben, ist dieses Bild bis in die Neuzeit gefestigt worden. Es wird in seinem Kern nicht unrichtig sein, doch so moralisch, wie Octavian seine Welt darstellen ließ, war sie sicherlich nicht. In einem Brief an Octavian stellte Marcus Antonius seine Sicht der Dinge dar. »Warum bist Du anderen Sinnes geworden«, fuhr er den ehemaligen Kampfgenossen an. »Weil ich mit der Königin schlafe? Sie ist meine Frau. Habe ich denn jetzt erst damit angefangen oder mache ich das nicht schon seit neun Jahren? Und schläfst Du schließlich bloß mit (Livia) Drusilla? So wahr du lebst, ich wette, dass Du beim Lesen dieses Briefes schon mit Tertulla oder Terentilla oder Rufilla oder Salvia Titisenia oder gleich mit allen geschlafen hast. Kommt es darauf an, wo und auf wen man scharf ist?« Octavian schoss kräftig zurück. Über seinen Freund C. Calvisius Sabinus ließ er verbreiten, Antonius habe Kleopatra bei einem Gastmahl in Gegenwart vieler Gäste die Füße massiert. Bei Gerichtsverhandlungen habe er Liebesbriefchen gekritzelt, und als die Königin in einer Sänfte vorbeigetragen wurde, sei er aufgesprungen und habe sich wie ein Hündchen an die Trage gehängt. Für die römische Öffentlichkeit waren solche Schlagabtausche höchst vergnüglich. Denn wann hatte das einfache Volk schon mal die Gelegenheit, die Bettgeschichten der Herrschenden zu kennen?

Die Damen im Hause Octavians auf dem Palatin haben dies mit größter Sicherheit alles mitbekommen. Er unterhielt ja, wie jeder andere Römer auch, keine Büroräume, sondern bereitete seine politischen Ränke zu Hause vor. Hier empfing er seine Klienten, seine Feldherrn und seine Ratgeber. Livia und Octavia nahmen an den Banketten und wohl auch an manchen Gesprächen teil. Doch im Gegensatz zu Kleopatra, die auf der Gegenseite immer schriller reagierte, schwiegen die Frauen Octavians in der Öffentlichkeit. Sie blieben mit den Kindern in Rom, als der Kampf im Jahre 31 v. Chr. in seine letzte Runde ging.

Am Nachmittag des 2. September 31 v. Chr. war bei Actium die Stunde gekommen, in der sich das Schicksal Roms und auch das Schicksal der drei Frauen entschied, die mit den beiden Kriegsgegnern Antonius und Octavian so eng verbunden waren. Die Flotte von Antonius und Kleopatra lag von den Truppen des Octavian eingeschlossen in der Bucht zwischen der Peloponnes und dem nördlichen Festland Griechenlands. Gegen den Rat der militärischen Ratgeber setzte sich Kleopatra mit ihrem Vorschlag durch, die Blockade zu durchbrechen. Doch der Plan wurde verraten und Octavians Segler standen parat und stellten die Schiffe des Antonius. Als die Schlacht noch nicht entschieden war, stieß Kleopatra mit ihren Seglern vor und floh nach Osten. Antonius folgte ihr und rettete sich an Bord des Schiffes der Kleopatra. War das eine schmähliche Flucht oder eine gelungene Kriegslist? Immerhin hatte Kleopatra ein Drittel der Flotte und die Kriegskasse retten können. Faktisch hatte sie eine schwierige militärische Situation durchaus passabel gelöst, doch der Ruf des Antonius war dahin. Und wohl auch sein Selbstbewusstsein als Feldherr und als Mann. Drei Tage lang dämmerte er in düsterer Verzweiflung an Deck des Schiffes und weigerte sich, mit Kleopatra zu sprechen. Erst nachdem das Schiff am Kap Tainaron, der südlichen Spitze der Peloponnes, angelegt hatte, versöhnten sich die beiden wieder. Der Weg des geschlagenen Paares führte nach Libyen, wo Antonius die Quittung für sein wenig heldenhaftes Verhalten bekam. Die vier Legionen, die er dort zurückgelassen hatte, weigerten sich, auf seine Befehle zu hören. Und sie waren nur die Ersten, die von ihrem Feldherrn abfielen. Reihenweise liefen die Truppen zu Octavian über. Antonius scheint in dieser Phase erstmals über einen Selbstmord nachgedacht zu haben. In Alexandria verkroch er sich vor der Öffentlichkeit und haderte, »ihm sei von seinen Freunden Unrecht und Undank zuteilgeworden, und darum empfinde er Misstrauen und Abscheu gegen alle Menschen«, so hieß es. Kleopatra dagegen hatte nichts von ihrer Energie eingebüßt. Sie war es, die ihren depressiven Liebhaber aus seiner Lethargie riss. Sie »stürzte die Stadt in eine Reihe von Gastmählern, Trinkgelagen und Spendenverteilungen, Umzügen und Festen«, berichtet Plutarch. Noch einmal schien die Wildheit der letzten Jahre aufzuflammen. Doch in Wahrheit wussten alle Beteiligten, dass das

Ende gekommen war. In den letzten Wochen ihres Lebens versuchten Antonius und Kleopatra wenigstens die Zukunft ihrer Kinder abzusichern. Kaisar, der Sohn Caesars, wurde für volljährig erklärt und auch Antonius Antyllus, der älteste Sohn des Antonius, erhielt nun die *toga praetexta*, das römische Zeichen der Großjährigkeit. Viel ausrichten aber konnten die Eltern nicht mehr. Octavian, der offenkundige Sieger, ließ nicht mehr mit sich reden. Seine Truppen rückten bis Alexandria vor und schlugen ihr Lager nahe dem bei der Stadt gelegenen Hippodrom auf. Hier fügten sie Antonius den letzten entscheidenden Schlag zu. Mit dem Mut der Verzweiflung hatte der ehemals strahlende Feldherr Marcus Antonius seiner Flotte den Befehl zum Auslaufen gegen die Octavianer gegeben. »Als sie aber in die Nähe der Feinde kamen, begrüßten sie Octavians Schiffe mit den Rudern, und als diese den Gruß erwiderten, liefen sie über, und mit allen Schiffen, nunmehr zu einer einzigen Flotte geworden, fuhr jetzt der Feind auf die Stadt zu«, schildert Plutarch. Antonius musste das alles tatenlos mit ansehen. Auch seine Reiterei hatte ihn verlassen. Nahezu allein kehrte er nach Alexandria zurück.

Im Gegensatz zu ihrem verzweifelten Liebhaber hatte Kleopatra Vorkehrungen getroffen, ihr Ende so sehr selbst bestimmen zu können, wie sie es mit ihrem Leben gehandhabt hatte. Neben dem Isis-Tempel ihres Palastes stand ein großes Grabmal, in dem sie sich nun mitsamt dem Staatsschatz verbarrikadierte. Antonius ließ bei seiner einsamen Rückkehr sofort nach ihr schicken. Als man ihm berichtete, Kleopatra sei in ihrem Grabmal, war die Sache für ihn klar: Seine Geliebte musste Selbstmord begangen haben. In völliger Verzweiflung stürzte sich Antonius in sein Schwert. Doch er schaffte es nur, sich zu verletzen. Die klaffende Wunde aber war so groß, dass es eine Frage der Zeit war, bis der ehemals große Feldherr qualvoll verbluten würde. Als Boten Kleopatra von der Katastrophe berichteten, ließ sie Antonius ins Mausoleum holen. Die Schlussszene ist der Überlieferung nach wohl kaum an Dramatik zu überbieten: An einem Seil zogen Kleopatra und ihre Helferinnen den Sterbenden die Mauern hoch, wo er in den Armen der Liebe seines Lebens verblutete.

Was würde nun mit Kleopatra geschehen? Für Octavian war sie die wichtigste Kriegsbeute. Tatsächlich gelang es der ägyptischen Königin nicht, sich der Gefangennahme rechtzeitig durch Selbstmord zu entziehen. Octavian ließ, kluger Politiker, der er war, großmütig zu, dass sie Antonius »mit königlicher Pracht« bestattete. Danach aber war es sein vordringlichster Befehl, Kleopatra am Leben zu erhalten. Er brauchte sie, um den Römern seinen Triumph demonstrieren zu können. Nachdem man ihr Gift und Dolche weggenommen hatte, versuchte sie, sich zu Tode zu hungern. Octavian aber erpresste sie mit dem Leben ihrer Kinder, wieder Nahrung zu sich zu nehmen. In dieser Situation ließ er sich offenbar sogar herab, persönlich mit Kleopatra zu sprechen. Sie bat um die Fürsprache von Livia und Octavia. Eine Bitte, die heute erstaunlich erscheint, hatte sie doch gerade Letztere über Jahre öffentlich brüskiert. Vielleicht aber war das Ansinnen gar nicht so absurd. Möglicherweise hätte Octavia, die immerhin den gleichen Mann geliebt hatte wie sie, sogar Verständnis aufgebracht. Wahrscheinlicher aber ist, dass Kleopatra mit dieser Bitte bei Octavian glaubhaft machen wollte, dass ihr an ihrem Leben gelegen war. Ein geschicktes Täuschungsmanöver, denn nur wenig später gelang es ihr, doch eine Möglichkeit zum Selbstmord zu finden. Wie sich Kleopatra zu Tode brachte, ist nicht verbürgt. Die meisterzählte Variante ist, dass sie sich den Biss einer Giftschlange zufügte. Ein Bote habe ihr ein Körbchen voller Feigen zukommen lassen, das den Wächtern unverdächtig vorkam. Darunter aber war die todbringende Schlange verborgen. Kleopatra schrieb laut Plutarch eine letzte Botschaft an Octavian, man möge sie neben Antonius begraben. Als dieser das las, verstand er sofort, was geschehen war. »Als die Ausgesandten im Laufschritt hinkamen, die Wächter ahnungslos antrafen und die Türen öffneten, fanden sie Kleopatra schon tot in königlichem Schmuck auf einem goldenen

Bett liegen.« Mit neununddreißig Jahren war Kleopatra gestorben nach einem Leben voller Dramatik, sensationeller Triumphe und katastrophaler Niederlagen. »Sie gewann die beiden größten Römer ihrer Zeit für sich und wegen des dritten nahm sie sich das Leben«, so das Fazit von Cassius Dio.

Jetzt, nachdem die Rivalin so vieler Jahre tot war, zeigte sich Octavian versöhnlich. Er erfüllte den letzten Willen der Kleopatra und ließ sie neben Antonius bestatten. Weniger gnädig ging er mit ihrem Sohn Kaisar um. Noch im Jahr 30 v. Chr. ließ er ihn umbringen. Kurz darauf folgte der Mord an Antonius' ältestem Sohn Antonius Antyllus. Die Zwillinge Alexander Helios und Kleopatra Selene nahm er mit deren jüngerem Bruder Ptolemaios Philadelphos mit nach Rom, wo sie im Triumphzug präsentiert wurden.

Livia und Octavia hatten vom Geschehen im Osten und dem großen Sieg durch Boten erfahren. Ob Octavia den Tod des Antonius betrauerte, ist nicht überliefert. Es ist aber anzunehmen. Sie zeigte sich sogar so gutherzig, die drei Kinder, die ihr Exmann mit seiner Geliebten gezeugt hatte, in ihren ohnehin schon kinderreichen Haushalt aufzunehmen und großzuziehen. Obschon sie mit neununddreißig Jahren als Schwester des nunmehr allein herrschenden Octavian sicherlich noch zu vermitteln gewesen wäre, heiratete Octavia nie mehr. Sie zog sich komplett aus der Öffentlichkeit zurück.

Von den drei mächtigen Frauen der Prinzipatszeit blieb somit nach der Schlacht von Actium nur eine einzige im öffentlichen Leben übrig: Livia. Sie war an der Seite Octavians, als dieser im Jahr 27 v. Chr. seinen Namen in Augustus änderte und seine monarchische Macht festigte. Sie würde es sein, deren Einfluss die nächste Generation der nunmehr beginnenden Römischen Kaiserzeit prägte.

IM SCHATTEN DES VATERS – JULIA

Octavian – oder besser Augustus, wie er sich nennen ließ, seitdem er Alleinherrscher war, verstand sich auf die ganz große Inszenierung. Als seine Schwester Octavia im Jahre 11 v. Chr. starb, organisierte er ihr eine Trauerfeier, wie sie das Reich noch nicht gesehen hatte. Octavias Leichnam wurde vor dem Tempel des göttlichen Julius Caesar aufgebahrt. Am südlichen Ende des *Forum Romanum* hatte sich eine beeindruckende Menschenmenge versammelt, um Abschied zu nehmen. Der legendäre Platz, an dem vor mehr als drei Jahrzehnten die Leiche Julius Caesars verbrannt worden war, gab einen würdigen Rahmen ab, um der Lieblingsschwester des Herrschers noch einmal die Ehre zu erweisen. Über das Forum hallte der Dauerton der Klageweiber, die, von Flöten- und Saitenspielern begleitet, den Tod Octavias bejammerten. Octavias Leichnam war festlich hergerichtet. Sie trug ihren besten Schmuck, nur auf Gold hatte man verzichtet. Übertriebener Luxus war bei Begräbnisfeiern verboten und der asketische Augustus wollte hier, wie immer, mit bestem Beispiel vorangehen. In Octavias Mund aber lag eine wertvolle Münze. Die Bezahlung für Charon, den Fährmann, den die Römer von ihren griechischen Nachbarn übernommen hatten. Er beförderte die Toten über den Fluss Styx in den Hades, das Reich der Toten. Dass diese Verstorbene von dort ihren Weg ins Elysium, das Paradies, finden würde, galt als sicher. Allzu makellos war ihr Lebensweg gewesen. Augustus selbst hielt die Leichenrede. Er pries die Leistungen seiner Schwester, ihre stille Freundlichkeit, Bescheidenheit und Tugend. Man hörte ihm an, dass er nicht nach Beispielen hatte suchen müssen. Octavia war den meisten genau so in Erinnerung, wie Augustus sie beschrieb, auch wenn sie sich schon seit vielen Jahren nicht mehr auf den Straßen Roms hatte blicken lassen. Fast sechzig Jahre alt war Octavia geworden, doch die meisten hatten sie als junge Frau in Erinnerung. Als Augustus geendet hatte, kämpften viele Zuhörer mit den Tränen. Dann erhob sich auf der gegenüberliegenden Rednertribüne Augustus' Stiefsohn Drusus, der gleichzeitig auch Octavias Schwiegersohn gewesen war. Auch er machte aus seiner Trauer kein Hehl. Er war ein freundlicher, offener Charakter, der stets die richtigen Worte zu finden wusste. Stolz ruhten die Augen des Augustus auf dem hübschen jungen Mann. Drusus hatte sich schon in vielen Feldzügen bewährt und die widerspenstigen Germanen nördlich der Alpen das Fürchten gelehrt. Er stand ganz vorn in der Gunst des Kaisers. Dass Augustus ihn als potentiellen Nachfolger im Auge hatte, pfiffen die Spatzen in Rom längst von den Dächern.

Ergriffen hatte auch Augustus' einzige Tochter Julia den Reden zugehört. Sie war ehrlich betrübt. Ihre Tante Octavia hatte immer versucht, zwischen den so oft zerstrittenen Familienmitgliedern zu vermitteln. Das war nicht leicht, denn allzu viele stürmische Naturen hatte Augustus in seiner Patchworkfamilie zusammengezwungen. Immer ging es um Macht – um sehr viel Macht. Irgendeiner aus der Sippe würde einst die Nachfolge des Augustus antreten. Julia war es mittlerweile müde, die ständig wechselnden Konstellationen zu entwirren. Sie fragte ohnehin niemand nach ihrer Meinung. Nachdem Drusus geendet hatte, trat er mit den anderen Schwiegersöhnen Octavias nach vorn, um die Totenbahre aufzuheben. Langsam setzten sie sich in Bewegung. Auf ein Zeichen des Augustus hin formierte sich die Familie zum Trauerzug und folgte dem Leichnam.

Ganz vorne neben Augustus schritt Livia, Julias Stiefmutter. Julia hatte aus ihrer Abneigung gegen die Frau ihres Vaters nie ein Hehl gemacht. Diese Scheinheiligkeit, mit der sie die Moralistin an der Staatsspitze mimte! Stets adrett und immer formvollendet fand Livia instinktsicher das richtige Wort für jedermann. Die Perfektion, mit der die Stiefmutter auftrat, machte Julia rasend. Mit endlosen Lektionen in der Wollverarbeitung hatte Livia sie als Kind getriezt. Die zahllosen Stunden, in denen sie gemeinsam mit ihr diese schmucklosen Gewänder hatte anfertigen müssen, in die sich Augustus gerne hüllte, um seine Bescheidenheit zu betonen. Wie hatte sie sich gelangweilt! Zugegeben, Augustus hatte seine Frau angehalten, dafür zu sorgen, dass Julia die klassischen Fähigkeiten einer römischen Matrone lernte. Aber Livia hatte es wirklich übertrieben. Ihr wachsamer Blick war der Stieftochter überall im Haus gefolgt. Keinen Schritt hatte sie tun können, ohne dass die Ältere ihn kommentierte. Augustus und Livia hatten ihr sogar verboten, zu sprechen, solange Sklaven im Raum waren. Nichts fürchtete das erste Paar im Reich so sehr wie den Klatsch von Rom. Julias leibliche Mutter, Scribonia, war *persona non grata*. Im Haus des Augustus auf dem Palatin war sie gänzlich unerwünscht. Am liebsten wäre es Augustus und Livia gewesen, man hätte ihren Namen überhaupt nicht mehr genannt.

Während der Trauerzug langsam weiterzog, schweifte Julias Blick über die Verwandtschaft. Ein zusammengewürfelter Haufen war die Großfamilie des Augustus. Er, der außer Julia kein leibliches Kind hatte, war umso fanatischer darauf bedacht, ein Heer von Adoptivkindern, Enkeln und Schwiegerkindern hinter sich zu vereinen. Nichts weniger als eine Dynastie wollte er hinterlassen. Da war Claudia Marcella, die Julia mit wortloser Verachtung begrüßt hatte, als sie vor dem Tempel angekommen war. Julia konnte ihr die Abneigung nicht verübeln. Claudia war von Augustus gezwungen worden, ihren Mann Agrippa an Julia abzutreten und ihrerseits Iullus Antonius zu heiraten, den Sohn des Marcus Antonius.

Dahinter ging Drusus, fraglos der charmanteste unter den Zöglingen. Er war Livias Sohn und doch so ganz anders als sie. Wenn er zur Tür hereintrat, ging die Sonne auf. All die Jahre im Haus des Augustus hatten seine Laune nie trüben können. Seine Frau Antonia war eine Tochter der Verstorbenen und ihres Mannes Marcus Antonius'. Drusus und Antonia hatten das Ihrige schon getan, um die Dynastie des Augustus weiterzuführen. Auf Antonias

Arm schlief das zweijährige Töchterchen Livilla und unter ihrem Trauergewand zeichnete sich bereits die nächste Schwangerschaft ab. Hinter ihnen machte der älteste Sohn Faxen. Der vierjährige Germanicus hatte das gewinnende Wesen seines Vaters geerbt.

Und weiter ging der Zug mit Claudia der Jüngeren, einer weiteren Tochter Octavias, und anderen Anverwandten. Manchmal konnte selbst Julia die vielfachen verwandtschaftlichen Verflechtungen nicht mehr entwirren. So viele Scheidungen, Hochzeiten, Schwieger- und Stiefkinder – wer sollte da noch den Überblick behalten.

Und schließlich, direkt neben ihr, ging Tiberius, ihr siebenundzwanzigjähriger Stiefbruder. Seine finstere Miene passte zum traurigen Anlass. Doch Julia wusste allzu gut, dass die Melancholie und Übellaunigkeit bei Tiberius Normalzustand war. Sie kannte ihn von Kindesbeinen an. Er, der älteste Sohn Livias, war gemeinsam mit ihr im Haus des Augustus aufgewachsen. Und seit einigen Monaten waren sie durch ein neues Band aneinandergefesselt: Ihr Vater hatte Julia und Tiberius in eine Ehe gezwungen.

Der Weg des Trauerzugs führte zum Mausoleum des Augustus. Schon vor Jahren hatte sich der Herrscher unweit des Tiber ein imposantes Grabmal errichten lassen. 90 Meter maß das steinerne Rund, auf dem sich ein Zypressenhügel erhob. Den feinen Stein hatte Augustus extra aus dem 30 Kilometer vor Rom gelegenen Tibur hierher schaffen lassen. Fünf Mauerringe musste man passieren, ehe man zum eigentlichen Grabmal kam, das Augustus ursprünglich für sich selbst vorgesehen hatte. Der oft kränkelnde Machthaber hatte erwartet, als Erster zu sterben. Aber es war anders gekommen. Dreimal schon war die Familie trauernd zum Mausoleum gezogen. Agrippa, der beste Freund und Feldherr des Augustus, lag hier. Und Octavia fand jetzt an der Seite ihres schon zwölf Jahre zuvor gestorbenen Sohnes Marcellus die letzte Ruhe. Augustus wusste, dass er seiner Schwester damit einen sehnlichen Wunsch erfüllte. Octavia hatte den Tod ihres Lieblingssohnes nie verwunden. Marcellus war der aussichtsreichste unter den Anwärtern auf die Nachfolge des Augustus gewesen. Ein schöner, junger Mann, kraftstrotzend und voller Energie. Eine tückische Krankheit, die auch Augustus fast das Leben gekostet hätte, hatte ihn mit nicht einmal zwanzig Jahren dahingerafft. Von diesem Tag an hatte Octavia ihre schwarze Trauerkleidung nicht mehr abgelegt. Als sie drei Jahre nach Marcellus' Tod die Passage der *Aeneis* hörte, in welcher der Dichter dessen Tod betrauert, brach sie ohnmächtig zusammen. Nun, im Tod, würden Mutter und Sohn wieder vereint sein.

Mit der Ankunft im Mausoleum war der offizielle Teil der Beerdigung beendet. Doch Augustus hatte Staatstrauer angesetzt. Für Julia bedeutete dies vor allem, dass sie noch mehr als sonst ans Haus gefesselt war. Zusammen mit ihrem misslaunigen Ehemann, den ihr die Politik ihres Vaters aufgehalst hatte. Zu allem Überfluss hatte sie den Verdacht, dass sie schwanger war. Schon wieder. Dabei sausten zu Hause doch bereits fünf kleine Quälgeister durch die Flure. Auf der anderen Seite war es ja genau das, was ihr Vater und ihr Mann von ihr erwarteten. Die Zeugung des Kindes war freudlos genug gewesen. Julia beschloss, sich nicht in Trübsal versinken zu lassen. Wer weiß, vielleicht würde sich durch dieses Kind ja auch alles zum Guten wenden. Es war eine neue Chance. Liebe würde aus der Zwangsehe mit Tiberius sicher nicht werden. Aber Zuneigung vielleicht oder Respekt. Er war kein Unmensch, aber immer so schrecklich ernsthaft. Richtig laut gelacht hatte sie mit ihm noch nie. Vielleicht konnte man Tiberius ja mit den Jahren etwas zurechtbiegen. Mit ihren anderen Ehemännern war es letztlich ja auch nicht so schlimm gewesen.

An ihren ersten Verlobten hatte Julia keine Erinnerung mehr. Im Alter von zwei Jahren, so erzählten es ihr später die Kinderfrauen, wurde sie dem Sohn von Marcus Antonius versprochen. Damals stand das Triumvirat vor der Verlängerung, und ihr Vater brauchte eine festere Bindung an Marcus Antonius. Augustus und Julias Stiefmutter sprachen nicht gern über diese Zeit. Das Ganze hatte sich ja auch schnell wieder in Wohlgefallen aufgelöst. Julia hatte den Namen ihres Verlobten Antonius Antyllus nur noch einmal gehört. Nämlich im Jahre 30 v. Chr., als er ermordet wurde. Fünf Jahre später hatte ihr Vater neue Pläne. Julia war mittlerweile zu einer hübschen jungen Frau herangewachsen und die Ehre, die erste Tochter des Reiches zu freien, wollte der Kaiser keiner Familie außer der eigenen überlassen. Als Bräutigam hatte er ihren Cousin Marcellus, den Lieblingssohn Octavias, ausgesucht. Die vierzehnjährige Julia hatte schon längst mit ihrer Verlobung gerechnet. Für ein römisches Mädchen der Oberschicht wäre es durchaus möglich gewesen, schon mit zwölf zu heiraten. Aber auch Marcellus war erst siebzehn, und eine noch frühere Eheschließung hätte zu allerlei Geschwätz geführt. Augustus liebte seinen Neffen wie einen Sohn. Marcellus durfte ihn beim Triumphzug nach der Schlacht von Actium begleiten und sogar mit auf einen Kriegszug nach Spanien. Der Kaiser tat alles, um hier den künftigen Herrscher heranzuziehen. Für Julia hatte sich mit ihrer Hochzeit nicht allzu viel geändert. Zog eine junge Braut ansonsten ins Haus ihres frisch Vermählten, so war dies in diesem Fall obsolet. Auch Marcellus war im Haus des Augustus beheimatet. Sie sah ihn nicht einmal besonders oft, da er ständig mit Augustus Reisen und Termine wahrnahm. Und auch nächtens hatte sich nicht sonderlich viel ereignet. Zumindest blieb dem jungen Mädchen so das Schicksal der meisten Kindsbräute erspart, nämlich dass sie in jüngsten Jahren schon selbst Mutter werden musste.

Als Marcellus nach zwei Ehejahren starb, war Julia sechzehn Jahre alt. Ein ideales Alter, um erneut an den wichtigsten Mann im Reich nach Augustus verschachert zu werden. Diesmal war Julia entgeistert. Die Wahl ihres Vaters fiel auf einen Mann, dessen Haupt bereits schlohweiß war. Ein Greis! Marcus Vipsanius Agrippa, der beste Freund und Feldherr des Augustus seit Schultagen war schon einundvierzig Jahre alt und früh ergraut. Seine Herkunft war jämmerlich glanzlos und die Vorfahren für die Geschichte der Republik völlig unbedeutend. So einer sollte die Hand der nobelsten Frau des Reiches bekommen? Und zu allem Überfluss war er an der Hochzeit mit Julia überhaupt nicht interessiert. Agrippa war durchaus glücklich verheiratet und musste seine Frau und seine Kinder nun sitzenlassen. Aber der Befehl des Kaisers duldete keinen Widerspruch und die Wahl Agrippas bedeutete gleichzeitig, dass dieser damit zum aussichtsreichsten Aspiranten auf die Nachfolge des Kaisers aufstieg. Die Eheleute fügten sich in ihr Schicksal und bereits nach wenigen Monaten musste Julia zugeben, dass sie es gar nicht so schlecht getroffen hatte. Die Ehe mit Agrippa bot die ersehnte Möglichkeit, der strengen Kuratel von Stiefmutter und Vater zu entrinnen. Zwar wohnte sie auch mit Agrippa weiterhin im Gebäudekomplex des Kaiserpalastes auf dem Palatin, aber in ihrem neuen Haushalt war sie die Herrin. Sie war es, die nun bestimmen konnte, wer eingeladen wurde und wer nicht. Das Haus des Agrippa avancierte schnell zum gesellschaftlichen Mittelpunkt Roms. Letztlich kam es ihr jetzt zugute, dass man in ihrer Kindheit so viel Wert auf Bildung gelegt hatte. Sie konnte mit Esprit unterhalten und ihr angeborener Witz ließ Abende mit Julia zu einem Vergnügen werden.

Dazu kam: Ihr Mann Agrippa behandelte sie ausgesprochen zuvorkommend. Ganz anders als der täppische Marcellus. Obschon er den größten Teil seines Lebens als Soldat im Feldlager verbracht hatte, wusste dieser Mann eine Frau zu verwöhnen und sorgte stets dafür, dass es Julia an nichts fehlte. Allzu viel war er ohnehin nicht zu Hause, denn er hatte in Rom tausenderlei Verpflichtungen. Manchmal fragte sich Julia, was eigentlich ihr Vater den lieben langen Tag machte. Agrippa hatte aus Rom eine vorzeigbare Metropole gemacht. Er ließ das sumpfige Marsfeld trockenlegen und errichtete dort eine traumhafte Parklandschaft mit prunkvollsten Gebäuden. Die neuen Wasserleitungen gingen größtenteils auf Agrippas Initiative zurück. Auch wenn andere Aristokraten die Nase rümpften und lieber schicke Tempel stifteten – für die Stadt und das Leben in ihr war die Versorgung mit Frischwasser und die geordnete Ableitung des Abwassers enorm wichtig. An vielen Straßenecken konnte man endlich wieder entlanglaufen, ohne sich vor Gestank ein Tuch vor die Nase halten zu müssen. Er habe eine Stadt aus Ziegeln vorgefunden, die er nun in Marmor hinterlasse, brüstete sich Augustus. Julia wusste, wie viel von dieser Ehre eigentlich ihrem Mann gebührte. Aber auch wenn Agrippa tagsüber hochbeschäftigt war, nachts nahm er sich Zeit für sie. Schon ein Jahr nach der Hochzeit wurde der erste Sohn Gaius geboren, dem in schneller Abfolge Töchterchen Julia und der zweite Sohn Lucius folgten. In Augustus' Augen hatte Julia die ihr zugedachte Aufgabe bestens erfüllt. Für Agrippa allerdings entwickelten sich die Dinge nicht so wie erwartet. In Gaius und Lucius hatte der Kaiser nun potentielle Nachfolger gefunden, die mit ihm blutsverwandt waren. Er adoptierte die Kleinen, als hätten diese keinen eigenen Vater, und schob Agrippa dadurch auf Platz drei der Nachfolgeregelung. Augustus liebte die Jungen abgöttisch. Bei offiziellen Porträts sorgte er dafür, dass sie ihm stark glichen. Die Bildnisse von Gaius und Lucius waren fast identisch, nur an der unterschiedlichen Lockenstruktur waren sie auseinanderzuhalten. Zwei Miniaturaugustusse: bereit, einst in die Fußstapfen des Großvaters zu treten. Die beiden freuten sich über die Aufmerksamkeit, die der mächtige Großvater ihnen schenkte. Die Mutter aber sahen sie kaum noch. Was blieb Julia anderes übrig, als die Dinge geschehen zu lassen. Aber vieles entwickelte sich auch positiv. Im Herbst des Jahres 17 v. Chr. brachen Julia und Agrippa zu einer dreijährigen Reise in den Osten des Reiches auf. Julia war enorm aufgeregt. Sie hatte Rom und seine nächste Umgebung noch nie verlassen. Das gigantische Reich ihres Vaters kannte sie nur aus Erzählungen. Auch wenn Agrippa vor allem politische Präsenz in den entlegenen Reichteilen zeigen sollte, gab es für Julia doch ausreichend Gelegenheit, die touristischen Highlights der Regionen selbst in Augenschein zu nehmen. Als Höhepunkt der

Reise war der Besuch des legendären Troja geplant. Agrippa konnte sie nicht begleiten, da ihn eine dringende militärische Operation nach Pontos abberufen hatte. Julia aber wollte sich den Besuch in Troja nicht nehmen lassen. Es gehörte zum guten Ton der römischen Oberschicht, einmal selbst an dem Ort gewesen zu sein, an dem die Geschichte Roms ihren Anfang nahm. Aeneas, der mythische Stammvater der Julier, war einst aus der brennenden Stadt nach Westen geflohen und hatte Alba Longa, die Vorgängersiedlung Roms, gegründet. Kurz bevor sie die Ruinen erreichten, musste die kleine Reisegesellschaft, mit der Julia unterwegs war, den Skamander überqueren, einen Fluss, der die Ebene vor der Stadt durchschnitt. Das Unglück wollte es, dass sie das Ufer erst erreichten, als die Nacht schon hereinbrach und der Fluss zu allem Überfluss auch noch Hochwasser führte. Die Entscheidung, doch noch überzusetzen, erwies sich als fatal. Kaum waren alle an Bord, erfassten die tückischen Strömungen das Boot, und um Haaresbreite wäre Julia ertrunken. Sie selbst beruhigte sich schnell wieder. So leicht war Julia nicht aus der Fassung zu bringen. Agrippa aber tobte, als er von dem Vorfall hörte. Immerhin war seine Frau bereits wieder schwanger, und somit war das Leben seiner Frau und das des ungeborenen Kindes in Gefahr gewesen. Im ersten Zorn belegte er die Bewohner von Ilion, wie Troja auch genannt wurde, mit einer empfindlichen Geldbuße, weil sie die Ankunft seiner Frau nicht anständig vorbereitet hatten. Erst auf die Vermittlung des jüdischen Königs Herodes hin ließ er sich besänftigen und erließ die Strafe für die Stadt. Es war ja letztlich alles glimpflich verlaufen. In Athen trafen sich Agrippa und Julia wieder, und hier wurde ihr viertes Kind, eine Tochter, geboren. Sie wurde nach ihrem Vater Vipsania Agrippina genannt. Als Julia nach Rom zurückkehrte, machte ihr Vater aus seinem Stolz kein Hehl. Zwei Enkelsöhne und zwei Enkeltöchter! In den Augen des Augustus hatte Julia alles richtig gemacht. Und sah man da nicht sogar bereits, dass ein fünftes Kind unterwegs war? Auch seine Stiefsöhne Drusus und Tiberius hatten ihm schon Enkelsöhne geschenkt. Augustus' Traum von der eigenen Dynastie schien gesichert.

12 v. Chr. nahm Agrippa wie so oft Abschied von seiner Frau, um in einen Krieg zu ziehen. Diesmal führte sein Weg nach Illyricum, einer Gegend südlich der Donau, in der ein Aufstand ausgebrochen war. Agrippa war einfach der erfahrenste unter den Feldherrn des Kaisers. Wenn es richtig brannte, war er der richtige Mann. Doch diesmal kehrte er nicht zurück. Marcus Vipsanius Agrippa wurde krank und starb noch im Frontgebiet. Als die Nachricht von seinem Tod Rom erreichte, stürzte Augustus in tiefe Trauer. So viele Jahre, so viele Kämpfe hatte er mit Agrippa überstanden, von dem man sagte, er sei sein einziger wirklicher Freund gewesen. Der fähige Feldherr war es gewesen, dem Augustus die wichtigen Siege der Seeschlachten von Naulochos und Actium zu verdanken hatte. Der Tod Agrippas hielt dem Kaiser auch sein eigenes Alter und seinen oft bedenklichen Gesundheitszustand vor Augen. Bei der Trauerfeier hielt der Kaiser selbst die Leichenrede. Julia betrauerte ihren Gatten, der sein fünftes Kind mit ihr nicht mehr sehen sollte. Der kleine Agrippa kam erst nach dem Tod seines Vaters zur Welt. Alle nannten ihn daher Agrippa Postumus.

Was würde nun geschehen? Die zweifache Witwe Julia war noch immer jung, gerade mal siebenundzwanzig Jahre alt. Und tatsächlich zog ihr Vater den nächsten Plan aus der Tasche. Wieder wurde Heiratslotto gespielt, und diesmal erhielt Julia eine besonders schwere Karte: Tiberius.

Ihr ältester Stiefbruder Tiberius war entsetzt, als er vom kaiserlichen Ansinnen hörte. Er war mit Vipsania Agrippina der Älteren verheiratet, einer Tochter Agrippas aus dessen früherer Ehe. Und diese Verbindung war einer der seltenen Fälle, in denen sich die Eheleute nach ihrer arrangierten Hochzeit wirklich ineinander verliebt hatten. Tiberius war ein äußerst sensibler Charakter. Wenn sie ganz ehrlich war, hatte Julia schon länger ein bisschen für den verschlossenen Mann geschwärmt. Vielleicht hatten ihn seine Kindheitsjahre geprägt. Er war schon so jung mit seinen Eltern auf der Flucht gewesen und hatte viel Leid und Schrecken gesehen, von denen er nur selten erzählte. Sein Verhältnis zu Augustus war für Julia kaum zu durchschauen. Manchmal glaubte sie, dass er seinen Stiefvater hasste. Dann wiederum schien er regelrecht um dessen Gunst zu buhlen. Er war ein brillanter Soldat, der seinem bisherigen Schwiegervater Agrippa an Zuverlässigkeit nicht nachstand. Und doch hatte Augustus Tiberius' Bruder, den liebenswerten Drusus, immer bevorzugt. Obwohl ihm die Trennung von Vipsania offensichtlich sehr schwerfiel, fügte sich Tiberius auch jetzt in den Willen des Augustus. Julia vermied es wohlweislich, den Namen der ersten Frau zu erwähnen. Was half es, auch noch in offenen Wunden zu bohren. Man hatte ihr erzählt, dass Tiberius sogar, als er seine Exfrau zufällig noch einmal auf der Straße traf, in Tränen ausgebrochen sei. Er benahm sich trotzdem, wie es von einem Ehemann erwartet wurde, und wenig später war Julia schon wieder schwanger. Aber das Leben an der Seite des griesgrämigen Grüblers fiel ihr immer schwerer. Schon in den Jahren mit Agrippa war sie oft aus ihrem goldenen Käfig ausgebrochen und hatte sich auf dem Marsfeld oder dem Forum mit ihren Altersgenossen getroffen. Augustus hatte getobt, als er davon erfuhr. Seine eigene Tochter, die öffentlich herumgammelte? Agrippa war da milder gewesen. Er wusste, dass eine junge Frau ab und zu etwas Spaß brauchte. Die Gerüchte, die über sie im Umlauf waren, kannte Julia nur zu gut. Ganz unverhohlen wurde daran gezweifelt, dass ihre fünf Kinder tatsächlich vom ersten Feldherrn und Freund des Augustus stammten. Dabei waren ihm doch alle wie aus dem Gesicht geschnitten. Aber auch dafür hatten die römischen Schandmäuler schnell eine Erklärung gefunden. »Ich nehme einen Gast nur an Bord, wenn das Schiff schon beladen ist«, hätte Julia sich erklärt, lästerte man. Das war doch alles Blödsinn, aber wenn sie ohnehin schon einen schlechten Ruf hatte, war es doch auch egal, ob sie ihn noch weiter ruinierte. Der

Trost, den die Weinkaraffe der Sklaven zu jeder Tages- und Nachtzeit bereithielt, war ihr mittlerweile zum vertrauten Begleiter geworden. Die Ehe mit Tiberius entwickelte sich freudlos. Schon bald wurde er zu seinem nächsten Kriegseinsatz an der Donaufront abberufen. Julia sollte mit auf die Reise nach Pannonien und Dalmatien gehen. Sie ließ sich darauf ein, wusste sie doch, dass sie in ihrem Zustand unmöglich bis an die Front mitkommen musste. Sie bezog auf halber Strecke im malerischen Aquileia Quartier und brachte dort einen Sohn zur Welt. Diesmal aber verließ sie Fortuna, die ihr bisher bei allen Entbindungen zur Seite gestanden hatte. Der Kleine war zu zart und starb bald nach seiner Geburt. Julia wusste, dass sie mit fünf gesunden Kindern ungewöhnlich gesegnet war. Jedes zweite römische Kind erlebte nicht einmal seinen ersten Geburtstag. Den Schmerz um ihren kleinen Jungen aber konnte das nur wenig dämpfen. Auch Tiberius war untröstlich, aber sie fand keinen Weg, um mit ihm über den gemeinsamen Verlust zu sprechen. Insgeheim machte er sie wohl verantwortlich für den Tod des Kindes. Schon so viele Frauen hatten sich eines ungewollten Kindes mit Hilfe einer verschwiegenen Hebamme entledigt, und wer war schon im fernen Aquileia dabei gewesen. Traute Tiberius ihr so etwas Furchtbares wirklich zu?

Zu allem Überfluss wurde die Familie von einem weiteren tragischen Unglücksfall erschüttert. Drusus, der Liebling des Augustus, stürzte auf einem Germanienfeldzug schwer und infizierte sich mit Wundbrand. Tiberius eilte unverzüglich an sein Krankenlager, als er die Nachricht erhielt. Zwar traf er seinen Bruder noch lebend an, doch er konnte ihm nicht mehr helfen. Tiberius eskortierte die Leiche des Drusus nach Rom. In Pavia kamen ihm Augustus und Livia, die beide zutiefst erschüttert waren, entgegen und erwiesen dem Verstorbenen bis nach Rom das letzte Geleit. Augustus hatte für den jüngeren seiner beiden Stiefsöhne stets aufrichtige Vatergefühle gehabt und zeigte seine Betroffenheit öffentlich. Auch die Fassade der Gefasstheit, mit der Livia stets aufzutreten pflegte, bekam erstmals Risse. Ihre Verzweiflung um den Tod des geliebten Sohnes war grenzenlos. Ein Unbekannter widmete der Frau des Kaisers ein Gedicht, in dem es heißt: »Jener (Drusus), ein Zögling des Kaisers, der eine Teil eures Gebetes, ist nicht mehr, darum löse das Haar in Trauer. Was nützt es Dir, dass Du immer züchtig gelebt hast und Deinem Mann dadurch gefallen hast? Was auch, dass Du Dich durch Sittsamkeit so hervorgetan hast, dass sie an erster Stelle bei Deinen Verdiensten genannt wird? Was, dass Du Deine Seele entgegen dem Zeitgeist rein bewahrt hast und Dein Haupt über die Laster emporgehoben hast?«

Augustus tat sein Bestes, um seiner Frau in diesen schweren Stunden beizustehen. Auf sein Geheiß hin ehrte der Senat die trauernde Livia mit Statuen und verlieh ihr das *ius trium liberorum*, das »Recht der Frauen mit drei Kindern«. Seltsam, hatte Livia doch nur zwei Söhne, von denen einer gerade gestorben war. Doch dieses bizarre Recht, das der Trägerin weitgehende Vorzüge gewährte, war ein Teil der umfassenden Reform der Ehe- und Moralgesetze, die Augustus angeordnet hatte. Jeder Mann im Alter zwischen 25 und 60 Jahren und jede Frau zwischen 20 und 50 Jahren musste nun verheiratet sein, sonst drohten empfindliche Bußgelder. Kinderreichtum dagegen wurde belohnt. Hintergrund des Gesetzeswerkes waren die stetig abnehmenden Geburtenzahlen und der daraus resultierende Soldatenmangel im Reich. Doch Augustus hatte das Ganze aufgezogen wie eine Runderneuerung von Sitte und Anstand. Ein Ehemann, der sich von seiner Frau betrogen fühlte, konnte nun die Hälfte von deren Mitgift einstreichen und diese in die Verbannung schicken. Ja, es war ihm sogar erlaubt, den Nebenbuhler zu töten. Was aber ein Ehemann außerhalb seiner Ehe trieb, war straffrei, solange er seine Finger von verheirateten Frauen ließ. Immer neue Verfügungen vom Palatin sollten das römische Volk von Grund auf moralisch erneuern. Was eigentlich gab ihrem Vater das Recht, so über das Verhalten anderer Menschen zu richten? Julia wusste allzu gut, dass die strengen Regeln in seinem Hause am allerwenigsten eingehalten wurden. Es lief das Gerücht, Augustus habe eine Schwäche für blutjunge

Mädchen. Seine Frau würde ihm die kleinen Jungfrauen regelrecht zuschieben. Zwar hatte Julia so etwas nie mitbekommen, aber sie war sich sicher, dass die Ehe ihres Vaters mit Livia nur noch nach außen eine solche war. Augustus behandelte seine Frau respektvoll, aber anfassen mochte er sie schon längst nicht mehr. Sogar mit der Frau seines Freundes Maecenas hatte er eine Affäre angefangen. Der alte Ratgeber des Kaisers war tief erschüttert gewesen, weil er wirklich an seiner Frau hing. Aber auf Gefühle gab Augustus wenig, das wusste Julia allzu gut.

Während Tiberius wieder nach Germanien zog, blieb sie mit ihren fünf Kindern von Agrippa in Rom. Aber die Zeiten, in denen sie die brave Matrone gegeben hatte, waren vorbei. All die Jahre, in denen sie nichts weiter als ein Spielball der Politik ihres Vaters gewesen war, hatten in ihr Zorn und Widerwillen geschürt, der sich nun immer mehr Bahn brach. »Als er (Augustus) entdecken musste, was für ein lockeres Leben seine Tochter Julia führte, so dass sie auf dem Forum und selbst auf der Rednertribüne nachts umherschwärmte und noch zu später Stunde zuweilen an Trinkgelagen teilnahm, geriet er in höchsten Zorn«, schreibt Cassius Dio. Auch wenn die Quellen oft übertreiben, müssen derartige Schilderungen einen wahren Kern haben, denn das Benehmen seiner Tochter war für Augustus enorm peinlich. Und dass er, der die öffentliche Berichterstattung sonst fast gänzlich in seinem Sinne frisierte, gegen den Klatsch nichts ausrichten konnte, lässt auf einen hohen Wahrheitsgehalt schließen. Die Mechanismen, in denen sich der Konflikt zwischen Vater und Tochter Bahn brach, liegen auf der Hand. Immer wieder beschworen Politik und Propaganda des Augustus die Sittenstrenge und Reinheit in seinem eigenen Haus. Die Frauen des Kaiserpalastes sollten das höchste Vorbild einer jeden Römerin sein. Livia erfüllte ihre Rolle mit einer Perfektion, die den Trotz jeder jüngeren Frau heraufbeschwören musste. Aber Julia ging noch weiter. Hatte sie nicht auch des Vaters Talent geerbt, politische Ränke zu schmieden? Sie probierte es aus und traf sich immer häufiger mit Personen, deren Einstellung zum Kaiser äußerst fragwürdig war. Da war Iullus Antonius, der zweite Sohn des Marcus Antonius. Er hatte allen Grund, den Kaiser zu hassen. Augustus hatte nicht nur seinen Vater, sondern auch seinen Bruder auf dem Gewissen. Auch andere Feinde des Augustus suchten nun den Kontakt zu dessen Tochter. Sie bot möglicherweise das lang gesuchte Vehikel, um den selbsternannten Alleinherrscher zu Fall zu bringen.

Am 1. Januar 7 v. Chr. wurde der Triumph des Tiberius in Pannonien gefeiert. Julia zeigte nun ganz offen, dass sie nicht mehr mitspielte. Ihre Rolle wäre es gewesen, gemeinsam mit Livia die Frauen der Oberschicht zu bewirten. Sie weigerte sich jedoch, diesen Auftritt zu absolvieren, und zeigte so vor ganz Rom, wie es um ihre Ehe mit Tiberius bestellt war. An der Seite ihres Mannes ließ sie sich von da an nie mehr öffentlich sehen. 6 v. Chr. hatte dieser die Nase endgültig voll. Er, der auf dem Höhepunkt seiner bisherigen politischen Karriere stand, legte seine Ämter nieder und verkündete, er werde auswandern. Livia war entgeistert und flehte ihn an, seinen Schritt zu überdenken. Doch ihre Bitten liefen wie die Drohungen von Augustus ins Leere. Tiberius war wild entschlossen, ein neues Leben zu beginnen. Da ihm klar war, dass er gegen den Willen des Augustus keinen Schritt außerhalb Roms tun konnte, trat er in Hungerstreik, bis der halsstarrige Stiefvater nach vier Tagen endlich nachgab und ihm die Reiseerlaubnis erteilte. Tiberius schiffte sich in Ostia ein und fuhr gen Osten, um sich auf der griechischen Insel Rhodos den Wissenschaften und seinen trüben Gedanken hinzugeben. Julia weinte ihm keine Träne nach. Sie war es leid, von ihm ständig mit vorwurfsvoller Miene empfangen zu werden, sobald sie etwas länger ausgeblieben war. Diese Ehe war eine Farce, auch wenn sie und ihr Mann eigentlich das gleiche Schicksal einte. Beider Leben war vom übermächtigen Schatten des Augustus geprägt. Jede Phase ihres Lebens war von ihm diktiert worden. Und dennoch fanden sie keinen Weg, mit ihrem Schicksal gemeinsam umzugehen. Vielleicht kannten sie sich zu gut. Oder aber ihre Charaktere waren einfach zu unterschiedlich. Wo Tiberius in Schweigen und Tatenlosigkeit versank, bäumte sich Julia auf. Sie hatte den idealen Weg entdeckt, wie sie ihren Vater treffen konnte: den öffentlichen Skandal. Jede öffentlich durchfeierte Nacht, jeder Liebhaber, der damit protzte, die Kaisertochter gehabt zu haben, blamierte Augustus auf schlimmste Art und Weise. »Ich habe zwei Töchter, die mir zu schaffen machen«, wird Augustus zitiert, »die *res publica* und Julia«. Und konnte man einen solchen Seufzer noch als väterliches Bedauern auffassen, wurde Julia mehr und mehr zur tatsächlichen politischen Bedrohung.

2 v. Chr. schließlich platzte auch Augustus der Kragen. Im Namen des Tiberius, der hier bezeichnenderweise persönlich nicht einmal einbezogen wurde, schickte er Julia den Scheidungsbrief. Damit aber nicht genug. Um die unliebsame Tochter ein für alle Mal aus dem Weg zu räumen, klagte er sie vor dem Senat wegen Ehebruchs und Beleidigung seiner Person an. Julia wurde auf die Insel Pandateria, das heutige Ventotene, westlich von Ischia verbannt. Das Urteil traf Julia hart. Vorbei die Zeiten der wilden Partys mit Freunden und Gleichgesinnten. Vorbei aber auch jede Möglichkeit, ihrem Vater politisch zu schaden. Einen zusätzlichen Stich versetzte es ihr, dass ausgerechnet Livia nun für die finanziellen Zuwendungen zuständig war, die ihr das öde Leben auf Pandateria ermöglichten. Sie musste die Almosen annehmen, denn eigenes Geld hatte sie nicht mehr. Die Sklaven, die ihr die Stiefmutter so scheinheilig hilfsbereit schickte, waren aller Wahrscheinlichkeit nach deren Spione, die jedes Wort, das im tristen Verbannungshaushalt gesprochen wurde, umgehend weiterleiteten. Julias Kinder blieben in Rom zurück. Sie würde sie niemals wiedersehen. Scribonia, ihre leibliche Mutter, entschloss sich freiwillig, die Tochter in die Verbannung zu begleiten. Doch sie war die Einzige aus der ganzen Familie, die Julia Beistand leistete. Tiberius hatte aus der Ferne ein paar halbherzige Briefe geschrieben, in denen er um eine milde

Behandlung Julias bat, da dies von ihm als vorbildlichem Ehemann erwartet wurde. Selbst ihre Söhne, die inzwischen auch fast erwachsen waren, wandten sich von ihr ab. Das römische Volk aber nahm regen Anteil am Schicksal der Kaisertochter. Der Historiker Cassius Dio erzählt: »Nur das Volk drang gar sehr in Augustus, er möge seine Tochter aus der Verbannung zurückholen, doch er erklärte, leichter könne sich Feuer und Wasser mischen, als dass sie wieder nach Hause komme. Darauf warf das Volk viele Feuerbrände in den Tiber, ohne freilich zunächst etwas zu erreichen, später bestimmte es indessen den Kaiser doch dazu, dass Julia wenigstens von der Insel auf das Festland gebracht wurde.«

Nach fünf Jahren wurde die Verbannungshaft für Julia gelockert, und sie lebte nun in Rhegium, dem heutigen Reggio di Calabria. Von hier aus musste sie tatenlos zusehen, wie 2 n. Chr. zuerst ihr Sohn Lucius und nur zwei Jahre später ihr Ältester Gaius starb. Die Gerüchte, die Julia zugetragen wurden, raunten von Giftmord durch Livia. Bei aller Abneigung, die Julia gegen ihre Stiefmutter hegte, wusste sie doch auch, dass der römische Klatsch mit solchen Verdächtigungen allzu schnell bei der Hand war.

Nahezu lächerlich erschien es ihr nun, dass ihr Vater den schon längst ausgemusterten Thronprätendenten Tiberius reaktivierte, da ihm die möglichen Nachfolger ausgegangen waren. Julias dritter Sohn, Agrippa Postumus, wurde von seinem Großvater ebenso in die Verbannung gejagt wie seine Schwester Julia. In Rom blieb von den fünf Kindern der Julia nur die jüngste Tochter, Vipsania Agrippina. Diese hatte Glück, denn der Heiratsmarkt loste ihr den schmucken Germanicus zu, den Sohn des Drusus. Germanicus war der »Prinz der Herzen« in Rom. Ein blendend aussehender, fröhlicher junger Mann, der all die Schwermut, die sich in den letzten Jahren über das Kaiserhaus gelegt hatte, wegzuwischen schien. Augustus liebte ihn besonders, weil er so an Drusus erinnerte. Doch noch war Germanicus zu jung und ungestüm, um ihm das Reich zu überlassen. Agrippina war stolz, dass sie den begehrtesten Junggesellen des Reiches bekam. Das war nicht selbstverständlich gewesen, bei der skandalösen Vita ihrer Mutter. Aber so ganz konnte sich Augustus offenbar nicht davon freimachen, dass er über eine Enkelin auch sein eigenes Blut an der Macht halten wollte. Julia wusste, wie ihr Vater tickte, und wünschte ihrer Tochter, dass sie mit dem Leben im Schatten des mächtigen Großvaters besser zurechtkommen würde, als es ihr selbst gelungen war.

Als Julia schließlich 11 n. Chr. starb, endete ein Leben, das an der Übermacht der Vaterfigur gescheitert war. Ob sich die Tochter des Augustus letztlich mit ihrem Schicksal ausgesöhnt hat, ist nicht überliefert. Doch sie konnte für sich reklamieren, als Einzige Rückgrat gegen die Allmacht des Augustus gezeigt zu haben und gegen die ihr zugewiesene Rolle gekämpft zu haben. Sie war seine Tochter gewesen – in jeder Hinsicht. Doch die Grenzen, die ihr Geschlecht in der Hierarchie der Macht in Rom setzte, hatte sie nicht sprengen können. Wie sollte eine Frau bei Hofe ihren Einfluss erweitern? Rebellion war nicht der richtige Weg, zumindest nicht, wenn der Kaiser eine so starke Persönlichkeit war wie der Princeps Augustus.

KAMPF UM DIE SPITZE – LIVIA, ANTONIA UND AGRIPPINA MAIOR

Julias Tod war für Livia eine Befreiung. Die Präsenz der Kaisertochter war auch auf der fernen Insel eine immerwährende Erinnerung daran gewesen, dass der »Vater des Vaterlandes«, wie Augustus seit der Senatsverleihung im Jahre 2 v. Chr. ehrenhalber genannt wurde, an der Erziehung seines eigenen Kindes gescheitert war. Und das Scheitern des Augustus war auch Livias Versagen. Ihr Leben an der Seite des Princeps war in den letzten Jahren immer öffentlicher geworden. Sie war die verlässliche Stütze der Politik ihres Mannes und das gelebte Beispiel von dessen Gesetzgebungen. Bis zum Tod von Augustus' Schwester Octavia im Jahre 11 v. Chr. aber hatte sie in der öffentlichen Wahrnehmung meist in deren Schatten gestanden. Und nach Octavias Tod waren oft Julia und deren Kinder im Mittelpunkt des Interesses gewesen. Nun, nach fast einem halben Jahrhundert Ehe, war Livia Drusilla die unbestrittene Nummer eins bei Hofe. Im Palast des Augustus hatte sie längst einen eigenen Komplex, in dem sie nach Belieben schaltete und waltete. Ohne ihr Wissen geschah wenig in der Stadt am Tiber. Vor allem zu Frauen hochrangiger Senatoren und Adeliger pflegte sie beste Kontakte. Livia war durchaus stolz auf das, was sie erreicht hatte. Geduld und Geschick hatten sie an ihren jetzigen Platz gebracht. Cassius Dio überliefert ein Bonmot: »Einmal fragte sie jemand, wie und durch welches Tun sie einen derart starken Einfluss auf Augustus bekommen habe. Antwortete Livia: Dadurch, dass sie selbst peinlich genau auf ein sittlich einwandfreies Benehmen gesehen, gern seine Wünsche erfüllt, sich nicht in seine Angelegenheiten gemischt und vor allem den Anschein erweckt habe, als höre und merke sie nichts von seinen Affären.«

Aber auch wenn Augustus vielleicht nicht der treueste Ehemann war – er schätzte sie immer hoch, und über all die Jahre reiften die beiden zu einem perfekten Duo. Stundenlang redeten sie über Politik und das Geschehen im Reich. Der Kaiser legte Wert auf ihren Rat und machte sich sogar oft Notizen. War er auf Reisen, hielten sie über unzählige Briefe Kontakt. Livia hob sie alle sorgfältig geordnet in einer Kiste auf. Wer weiß, vielleicht würde sie sie irgendwann einem Schriftsteller ihres Vertrauens geben. Oder sie würde sie einfach für sich behalten. Als persönlichen Schatz, der ihr half, die großen Zeiten als First Lady des Reiches in Erinnerung zu halten.

Doch schon längst ging es Livia nicht mehr nur um ihre eigene Person. Als die vom Kaiser so geliebten Enkel Gaius und Lucius starben, kam eine Chance, mit der Livia schon gar nicht mehr gerechnet hatte: Der Kaiser hatte bis auf den minderjährigen Agrippa Postumus keinen eigenen männlichen Nachfahren mehr, an den er die Macht weitergeben konnte. Die Reihe war nun an Livias Sohn Tiberius. Und es war an ihr, der Mutter, die Macht für den Erstgeborenen zu sichern.

Tiberius hatte sich mit seinem bizarren Rückzug ins Privatleben auf Rhodos selbst ins Aus manövriert. Auch wenn er diesen Schritt schon schnell bereut hatte – so einfach konnte er ihn nicht rückgängig machen. Schon als Julia im Jahr 2 v. Chr. in die Verbannung geschickt wurde, hatte er sich aus der Versenkung gemeldet und wollte in Rom wieder am politischen Geschehen teilnehmen. Julia, so stellte er damit unmissverständlich klar, war der Grund für seine Flucht gewesen, nicht sein Desinteresse an der Politik. Livia stellte sich sofort hinter ihn, obschon Tiberius sie mit seiner Flucht ins Herz getroffen hatte. Doch die beiden hatten die Rechnung ohne Augustus gemacht. Der alte Kaiser sträubte sich energisch und gab erst nach, als ihm nach dem Ableben seiner Enkel wirklich keine andere Möglichkeit mehr blieb, als die Nachfolge durch Tiberius zu akzeptieren. Doch Augustus stellte Bedingungen. Als er Tiberius adoptierte, um so die Nachfolgeregelung publik zu machen, zwang er diesen gleichzeitig, seinen neunzehnjährigen Neffen Germanicus zu adoptieren. Diesen hätte Augustus viel lieber direkt in der Nachfolge gesehen. Aber noch war Germanicus zu jung, um ihm das riesige Reich zu überlassen.

Der Tod des Augustus war lang erwartet worden und kam doch plötzlich. Schon so oft war der Kaiser krank gewesen, und immer hatte er sich wieder erholt. Am 19. August des Jahres 14 n. Chr. aber schloss Augustus in Nola, einer Stadt am Fuße des Vesuv, für immer die Augen. Seine Frau, mit der er 52 Jahre verheiratet gewesen war, stand ihm in den letzten Stunden bei. »Livia, lebe eingedenk unserer Ehe und lebe wohl«, werden seine letzten Worte zitiert. Die Kaisergattin gedachte, sich daran tatsächlich zu halten, und dafür musste sie nun schnell sein. Noch wusste man in Rom nichts vom Tod des Kaisers. Livia schaffte es, die Nachricht so lange zurückzuhalten, bis der von ihr alarmierte Tiberius in Gewaltmärschen die Stadt erreicht hatte. Als der Senat schließlich informiert wurde, waren schon längst alle Weichen gestellt, so dass der Amtsübergang auf Tiberius reibungslos vonstattenging. Was scherte es Livia, dass man in Rom mutmaßte, sie habe beim Tod des Augustus die Hand im Spiel gehabt. Mit vergifteten Feigen habe sie seinem Leben ein schmerzvolles Ende bereitet, hieß es. Ähnliche Gerüchte waren bereits beim Tod von Gaius und Lucius in Umlauf gewesen. So war es immer – die erfolgreiche Frau musste eine Giftmischerin sein. Anders schien man sich am Tiber nicht erklären zu können, dass eine Frau ihre Pläne durchsetzte. Augustus hatte sein Bestes getan, um Livias Position auch nach seinem Tod zu sichern. Er adoptierte sie sogar postum, um sie durch die Aufnahme in das Geschlecht der Julier noch weiter aufzuwerten. In Zukunft sollte sie den Namen Julia tragen. Dazu erhielt sie den Beinamen *Augusta*, die Erhabene. Der Zusatz *Augusta* würde bei späteren Kaisergattinnen zum Titel werden. Die erste Trägerin dieser Würde sollte sogar noch weiter geehrt werden. Der Senat trug ihr an, einen Monat nach ihr zu benennen. Der *Quintilis* hieß ja bereits nach Julius Caesar »Juli«, Augustus hatte den *Sextilis* bekommen. Nun überlegte man, den September und Oktober in »Tiberius« und »Livia« umzutaufen. Tiberius war entsetzt. Er wies alle offiziellen Akte für seine Mutter so brüsk zurück, dass sogar alle, die ihn kannten, erstaunt waren. »Alle Ehrungen für die

Frauen seien einzuschränken«, so die Order des frischgebackenen Kaisers. Livia war gekränkt, aber nicht wirklich überrascht. Bei ihrem Erstgeborenen war die komplizierte, verschrobene Art der Claudier voll durchgeschlagen. *Tristissimus hominum*, den Traurigsten aller Menschen, nannte man ihn in Rom. Es war immer schon schwer gewesen, mit ihm auszukommen. Ja – sie hatte ihm viel zugemutet in seinen Kindheits- und Jugendjahren. Aber schließlich hatte er ihr auch sein Leben an der Spitze des Reiches zu verdanken. Livia ließ sich von ihrem störrischen Erstgeborenen nicht ausbremsen. Wenn er die Demutsbezeugungen des Senates boykottierte, dann würde sie ihre Position eben über den Umweg der kultischen Ehrungen festigen. Gegen die astronomische Summe von einer Million Sesterzen, was etwa dem Gegenwert eines heutigen Einfamilienhauses entspricht, trieb sie einen Senatoren auf, der beschwor, er habe Augustus in den Himmel auffahren sehen. Damit war der verstorbene Kaiser ein Gott und Livia wurde die Priesterin des *Divus Augustus*, des vergöttlichten Augustus. Tiberius wurde damit zum Adoptivsohn eines Gottes. Nicht schlecht für einen neuen Herrscher. Da waren sich Mutter und Sohn ausnahmsweise einmal einig.

Überhaupt – was war Livia geblieben außer Tiberius? Der sehnliche Wunsch nach gemeinsamen Kindern mit Augustus hatte sich nicht erfüllt. Und Drusus, ihr Augenstern, war tot. Verunglückt im fernen Germanien und jämmerlich an Wundbrand gestorben, ohne dass ihm irgendjemand helfen konnte. Doch sie hatte noch ihre Schwiegertochter Antonia, die Witwe des Drusus. Diese war direkt nach Drusus' Beerdigung im Jahre 12 n. Chr. mit ihren drei Kindern zu ihr auf den Palatin gezogen. Livia war sich nicht ganz sicher, ob Antonia wirklich ihre Nähe suchte oder einfach sichern wollte, dass sie auch in Zukunft mit ihren Kindern zusammenleben konnte. Denn nach römischem Recht gehörten die Kinder zur Familie des Vaters. Was auch immer zu ihrer Entscheidung geführt hatte – für Livia war die quirlige Familie des

Drusus ein Trost, der sie in schweren Stunden immer wieder aufrichtete.

Antonia Minor, das heißt »die Jüngere«, war jenes Mädchen, das als letztes gemeinsames Kind von Marcus Antonius und Octavia nach deren Trennung zur Welt gekommen war. Wie alle Kinder aus dem Haushalt des Augustus hatte auch Antonia schwere Jahre hinter sich. Sie hatte ihre Kindheit unter anderem mit der arroganten Kaisertochter Julia und den traumatisierten ägyptischen Halbgeschwistern verbracht. Dass ihr der Onkel Augustus den schmucken Drusus als Ehemann zuwies, freute sie von Herzen. Zwar war Drusus auf vielen Feldzügen unterwegs, aber die Zeit, die sie miteinander verbracht hatten, war für Antonia die schönste ihres Lebens gewesen. Erstaunt registrierte der römische Tratsch, dass Drusus sie nicht betrog, sondern seine zahlreichen weiblichen Fans zurückwies. Ein seltener Fall von Monogamie in der Upper Class. Als Drusus viel zu früh starb, drohte Antonia das Schicksal aller Frauen des Kaiserhauses. Sie würde so schnell wie möglich wieder verheiratet werden mit einem Mann, den sich der Kaiser gefügig machen wollte. Doch Antonia war schneller und verkündete einen ungewöhnlichen Entschluss: Ihr Leben lang würde sie eine *univira*, die Frau eines Mannes bleiben. Antonia hatte beschlossen, nie wieder zu heiraten.

Sie wusste in ihrer Entscheidung zur ewigen Witwenschaft die Sympathien des Volkes hinter sich. Drusus war enorm beliebt gewesen. Immer wieder war vermutet worden, er wolle sogar die Republik wiederherstellen. Das war das wohl ehrenhafteste Gerücht in einer Zeit, in der auch dem letzten Römer langsam dämmerte, dass Augustus die Republik dauerhaft in eine Monarchie umgewandelt hatte. Es war zu hoffen, dass die Beliebtheit des Vaters auf die Kinder durchschlagen würde. Mutter und Großmutter übernahmen nun gemeinsam die Erziehung der beiden Söhne und der Tochter des Drusus. Auch für Livia war es ein Herzenswunsch, diese Kinder in ihrer Nähe zu haben. Waren sie doch ihre ersten »gemeinsamen« Nachkommen mit Augustus, da sie von ihrem Sohn und seiner Nichte stammten. Was den Erstgeborenen Germanicus anging, machten sich Livia und Antonia keinerlei Sorgen. Der Junge hatte beste Chancen, der neue »Prince Charming« des Kaiserhauses zu werden. Und für die kleine Livilla würde man einen passenden Ehemann innerhalb der großen Sippe finden. Der Jüngste allerdings, Claudius, war aus der Art geschlagen. Alles an ihm war schief, die Gliedmaßen teilweise gelähmt. Manchmal schlug er völlig unkontrolliert um sich. Und als er sehr langsam sprechen lernte, fing er auch noch an zu stottern. Was sollte aus dieser Missgeburt werden? Livia und Antonia schämten sich in Grund und Boden. Behinderung, Fehler, Unperfektheit – das alles hatte es in der Familie des Augustus nicht zu geben. Beide Frauen hatten nicht die Größe, den körperbehinderten Jungen in ihr Herz zu schließen. Sueton berichtet: »Seine Großmutter Augusta zeigte ihm ständig ihre grenzenlose Verachtung, sprach ihn nur sehr selten an, ermahnte ihn immer nur in scharfen und knappen schriftlichen Mitteilungen oder mündlich durch Beauftragte.« Die schäbige Behandlung verstärkte in dem Jungen das Gefühl, nichts wert zu sein. Woher sollte er Zuneigung bekommen, wenn selbst die eigene Mutter ihn verachtete? Mehr als einmal musste er mithören, dass seine Mutter jemanden, den sie als besonders wenig intelligent verunglimpfen wollte, mit den Worten beschimpfte, er sei »dümmer als ihr Sohn Claudius«. Das »Monster«, wie Antonia ihn immer wieder nannte, wurde, so weit es irgend ging, aus der Öffentlichkeit herausgehalten. Die Mutter war froh, wenn sie seinen Anblick nicht ertragen musste. So kam es ihr durchaus gelegen, dass der Junge offenbar ein Faible für Bücher hatte. Vor allem historische Studien hatten es ihm angetan. Sollte er sich doch mit den Heldentaten Alexanders des Großen beschäftigen, das hielt ihn wenigstens im Haus und damit aus der Öffentlichkeit. Als Claudius sich dann aber anschickte, selbst eine Beschreibung der Bürgerkriege verfassen zu wollen, schritten Livia und Antonia energisch ein. Die brutalen Anfänge der Herrschaft des Augustus sollten möglichst schnell in Vergessenheit geraten. Nicht auszudenken, wenn ausgerechnet ein Mitglied des Kaiserhauses sie veröffentlicht hätte.

Claudius' großer Bruder Germanicus dagegen genoss die bedingungslose Zuneigung von Mutter und Großmutter und profitierte auch von den unermesslichen Reichtümern, die beim Tod des Augustus in Livias Hände übergegangen waren. Sie, die auch schon vor ihrer Ehe mit dem Kaiser steinreich gewesen war, stieg durch das Testament des Augustus zur wohlhabendsten Frau des Reiches auf. Zu seinen Lebzeiten hatte die Propaganda stets die Bescheidenheit des Lebens der Kaiserfamilie auf dem Palatin betont. Einfache Speisen, schlichte Kleidung, wenig Luxus – so wurde es verkündet. Doch ganz so spartanisch ging es wohl nicht zu. Das Totenhaus für Livias Sklaven und Freigelassene wurde identifiziert und enthält über 1000 Urnen. Offenbar sorgten bis zu 150 Menschen gleichzeitig für das leibliche Wohl der First Lady. Ein kompletter Bautrupp stand zu ihrer Verfügung; Goldschmiede, Perlenschnürer und Parfumeure arbeiteten für die Frau des Augustus. Damit ist allerdings nicht unbedingt bewiesen, dass diese Dinge produziert wurden, um tatsächlich von Livia selbst genutzt zu werden. Wahrscheinlich wurden sie verkauft und mehrten auf diese Weise Livias Reichtum. Zahlreiche Mietskasernen in der Stadt waren gleichfalls eine sprudelnde Einnahmequelle. Die Witwe des Augustus war eine versierte Unternehmerin geworden, und ihre ganze Familie konnte daraus ihren Nutzen ziehen.

Als der sechsundfünfzigjährige Tiberius im Jahr 14 n. Chr. die Macht von seinem Stiefvater Augustus übernahm, erbte er ein Reich von nie dagewesenen Ausmaßen. Roms Herrschaft umfasste den gesamten Mittelmeerraum und das westliche und südliche Germanien. Die Zeit der Eroberungskriege war zunächst einmal vorbei. Doch neben dem Reich hatte Tiberius nun auch die Familie zu führen, und manchmal, so scheint es, war das die undankbarere Aufgabe.

Allzu viele in der weitverzweigten Sippe neideten ihm die Macht. Vielen ließ sich mit Politik und drohenden Worten beikommen, anderen jedoch musste Tiberius mit härteren Mitteln begegnen. Noch lebte Agrippa Postumus, Julias Sohn und damit der letzte leiblich verwandte männliche Enkel des Augustus. Der junge Mann hatte kaum etwas von der eher doch gewinnenden Art seiner Sippe geerbt. Ein roher, unhöflicher Bursche war er, der seinen Willen zur Macht unverhohlen zur Schau stellte. Allerdings teilte er seit Jahren das Schicksal seiner Mutter und seiner Schwester: Er war auf eine Insel verbannt worden, weil sein wüster Lebensstil mit der Selbstdarstellung des Kaiserhauses nicht mehr zu vereinbaren gewesen war. Und doch war er ein Rivale. Es war nicht ausgeschlossen, dass er als leiblicher Nachkomme des Augustus Anhänger um sich scharen würde, um nach Rom zurückzukehren. Tiberius handelte schnell und entschlossen. Auf seinen Befehl hin wurde Agrippa Postumus noch im Jahre 14 n. Chr. umgebracht. Livia, so hat es den Anschein, war zumindest über diese brutale Aktion informiert; manche Quellen sehen in ihr sogar die Drahtzieherin. Und in diesem Fall sind es wohl nicht nur Verleumdungen, wie so oft zuvor. Livia hatte in dem halben Jahrhundert an der Seite des Augustus politische Winkelzüge gelernt, aber augenscheinlich auch emotionale Härte. Augustus' Enkel Agrippa Postumus war politischer Sprengstoff, der ein System gefährdete, das sie um jeden Preis erhalten wollte. Für die Zukunft ihres eigenen Erstgeborenen ging die alte Kaiserwitwe über Leichen.

Ihr Sohn aber dankte es ihr nicht. Die Frauen seiner Sippe hatten Tiberius schon immer schwer zu schaffen gemacht. Eigentlich hatte er gehofft, das Leben in Rom sei ohne Julia für ihn besser auszuhalten. Die Ehe mit Augustus' Tochter war ihm noch immer in schauderhafter Erinnerung. Aber nun? Eigentlich war er vom Regen in die Traufe gekommen. Seine Mutter trieb ihn mit ihren

Versuchen, sich als Witwe des Augustus und Mutter des Kaisers feiern zu lassen, in den Wahnsinn. Ihm waren die kultischen Ehrungen, mit denen Livia bedacht wurde, ein Dorn im Auge. Diese Frau war keine Göttin oder Priesterin, sie war seine Mutter, und er wusste allzu gut um ihre Verfehlungen und Schwächen. Immer wieder lehnte er Tempelbauten zu Livias Ehren ab. Auch *mater patriae*, Mutter des Vaterlandes, durfte sie sich nicht nennen. Tiberius war es egal, ob er seine Mutter damit beleidigte. Livia hatte ihn schließlich auch nie gefragt, ob er all die komplizierten Wendungen ihres Lebens mitmachen wollte. Er war jetzt der erste Mann im Staate, und auch wenn Augustus seiner Witwe durch die testamentarische Adoption einen großen propagandistischen Gefallen getan hatte – wenn Tiberius ihr reale Macht verweigerte, dann hatte sie eben auch keine. Aber allzu deutlich durfte er das auch nicht zeigen. Denn als Witwe des Augustus genoss sie gehörigen Respekt im Volk.

Ebenso viel Kopfzerbrechen bereitete Tiberius die Beliebtheit seines Neffen und designierten Nachfolgers Germanicus. Der Junge war in seinen Augen ein Feuerkopf, der jedoch politisch und militärisch nicht besonders viel draufhatte und dadurch immer wieder in Schwierigkeiten geriet. Dem Germanenführer Arminius, der Rom im Jahre 9 n. Chr. in der Varusschlacht niedergerungen hatte, hatte er nie wirklich beikommen können. Aber Germanicus war der Star der römischen Oberklasse, der Sohn des beliebten Drusus und ein großer Charmeur dazu. Augustus hatte ihm zu allem Überfluss auch noch Agrippina, seine einzig verbliebene leibliche Enkelin, zur Frau gegeben. Die Kinder des Germanicus erhielten dadurch den glanzvollsten Stammbaum, den das Kaiserreich zu bieten hatte. Acht an der Zahl, von denen fünf das Säuglingsalter überlebten, hatten Germanicus und Agrippina in schnellster Reihenfolge in die Welt gesetzt! Tiberius dagegen hatte nur einen einzigen Sohn, Drusus den Jüngeren, vorzuweisen. Germanicus hatte Mut, das musste Tiberius einräumen. Aber es mangelte ihm oft an Weitsicht und Besonnenheit.

Germanicus seinerseits sah das natürlich ganz anders. Auf den Spuren seines Vaters unternahm er zahlreiche Vorstöße in germanisches Gebiet. Oft an seiner Seite war seine Frau Agrippina, die sich vom Leben im Feldlager nicht schrecken ließ. Diese hatte den brennenden Ehrgeiz ihres Großvaters geerbt. Sie wollte nicht in Rom versauern, sondern teilnehmen an den Abenteuern der Feldzüge. Den finsteren Tiberius konnte sie nicht ausstehen. War dieser es nicht gewesen, der ihre Mutter Julia so schmählich hatte hängen lassen, als sie in die Verbannung musste? Auch ihre Schwiegermutter Antonia, die mit Tiberius groß geworden war, hatte manche Geschichte zu Besten gegeben, die den Kaiser nicht gerade sympathisch erscheinen ließ. Und vor allem: Saß Tiberius nicht genau auf dem Thron, der eigentlich längst ihrem Mann Germanicus gebührte? Großvater Augustus hatte Tiberius doch ohnehin nur als Platzhalter eingesetzt, bis Germanicus alt genug war, um das Reich zu führen. Agrippina fand, dass er dafür längst reif war, auch wenn ihm das Schlachtenglück bisher noch nicht so recht hold gewesen war. Sie wollte ihren Mann unterstützen, ihn anfeuern und ihm Mut machen, wenn die Kämpfe zermürbend wurden. Germanicus brauchte sie als seine Partnerin und als seine Frau. Die beiden hatten trotz ihrer jungen Jahre schon manche Tragödie miteinander durchgestanden. Zwei ihrer Kinder waren direkt nach der Geburt gestorben und ein kleiner Junge war kurz nach seinem ersten Geburtstag von einer Krankheit dahingerafft worden. Der Tod des Kleinen, der wohl ein besonders niedliches Kind gewesen war, hatte die Familie, besonders seine Urgroßeltern, Augustus und Livia, in tiefste Trauer gestürzt. Sie ließen Statuen für ihn aufstellen, auf denen er aussah wie Cupido, der Liebesgott und Sohn der Venus. Agrippina hatte den Schmerz irgendwann überwunden und erwartete bald das nächste Kind. Keine Schwangerschaft konnte sie abhalten, den Legionen ihres Mannes zu folgen. Und selbst im Feldlager blieb sie nicht untätig. Eine beeindruckende Szene überliefert der Historiker Tacitus. Als die römischen Truppen im Jahre 15 n. Chr. nach einer erneuten

Niederlage auf dem Rückmarsch waren, wollten furchtsame Zenturione die Rheinbrücke nahe dem heutigen Xanten abreißen lassen, um so die Germanen vom Überschreiten des Flusses abzuhalten. Aber noch waren nicht alle Römer auf der sicheren Ostseite des Stroms. Der Abbruch der Brücke hätte ihren sicheren Tod bedeutet. Agrippina eilte laut Tacitus höchstpersönlich zum Schauplatz. »Die hochherzige Frau übernahm in diesen Tagen die Pflichten des Feldherrn«, schreibt der Historiker. »An die zurückkehrenden Soldaten verteilte sie, wenn einer bedürftig war, Verbände.« Die römischen Soldaten aber waren nicht nur dankbar, viele waren auch entsetzt. Eine Frau hatte bei den Truppen nichts verloren, und erst recht keine, die wie Agrippina sichtlich schwanger war. Solange ein Römer im Militärdienst stand, durfte er nicht heiraten. Die Welt der Feldzüge war eine Männerdomäne, und eine Frau, die sich hier einmischte, war ein übles Mannsweib, das nichts als Scherereien brachte. Germanicus hingegen sah den Einsatz seiner Frau gelassen. Er kannte ihr Temperament und liebte sie dafür. Er hatte ihr sogar gestattet, die größeren Kinder mit ins Feldlager zu nehmen. Den kleinen Gaius nannten die Soldaten liebevoll *Caligula*, das »Stiefelchen«, weil er so gern in den riesigen Truppenstiefeln herumstolzierte. Ein niedlicher Name, der doch Jahre später für so viel Schrecken im Reich sorgen sollte.

Tiberius ärgerte sich über die Nachrichten aus dem Norden. Er war es leid, eine Legion nach der anderen in Germanien aufzureiben. Als erfahrener Soldat wusste er, dass der Krieg dort nicht zu gewinnen war. Im Jahr 17 n. Chr. beorderte er Germanicus zurück und ließ ihm einen donnernden Triumph in Rom bereiten, als habe der nervende Neffe einen großen Sieg errungen. Der Krieg in Germanien galt damit offiziell als beendet. Das römische Volk feierte den beliebten Germanicus frenetisch. »Der Glanz des Zuges wurde erhöht durch die herrliche Gestalt des Feldherrn und den mit seinen fünf Kindern besetzten Triumphwagen«, erzählt Tacitus. Tiberius und auch Livia beobachteten die Szenerie durchaus misstrauisch. Je beliebter Germanicus war, desto schwieriger war es für Tiberius, die Herzen seiner Untertanen zu gewinnen. Besser also, den Neffen schnellstmöglich wieder aus Rom entfernen. Tiberius gab ihm einen ehrenvollen Auftrag, nämlich im Osten des Reiches für Ordnung zu sorgen. Worin dieser Auftrag bestehen sollte, war nicht ganz ersichtlich, aber Hauptsache, der Junge war erst einmal weit weg. Um aber ganz sicherzugehen, dass er dort keinen Unfug anstellte, instruierte Tiberius an einer wichtigen Schaltstelle einen Aufpasser. Gnaeus Calpurnius Piso, der Statthalter von Syrien, und seine Frau Plancina, die wiederum eine gute Freundin der greisen Livia war, empfingen das junge römische Power-Paar freundlich, aber aufmerksam. Wie Tiberius befürchtet hatte, begann Germanicus schnell wieder, politische Alleingänge zu unternehmen. So reiste er völlig unbekümmert nach Ägypten, obwohl er dazu keine Erlaubnis hatte, und ließ sich dort wie ein Herrscher feiern. Er, der Enkel des Marcus Antonius, führte sich im Land am Nil betont ähnlich seinem Großvater auf. Er lief barfuß und kleidete sich wie ein Grieche. Den Ägyptern gefiel das. Endlich ein Römer, der es verstand zu genießen. Vor allem aber zeigte sich Germanicus enorm großzügig. Er ließ die Kornspeicher öffnen und verteilte Getreide an die notleidende Bevölkerung. Allein das hätte ausschließlich dem Kaiser zugestanden. Und zu allem Überfluss griff Germanicus auch noch auf Rationen zu, die eigentlich für Italien und Rom bestimmt waren. Eine offene Kriegserklärung an Tiberius war das, so zumindest musste es dem Kaiser und auch seiner Mutter erscheinen. Doch wie sollten sie Germanicus bremsen? Die Bevölkerung liebte ihn derart, dass sie ihn sogar zu Lebzeiten als Gott ehren wollte. Generös wies Germanicus die Ehrungen zurück. Er wolle ja nicht als Herrscher neben Tiberius erscheinen. Aber war es nicht genau das, was er wollte? Zumindest bei Tiberius und Livia musste sich dieser Eindruck immer mehr festigen. Bei der Rückkehr nach Syrien überwarf sich Germanicus mit dem Statthalter Piso. Ungefragt mischte er sich in Verwaltungsangelegenheiten des Statthalters ein – auch das ein

Recht, das eigentlich nur dem Kaiser gebührte. Auch die beiden Frauen der Politiker, Agrippina und Plancina, gerieten aneinander. Die beiden waren offenbar vom gleichen Schlag. Sie betonten nahezu identisch ihre glanzvolle Abstammung. Auch Plancina entstammte einem reichen, alteingesessenen Geschlecht, und auch sie mischte sich gern persönlich in die Militäraktionen ihres Mannes ein. Die Stimmung verschlechterte sich zusehends, zumal Piso nicht daran dachte, sich den Befehlen des Germanicus zu beugen. Beamte, die dieser eingesetzt hatte, ließ er einfach wieder ihrer Posten entheben. Die Situation in Syrien steuerte unaufhaltsam auf eine Eskalation zu. Da erkrankte Germanicus an schwerem Fieber, gegen das die Ärzte kein Mittel fanden. Er war bis dahin immer gesund gewesen. Die Strapazen von Feldzügen und Reisen hatte er stets problemlos weggesteckt. Nun aber ging es ihm von Tag zu Tag schlechter. Im Fieberwahn bezichtigte Germanicus den syrischen Statthalter, ihn vergiftet zu haben. Auch Magie und Verwünschungen seien im Spiel. Es seien Bleitäfelchen gefunden worden, auf denen Zaubersprüche gegen Germanicus eingeritzt waren, munkelte man. In den Gemächern des Kaiserneffen habe man die Asche von Toten und halbverweste Gebeine gefunden, mit deren Hilfe die Seele des jungen Mannes den Mächten der Unterwelt ausgeliefert werden sollte, so berichtet Tacitus. In einem dramatischen Schreiben kündigte Germanicus Piso die Freundschaft und setzte ihn damit faktisch ab. Piso und Plancina verließen Syrien, doch die Katastrophe war nicht mehr aufzuhalten. Germanicus' Gesundheitszustand verschlechterte sich dramatisch. Agrippina war verzweifelt. Wie ihr Mann glaubte sie, Germanicus sei das Opfer von Giftmischerei geworden. Wer sonst außer Tiberius und seiner Mutter Livia sollten dafür als Auftraggeber in Frage kommen?

Am 10. Oktober des Jahres 19 n. Chr. starb Germanicus in Daphne bei Antiochia. Er war nur dreiunddreißig Jahre alt geworden. Agrippina war in seinen letzten Stunden bei ihm. »Sterbend soll Germanicus seine Frau ermahnt haben, ihre unbeherrschte

Leidenschaftlichkeit abzulegen, sich dem harten Schicksal zu beugen und in Rom nicht Mächtige durch herrschsüchtiges Auftreten zu reizen«, behauptet Tacitus. Agrippina dachte nicht daran, sich an diesen Ratschlag zu halten. Sie war überzeugt, dass ihr geliebter Mann Opfer einer Verschwörung geworden war. Die Ereignisse schienen ihr recht zu geben. Germanicus' Widersacher Piso frohlockte öffentlich über dessen Ableben und versuchte, sich seinen Posten in der Provinz Syrien zurückzuholen. Dass er damit scheiterte, konnte für Agrippina nur ein schwacher Trost sein. Sie musste nun handeln, um das Andenken ihres Mannes und die Zukunft ihrer Kinder zu sichern.

In Antiochia wurde die Leiche des Germanicus in aller Eile ohne größere Feierlichkeiten verbrannt. Der eigentliche Trauerakt sollte in der Metropole stattfinden. Und ihre Rückreise inszenierte Agrippina nun wie ein moderner PR-Profi. Trotz der wegen der zu erwartenden Herbststürme ungeeigneten Jahreszeit wagte sie die Reise über See. Sie nahm sogar ihre Kinder Caligula und Livilla mit an Bord. Auf der Insel Corcyra, dem heutigen Korfu, machte sie Station, wohl um sich und den Kindern eine Verschnaufpause zu gönnen, vor allem aber, um von hier Eilboten auszuschicken, die die Nachricht von ihrer nahenden Ankunft in Rom verbreiten sollten. Hätte sie den üblichen Weg gewählt und die Nachricht per Brief geschickt, wäre diese wegen des herannahenden Winters erst nach drei Monaten in Rom angekommen. So aber war Rom informiert, als Agrippina sich Italien näherte.

Wie sie es erwartet hatte, versammelte sich im Hafen von Brundisium, dem heutigen Brindisi, am Tag ihrer Landung eine beeindruckende Menge. Freunde, Verwandte, Senatoren und viel Volk wollten der trauernden Witwe einen warmen Empfang bereiten. Und diese bot ihnen ein Bild, über das in Rom noch viele Jahrzehnte gesprochen wurde. Agrippina selbst trug die Urne mit der Asche des Germanicus im Arm, als sie mit ihren Kindern von Bord ging. Auf den umliegenden Dächern und Mauern drängten sich die

Menschen, um einen noch besseren Blick zu erhaschen. Zahlreiche alte Soldaten senkten den Kopf, um ihrem toten Feldherrn die letzte Ehre zu erweisen. Kaiser Tiberius hatte 2000 Soldaten geschickt, um Agrippina das letzte Wegstück bis nach Rom zu eskortieren. Der Trauerzug in die Metropole geriet zu einem regelrechten Triumphzug der Witwe. Militärtribune und Zenturione trugen die Urne abwechselnd auf den Schultern voran. Die Städte, die der Zug in Kalabrien, Apulien und Kampanien passierte, erwiesen ihre Ehrerbietung, indem die Bewohner Trauerkleidung anlegten und Weihrauch verbrannten. In Tarracina, einer Hafenstadt etwa 100 Kilometer vor Rom, folgte dann der Empfang durch die Familie. Tiberius hatte seinen Sohn Drusus den Jüngeren und Germanicus' Bruder Claudius geschickt. Auch Agrippinas andere Kinder, die die Reise nach Osten nicht mitgemacht hatten, sahen hier ihre Mutter wieder. Die beiden römischen Konsuln des Jahres 19 n. Chr. flankierten den Zug nun bis nach Rom zum Mausoleum des Augustus, wo Germanicus feierlich beigesetzt wurde. Drei Tage blieben die Läden Roms geschlossen, die Gerichte pausierten und es durften keine Geschäfte gemacht werden. Niemals, so war man sich in Rom sicher, hatte es einen würdigeren Abschied für einen Helden gegeben. Allerdings: Wo waren die höchsten Würdenträger des Reiches? Wo waren der Kaiser Tiberius, die Kaisermutter Livia und Antonia, die Mutter des Verstorbenen? Auf die berechtigte Frage, warum diese drei der Beerdigung ferngeblieben waren, reagierte der Palatin nach auch schon in der Antike typisch höfischer Art und Weise: kein Kommentar. Antonia sei von der Trauer übermannt worden und emotional nicht in der Lage gewesen, ihrem Sohn öffentlich die letzte Ehre zu erweisen, hieß es. Durchaus vorstellbar, dass dies wirklich zutraf. Denn in Rom galt übermäßige Trauer nicht als Zeichen von Charakterstärke. Die betroffene Person hatte sich zusammenzureißen und sich nach angemessener Traurigkeit wieder dem Leben zuzuwenden. Als Livia ihren zweitgeborenen Sohn verlor, war sie nicht in Tränen versunken, sondern hatte sich professionelle Hilfe bei einem Philosophen geholt.

Sie hatte sich stark und gefasst gezeigt und mit vielen Menschen über Drusus gesprochen. So hielt sie die Erinnerung an ihn aufrecht und behielt doch ihre Würde. Möglicherweise sah sich Antonia nicht in der Lage, eine so gefasste Vorstellung zu geben, wie es ihrer Schwiegermutter gelungen war. Wäre sie weinend an der Urne des Germanicus zusammengebrochen, hätte dies den Ruf des Kaiserhauses dauerhaft schädigen können. Aber noch ein anderes Gerücht machte die Runde: Livia und Tiberius hätten Antonia verboten, an den Feierlichkeiten teilzunehmen. Den beiden sei der Tod des Rivalen gerade recht gekommen. Die Gerüchte, die Livia und Tiberius zumindest eine gravierende Mitschuld am Tod des Germanicus gaben, erhielten neuen Auftrieb. Agrippina dagegen avancierte in diesen Tagen zur neuen Volksheldin. »Den Göttern im Himmel zugewandt flehte man«, so berichtet Tacitus, »dass ihr ihre Kinder erhalten bleiben und sie ihre Widersacher überleben würde.«

Nach drei Monaten war der Kaiser das Spektakel leid, und er beendete zwar mit blumigen Worten, aber dennoch energisch, die dramatische Trauer in der Stadt. Beliebter machte er sich dadurch allerdings nicht. Wohl auch, um seinen ramponierten Ruf wieder aufzupolieren, strengte Tiberius einen offiziellen Prozess gegen den des Mordes verdächtigten Piso an. Der ehemalige syrische Statthalter entzog sich dem Urteil vorzeitig durch Selbstmord. Seine Ehefrau Plancina entging dem Todesurteil durch Fürsprache ihrer Freundin Livia. Direkte Schuld konnte beiden im Prozess nicht nachgewiesen werden, was gleichzeitig auch einen Freispruch für Tiberius und seine Mutter bedeutete.

Der Prozess und der Tod des Piso hatten die Wogen in Rom ein wenig glätten können. Doch Agrippina, die Witwe des Germanicus, blieb unversöhnlich. Wie ein Stachel im Fleisch des Tiberius forderte sie immer wieder Rechte für sich und ihre Kinder ein. Sie und keine andere war die einzig verbliebene Nachfahrin des Augustus, und wenn der Thron jemandem gebührte, dann ihren

Söhnen. Sie war überzeugt, dass Tiberius und seine Mutter auf einem blutigen Rachefeldzug gegen alle »echten« Julier waren, um die Sippe der Claudier endgültig auf dem Thron zu etablieren. Immer wieder brüskierte sie den Kaiser und seine Mutter mit spitzen Bemerkungen, die im klatschsüchtigen Rom in Windeseile durch alle Stadtviertel sausten. Bei einem öffentlichen Gastmahl weigerte sie sich, etwas zu essen. Der Kaiser sei ein erfahrener Giftmörder und es sei ihr viel zu gefährlich, in dessen Gegenwart eine Speise zu sich zu nehmen, behauptete sie. Ein Skandal! Für Tiberius entwickelte sich Agrippina zu einer echten politischen Gefahr. Sie war ihm nie sonderlich sympathisch gewesen. So vieles an ihr erinnerte ihn an ihre Mutter Julia. Genau wie diese war ihr kein Skandal zu heikel, kein Krawall zu laut, um ihre Interessen durchzusetzen. Und wie Julia gelang es auch Agrippina, die Sympathien des Volkes hinter sich zu bringen. Die Gerüchte, Tiberius und Livia seien ein sinistres Giftmischer-Duo, schienen in der *plebs* und wohl auch im Senat durchaus Gehör zu finden. Es war ein weiteres Glied in der Kette politischer und persönlicher Enttäuschungen, die Tiberius langsam, aber sicher zermürbten.

Allerdings eröffnete der Tod des Germanicus dem Kaiser nun auch eine neue Möglichkeit, seine Nachfolge so zu regeln, wie er es wollte. Er hatte den Neffen ja damals nur auf Geheiß des Augustus adoptiert und dadurch seinen leiblichen Sohn, Drusus den Jüngeren, übergehen müssen. Am 1. Januar des Jahres 21 n. Chr. trat er nun gemeinsam mit Drusus das Konsulat an und zeigte damit der Stadt, dass dieser sein Nachfolger werden sollte. Der jüngere Drusus bemühte sich aufrichtig, das angespannte Verhältnis zu Agrippina zu bessern. Eine Ehe seiner Tochter mit Agrippinas ältestem Sohn war ein Zeichen der Versöhnung. Drusus wusste in dieser Taktik seinen Vater hinter sich. Tiberius' Interesse war es meist, in der zerstrittenen Familie endlich Ruhe einkehren zu lassen. Ihm war das alles längst zu geworden. Das Tagesgeschäft führte seit längerem ein politischer Emporkömmling namens

Seianus, der Chef der kaiserlichen Leibgarde. Schon seit Jahren bewegte dieser Mann sich im Dunstkreis der kaiserlichen Familie. Er war mit Augustus' Lieblingsenkel Gaius befreundet gewesen und hatte diesem als Stabsoffizier gedient. Seianus hatte es stets verstanden, sich mit schönen Worten und übereifrigen Dienstleistungen in der Herrscherfamilie beliebt zu machen. 20 v. Chr. zog er die bisher außerhalb Roms stationierten Prätorianergarden in einem großen Lager auf dem Viminal, also innerhalb der Stadtgrenzen, zusammen. Er verfügte damit über ein gewaltiges Truppenkontingent, das er im Bedarfsfall sehr schnell mobilisieren konnte. Der jüngere Drusus konnte ihn nicht ausstehen. Der Mann war in seinen Augen ein übler Schmeichler, der sich selbst eine Machtposition zu sichern suchte. Beim Kaiser dagegen rannte Seianus offene Türen ein. Tiberius war froh um alle politischen Tätigkeiten, die ihm jemand abnahm. Drusus wiederum hatte den Eindruck, dass dieser dahergelaufene Ritter seiner Frau Livilla schöne Augen machte. Der impulsive Sohn des Tiberius, der zudem gerne mal einen über den Durst trank, geriet mit Seianus mehrfach aneinander und ohrfeigte ihn sogar einmal öffentlich. Tiberius seinerseits wollte nicht von seinem Handlanger lassen. Der Mann war einfach zu praktisch für ihn. Seianus sah das Machtvakuum und schlüpfte geschickt hinein.

Livia sah diese Entwicklung mit Sorge. Vehementer denn je forderte sie ihren Platz in der öffentlichen Darstellung des Kaiserhauses. Jeder Skandal, jede Streitigkeit im Kaiserhaus, die an die Öffentlichkeit drang, ramponierte das Lebenswerk des Augustus und damit auch das ihre. Immer stärker betonte sie ihre Rolle im Kult, die sie schon zu Lebzeiten in gottähnliche Sphären beförderte. So weihte sie beim Marcellustheater eine Statue des göttlichen Augustus und setzte ihren eigenen Namen ganz selbstbewusst vor den ihres verstorbenen Mannes. Doch das war nicht der Weg des Tiberius. Ihr Sohn, der sonst mittlerweile bemüht war, so weit wie möglich Friede auf dem Palatin einkehren zu lassen, ließ es jetzt auf einen lautstarken Krach ankommen. Laut Cassius Dio nahm er seiner Mutter »jeden Einfluss auf die öffentlichen Angelegenheiten, überließ ihr jedoch die Leitung der häuslichen Geschäfte.« So einfach stellte man jedoch eine Livia nicht kalt. Die greise Kaisermutter dachte gar nicht daran, sich nach all den Jahren an der Spitze des Reiches von ihrem eigenen Sohn ausbooten zu lassen. Allerdings ließen die Kräfte der mittlerweile Siebzigjährigen nach. Bislang hatte sich Livia stets bester Gesundheit erfreut. Einem verdauungsfördernden Salat und einem bestimmten Wein verdanke sie ihre robuste Körperkonstitution, hieß es. Im Jahr 22 v. Chr. aber erkrankte die Mutter des Kaisers schwer. Tiberius eilte an ihr Krankenlager und ließ Gebete und Gelübde zu ihrer Genesung verfügen. Tatsächlich erholte sich Livia wieder, doch wusste sie, dass ihr nicht mehr allzu viel Zeit beschieden war. Sie war gebrechlich geworden und bei offiziellen Anlässen nun auf einen festlichen Wagen angewiesen, der sie durch die Menge fuhr. Doch noch immer war sie wachen Geistes, bereit, das Schicksal ihrer Sippe mit Argusaugen zu überwachen.

Wenn in der Neuzeit erfolgreiche Familien immer wieder von Tragödien heimgesucht werden, spricht man oftmals von einem Fluch. Ein solcher laste über den Kennedys oder den Grimaldis, heißt es, da diese immer wieder Familienmitglieder durch dramatische Unfälle und Mord verlieren. Auch die Familie des Augustus scheint von einem solchen »Fluch« verfolgt worden zu sein. Im Jahr 23 n. Chr. starb Tiberius' Sohn, der jüngere Drusus. Wieder machten Mordgerüchte die Runde. War das Verhältnis zwischen Drusus und Seianus nicht ausgesprochen schlecht gewesen? Auch Drusus' Witwe Livilla geriet in Verdacht, hatte man sie doch ungewöhnlich oft mit Seianus gesehen. Tiberius war tieftraurig. Er hatte nur diesen einen Sohn gehabt, der ihn zudem an dessen Mutter Vipsania erinnert hatte, die große Liebe seines Lebens. Die Kinder seines Sohnes, ein Zwillingspärchen, waren noch minderjährig. Wieder einmal war die Nachfolge auf dem Kaiserthron offen, und diesmal schien die Entwicklung zugunsten Agrippinas zu verlaufen. Jetzt waren es ihre Söhne, die als Einzige übrig geblieben waren, um die Macht im Falle eines Ablebens des Tiberius in der Familie zu halten. Tiberius tat das einzig Mögliche: Er designierte die beiden ältesten Söhne Agrippinas und akzeptierte damit das, was Agrippina die ganze Zeit eingefordert hatte. Doch der alternde Kaiser war wankelmütig. Warum die Söhne der widerspenstigen Agrippina fördern? Konnte es ihm nicht eigentlich völlig egal sein, an welche Familie die Kaisermacht ging? War denn die Familie des Augustus überhaupt die seine? Warum sollte er diese Menschen unterstützen, die ihm schon so oft das Leben zur Hölle gemacht hatten, angefangen bei Augustus, über Julia bis hin zu Agrippina. Noch einmal bäumte sich Tiberius auf und nahm die Designation der Söhne Agrippinas öffentlich wieder zurück. Wenig später brüskierte er die Witwe des Germanicus auch noch damit, dass er ihr eine weitere Eheschließung verweigerte. Agrippina war zu ihm gekommen und hatte mitgeteilt, sie fühle sich einsam und sei noch jung genug für eine zweite Ehe. Möglicherweise hätte ein neuer Ehemann Agrippina von ihrem aufreibenden Kampf mit dem Kaiser abhalten können, doch sie hatte sich ausgerechnet Gaius Asinius Gallus ausgesucht, den zweiten Ehemann von Tiberius' großer Liebe Vipsania. Der Kaiser hasste Asinius abgrundtief, weil dieser das Leben hatte führen dürfen, von dem Tiberius immer geträumt hatte. Sich dem Veto des Tiberius zu widersetzen, traute sich selbst Agrippina nicht. Sie beließ es dabei, sich lautstark zu beschweren. Doch der Kaiser antwortete nur höhnisch mit einem griechischen Sprichwort: »Glaubst Du, Dir geschieht Unrecht, weil Du nicht herrschst, Töchterchen?«.

Agrippina jedoch dachte nicht daran, kampflos aufzugeben. Zumal zahlreiche mysteriöse Vorgänge ihren Verschwörungstheorien recht zu geben schienen. 24 n. Chr. wurde Silius, ein Vertrauter des verstorbenen Germanicus, wegen Majestätsbeleidigung vor Gericht gestellt. Dem versierten Heerführer wurden auch noch strategische Fehler im Kampf vorgeworfen. Noch vor Prozessende nahm sich Silius verzweifelt über die Anschuldigungen das Leben. Seine Frau wurde des Ehebruchs bezichtigt und in die Verbannung geschickt. Sie war eine gute Freundin Agrippinas gewesen. Auch Claudia Pulchra, eine Großnichte des Augustus und Parteigängerin Agrippinas, wurde beschuldigt, einen Giftmord am Kaiser geplant zu haben. Immer mehr Freunde und Unterstützer Agrippinas wurden politisch und persönlich kaltgestellt. Agrippina war sich sicher, dass auch ihr Leben in Gefahr war. Doch eine Enkelin des Augustus ließ sich nicht einschüchtern. Erzürnt stürmte sie zu Tiberius, der gerade ein Opfer für den verstorbenen Kaiser darbrachte. Doch auch die sakrale Atmosphäre konnte Agrippinas Wut nicht mindern.

Sie brüllte Tiberius an, er trachte nach Leben, denn »nicht in stumme Bildsäulen sei (Augustus') göttlicher Geist übergegangen: Sie sei sein wahres Ebenbild, göttlichem Blut entsprossen.« Sie werde die dunklen Machenschaften nun publik machen, indem sie Trauerkleidung anlege, drohte sie an. Doch der theatralische Auftritt half nichts. Ganz im Gegenteil, er verstärkte in Tiberius nur den Widerwillen gegen die familiären Probleme, die hinter jeder Ecke zu lauern schienen. Auf dem Palatin mischten mittlerweile vier Witwen mit. Seine Mutter Livia, seine Schwägerin Antonia die Ältere, deren Schwiegertochter Agrippina und dazu deren Tochter Livilla, die mit Tiberius' Sohn verheiratet gewesen war. Ein regelrechter Zickenhaushalt, der Tiberius immer wieder das Leben schwermachte und sich in so vieles einmischte, was keine von den Damen etwas anging. Doch keine der vier konnte offiziell Macht ausüben, sosehr es sich manche von ihnen auch manchmal wünschte. Tiberius jedenfalls war nach den Jahren der politischen Probleme und familiären Belastungen zermürbt. Wie schon zu Augustus' Lebzeiten beschloss er, sich ein zweites Mal aus dem Regierungsgeschäft zurückzuziehen. 26 n. Chr. verließ er Rom und siedelte nach Capri über. Doch sollten Mutter, Schwägerin, Nichte oder Großnichte gehofft haben, dass sie nun freie Bahn hatten, sahen sie sich enttäuscht. Tiberius überließ das Tagesgeschäft keinem seiner Verwandten, sondern Seianus, dem Chef seiner Leibgarde. Mit Rom hielt er Kontakt via Korrespondenz, und da die Post von den Prätorianern befördert wurde, wusste Seianus ohnehin über alles Bescheid. Seianus' Loyalität gegenüber Tiberius scheint nicht gespielt gewesen zu sein. Und doch führten die Machenschaften des faktischen kaiserlichen Statthalters in die Katastrophe. Seianus verstand es, auch in der Kernfamilie seiner Erzfeindin Agrippina Unfrieden zu stiften, indem er die Söhne Agrippinas gegeneinander aufhetzte. Agrippina förderte ihren Erstgeborenen, Seianus dagegen stachelte den jüngeren auf, sich die Macht zu sichern. Außerdem scheint der Prätorianerchef die Beziehung zu Livilla, der Witwe des jüngeren Drusus, intensiviert zu haben. Zwar hatte ihm Tiberius verweigert, diese zu heiraten, eine Affäre unterhielten die beiden aber trotzdem. Seianus plante wohl für den Fall, dass Livillas Sohn Tiberius Gemellus Thronanwärter würde, für diesen die Macht auszuüben.

Tiberius sah derweil tatenlos zu, wie sich seine Sippe in Rom in Rivalität zerfleischte. Im Jahre 27 n. Chr. eskalierte die Situation. Eine Verschwörung gegen den Kaiser wurde aufgedeckt, an deren Spitze angeblich Agrippina stand. Aufgrund von Fluchtgefahr wurde sie in einer Villa in Herculaneum am Golf von Neapel unter Hausarrest gestellt. Ganz sicher schienen sich Tiberius und Seianus nicht zu sein, ob man mit diesem Vorgehen gegen die im Volk so beliebte Witwe des Germanicus durchkommen würde. Denn Hausarrest war in Anbetracht des Tatvorwurfs »Verschwörung« eine recht milde Strafe. Hinzu kommt wohl, dass Agrippina eine überraschende Fürsprecherin fand: Livia, die Mutter des Kaisers. Trotz aller Streitereien und Rivalitäten – Agrippina war die Frau ihres Enkels Germanicus und die Mutter ihrer Urenkel. »Zu Lebzeiten der Augusta gab es immer noch eine Zuflucht, weil Tiberius gegenüber seiner Mutter den altgewohnten Gehorsam leistete und auch Seianus nicht wagte, dem elterlichen Einfluss vorzugreifen«, berichtet Tacitus. Livia weigerte sich offensichtlich, gegen Agrippina mit der Härte vorzugehen, die sie andere politische Gegner oft hatte spüren lassen. Und in dieser Hinsicht fügte sich ihr Sohn noch immer dem mächtigen Wort der Mutter.

Doch es waren die letzten Entscheidungen des Tiberius, in denen Livias Einfluss spürbar war. Der alternde Herrscher hatte sich mit seinem Weggang nach Capri nicht nur der Tagespolitik entzogen. Er entfloh auch einer Übermutter, deren Direktiven sein gesamtes Leben bestimmt hatten. »Weil er sich durch seine Mutter Livia eingeengt fühlte, da sie seiner Ansicht nach einen gleich großen Anteil an der Machtausübung beanspruchte, vermied er ein häufiges Zusammentreffen mit ihr und längere Gespräche unter vier Augen, damit es nicht so aussehe, als werde er durch ihre Ratschläge regiert«, schreibt Sueton. Tacitus sah die Sache ähnlich: »Es wird auch überliefert, durch seiner Mutter maßlose Herrschsucht sei er verdrängt worden. Ihre Teilhabe an der Herrschaft lehnte er ab und konnte sie doch nicht ganz ausschließen, weil er eben die Herrschaft als Geschenk von ihr erhalten hatte.« Nachdem Tiberius auf Capri sein Dauerquartier aufgeschlagen hatte, scheint es kaum noch Kontakt zwischen den beiden gegeben zu haben. »Jedenfalls hatte er seine Mutter während der ganzen drei Jahre, die sie nach seinem Weggang noch lebte, nur einmal an einem Tage und auch da nur für sehr wenige Stunden gesehen«, behauptet Sueton. Der Sohn, obschon selbst im fortgeschrittenen Alter, ließ es sich, befreit von dienstlichen und familiären Pflichten, gutgehen auf der Mittelmeerinsel. Wilde Gerüchte machten die Runde. Von Lustknaben war die Rede, von üblen sexuellen Ausschweifungen. Aber was sollte man Tiberius nun auch vorwerfen, da er sich ja aus der Politik zurückgezogen hatte. Es wäre verwunderlich, wenn Tiberius, der zeit seines Lebens stets wenig sinnenfreudig erschienen war, seine Lebensart noch einmal so gründlich geändert haben sollte.

Zwischen Mutter und Sohn müssen Dinge vorgefallen sein, die den Schreibern der Quellen nicht zugänglich waren oder die im Laufe der Jahre verlorengegangen sind. Die Verletzungen des Tiberius gingen augenscheinlich so tief, dass er keinen Kontakt mehr zur greisen Livia haben wollte. Vielleicht war er auch mit mehr als sechzig Jahren bereits in einem Alter, in dem er die Bilanz seines Lebens zog, und allzu viele negative Erlebnisse ließen sich direkt auf seine Mutter zurückführen. Vielleicht war sie es auch, die erleichtert war, den komplizierten Sohn nicht mehr ständig um sich zu haben. Hatte er sich je dankbar gezeigt für das Leben an der Spitze des Reiches, das sie ihm ermöglicht hatte? Was auch immer zwischen den beiden passiert war, der Bruch war nicht mehr zu kitten.

29 n.Chr. schloss Livia im Alter von sechsundachtzig Jahren für immer die Augen. Ihr Sohn blieb auch im Tod unversöhnlich. Er weigerte sich, persönlich nach Rom zu kommen, um von Livia Abschied zu nehmen, und gestattete aus der Ferne eine lediglich bescheidene Beerdigung ohne jeglichen Pomp. Rom erinnerte sich noch gut an das Trauerspektakel, das Augustus aus Anlass des Todes seiner Schwester Octavia hatte inszenieren lassen. Die Leichenrede für seine Urgroßmutter Livia übernahm der erst siebzehnjährige Caligula, der sich bisher weder politisch noch militärisch hervorgetan hatte. Tiberius verhinderte auch, dass der Senat, wie es schnell beantragt wurde, Livia unter die Gottheiten erhob. Mau redete er sich heraus, dies sei der Wunsch seiner Mutter gewesen. Ganz allerdings gelang es Tiberius nicht, die Ehrbezeugungen für Livia zu unterbinden. Cassius Dio berichtet: »Der Senat verfügte Livia zu Ehren ein ganzes Trauerjahr für die Frauen, billigte jedoch insoweit die Einstellung des Tiberius, als er selbst in diesem Zeitraum die Erledigung öffentlicher Angelegenheiten nicht unterbrach. Außerdem beschloss der Senat für sie die Errichtung eines Bogens, eine Auszeichnung, wie sie Frauen bisher nicht zuteilgeworden war; hatte doch Livia nicht wenige aus dem

Kreis der Senatoren gerettet, die Kinder von vielen aufgezogen und einer großen Zahl Beihilfe zur Aussteuer ihrer Töchter geleistet. Darum nannten sie manche auch Landesmutter.«

Trotz der bescheidenen Umstände der Beisetzung war vielen Römern klar, dass mit dem Tod Livias eine Ära zu Ende ging. Duldsam und streitbar hatte sie die Höhepunkte und Niederlagen ihrer Sippe auf dem Weg zur Monarchie mitgestaltet. Einen »Odysseus in Frauenkleidern« nannte sie ihr Enkel Caligula Jahre später und bezog sich damit wohl auf den Listenreichtum, den seine Großmutter zeit ihres Lebens in den politischen Planspielen bewiesen hatte. Sie hatte den begrenzten Rahmen, der sich einer Frau dieser Zeit bot, optimal ausgenutzt. Sie war nicht wie ihre Stieftochter Julia stur mit dem Kopf gegen die Wand gerannt. Sie hatte höchst erfolgreich auf das Miteinander mit Augustus gesetzt und so ihre Basis erheblich erweitern können. Dass Augustus' Nachfolger Tiberius ihr diesen neuen Handlungsrahmen wieder streitig machen wollte, hatte sie geschickt dadurch umgangen, dass sie ihre Position im Kult ausbaute. Sie war keine faktische Herrscherin geworden, aber keiner Frau vor ihr waren je so viel Respekt und Ehre entgegengebracht worden. Sie war die erste First Lady des Römischen Kaiserreiches gewesen, und bis zu dessen Ende würde sie die bedeutendste bleiben.

Der Tod der Livia war auch das Fanal zum endgültigen Untergang Agrippinas. »Jetzt, wie vom Zaum befreit, brachen beide (Tiberius und Seianus) los, und es ging ein gegen Agrippina gerichteter Brief ein, der, wie man allgemein glaubte, schon vor langer Zeit eingetroffen, aber von der Augusta zurückgehalten worden war.« Dieser Brief war wohl eine an den Senat gerichtete vehemente Anklage des Tiberius gegen Agrippina. Und das fatale Schreiben zog schnell Konsequenzen nach sich. Noch im Jahre 29 n. Chr. wurde Agrippina auf die Insel Pandateria verbannt, auf der schon ihre Mutter Julia ihr Dasein gefristet hatte. Doch da, wo Julia, abgesehen von ihrer Abgeschiedenheit, ein weitgehend unbehelligtes Leben hatte führen können, wurde Agrippina nun aufs Schrecklichste gequält: Ihre Bewacher misshandelten sie so brutal, dass sie sogar ein Auge verlor. Agrippina sah keine andere Möglichkeit als den Selbstmord. Da sie keinen Zugang zu Waffen oder Gift hatte, griff sie zum wohl qualvollsten Weg des Freitods: Sie verweigerte die Nahrung. Am 18. Oktober 33 n. Chr. starb Agrippina die Ältere, die Enkelin des Augustus und Witwe des Germanicus, den Hungertod.

Mit dem grausamen Ende seiner Rivalin Agrippina standen Tiberius' Handlanger Seianus nun endgültig alle Möglichkeiten in Rom offen. Sein Geburtstag wurde öffentlich gefeiert, und in Rom huldigte man seinen Statuen wie denen eines Gottes. Ja, Tiberius stellte Seianus in Aussicht, mit ihm gemeinsam das Konsulat zu bestreiten. Doch der ehrgeizige Aufsteiger hatte seine Rechnung ohne die letzte verbliebene Witwe auf dem Palatin gemacht. Antonia, die Witwe des älteren Drusus, die in dem nun nahezu verwaisten Haus die Stellung hielt. Sie hatte in den letzten Jahren soviel Leid erlebt. Nicht nur ihre Schwiegertochter, auch zwei ihrer drei männlichen Enkel waren in der Verbannung gestorben. Geblieben war ihr nur Caligula, das Stiefelchen, der vielversprechende Sohn des Germanicus. Sie nutzte alle Möglichkeiten, die sie als führende Frau des Kaiserhauses in Rom noch hatte, und schrieb dem Kaiser einen eindringlichen Brief, in dem sie ihn vor einer Verschwörung des Seianus warnte. Ob es diese je gegeben hat, ist unklar. Doch diesmal erzielte Antonias Warnung die gewünschte Wirkung: Tiberius ließ Seianus liquidieren und nahm schauerliche Rache an dessen Familie. Seianus' Tochter wurde vergewaltigt und mit den Leichen ihrer ermordeten Brüder die Gemonische Treppe vom Forum zum Tiber hinab geschleudert. Seianus' Name wurde aus der Erinnerung gelöscht, seine Statuen eingeschmolzen.

Doch Antonia zahlte einen hohen Preis für die Vernichtung Seianus'. Auch ihre Tochter Livilla, die mit dem angeblichen Verschwörer verbandelt gewesen war, fand den Tod. Wie die Quellen mutmaßen, hungerte sie sich mit Billigung der eigenen Mutter zu Tode. Geblieben war ihr nur der ungeliebte Sohn, der behinderte Claudius. Alle Hoffnungen setzte sie auf den Enkel Caligula. Er würde es sein, der die Macht der augusteischen Familie in die nächste Generation trug.

DER FLUCH DER MACHT – AGRIPPINA MINOR, MESSALINA UND POPPAEA

Nach drei Tagen und zwei Nächten war es endlich geschafft: Mit einem schrillen Schrei stieß Agrippina das Kind zwischen ihren Beinen hervor und lehnte sich erschöpft zurück. Endlich Ruhe von diesen quälenden Schmerzen, die sie immer wieder an den Rand der Ohnmacht getrieben hatten. Die Hebammen bedeckten ihren Schoß mit in warmem Öl getränkten Leinentüchern und legten eine extra warme Decke auf ihren matten Körper. Dankbar schloss Agrippina die Augen, und nur noch ganz von ferne hörte sie den ersten dünnen Schrei ihres Sohnes, bevor ihr endgültig schwarz vor Augen wurde.

Agrippina die Jüngere, die Urenkelin des Kaisers Augustus und Tochter des Germanicus, hatte aus Erzählungen gewusst, dass das Gebären ein grausames Geschäft war. Im antiken Rom bezahlten es viele Mütter mit ihrem Leben. Der Seufzer der mythischen Zauberin Medea wurde oft zitiert, lieber ziehe sie dreimal in eine Schlacht, als einmal zu gebären. Seit Monaten schon hatte Agrippina den Tag der Entbindung gefürchtet, und die Frauen in ihrer Umgebung hatten wenig unternommen, um ihr die Ängste zu nehmen. Denn ihnen allen schauderte vor Schwangerschaften als einer gefährlichen Zeit, in der man sich ständig vor bösem Zauber und Magie hüten musste. Von dem Tag im Frühling des Jahres 37 n. Chr. an, an dem Agrippina sich sicher war, dass sie ein Kind erwartete, hatten kundige Frauen ihren wachsenden Leib mit magischen Binden umwickelt. Immer neue Amulette hatten sie ihr umgehängt, um das Böse abzuwenden. Ständig waren Opfer für immer neue Göttinnen gebracht worden, die angeblich alle heilbringende Wirkung auf Schwangerschaft und Mutterschaft hatten. Agrippina hatte irgendwann den Überblick verloren. Wer konnte schon fast zwanzig Göttinnen auseinanderhalten. Ob sie dieses Kind wollte? Agrippina hatte sich diese Frage nie gestellt. Sie wusste, wie grausam die *plebs* mit ungewünschten Kindern verfuhr. Ein krankes Kind, das man der Aufzucht nicht für wert befand, wurde einfach links liegen gelassen und starb binnen kurzer Zeit, weil es niemand versorgte. Die gesunden Kinder, die aus anderen Gründen nicht akzeptiert wurden, setzte man aus. Glücklich die wenigen, die von einem gutherzigen Menschen gefunden wurden, auch wenn das Leben, das sie dann erwartete, meist das eines Sklaven war. Für eine Angehörige des Kaiserhauses war es selbstverständlich, ehelich geborene Kinder auch anzuerkennen. Denn schließlich war es ihre Aufgabe, für Nachwuchs zu sorgen. Agrippina war ihrer Verpflichtung nun nachgekommen. Spät genug, denn sie war immerhin schon zweiundzwanzig Jahre alt.

Als Geburtsort ihres Kindes hatte sie sich Antium, eine Stadt in der Nähe von Rom, ausgesucht, in der auch schon ihr Bruder Caligula geboren worden war. Die letzten Wochen vor der Entbindung waren sogar recht angenehm verlaufen. Helfende Hände umsorgten Agrippina in jeder Minute des Tages. Doch gerade die lange Zeit der Untätigkeit hatte in ihr die Angst vor dem bevorstehenden Ereignis noch größer werden lassen. Als sie die ersten Schmerzen verspürte, die auf die bevorstehende Geburt hinwiesen, brachten sie die Sklavinnen in den eigens eingerichteten Geburtsraum, in dessen Hintergrund ein Altar für die Geburtsgöttinnen Juno und Diana stand. Zunächst öffneten die Frauen Agrippinas Haar und wuschen es in einem rituellen Akt. Agrippina konnte sich darauf kaum konzentrieren, denn überall im Raum fiel ihr Blick auf bedrohlich aussehende Instrumente wie Messer und Haken, die im Notfall die Geburt beschleunigen sollten. Und war das da hinten wirklich ein Zitterrochen in einem Becken? Agrippina hatte davon gehört, dass die Schläge, die das Tier aussendete, eine Geburt beschleunigen konnten. Ein dauerhaftes Gemurmel von Beschwörungsformeln und Gebeten lag über der Szenerie. Keine der Frauen im Raum wagte, die Hände zu verschränken oder die Beine übereinanderzuschlagen. All das konnte Unglück über das gefährliche Ereignis bringen, das nun bevorstand. Agrippinas Platz war der Gebärstuhl in der Mitte des Raumes. Vor ihr nahm die Hebamme Platz. Sie wusste am besten, dass Agrippina schwere Stunden bevorstanden. Das Kind hatte sich nicht mit dem Kopf nach unten gedreht. Eine Steißlage, die Mutter und Kind in höchste Gefahr brachte. Für alle Fälle lagen Instrumente bereit, das Kind im Mutterleib zu töten und zu zerstückeln, denn das Leben der Mutter ging über das des Kindes. Noch aber hoffte die kundige Frau, dass sich dieser schreckliche Fall würde vermeiden lassen. Es war jedes Mal ein traumatisches Erlebnis für eine Kreißende, von dem sich viele niemals erholten, auch wenn ihnen die Augen verbunden wurden, um den zerfetzten Säugling nicht sehen zu müssen. Tatsächlich schienen sich alle Befürchtungen zu bestätigen. Sosehr sich Agrippina quälte, das Kind wollte ihren Körper einfach nicht verlassen. Die Frauen rieben ihren Rücken und versuchten durch Massagen, die Position des Babys noch zu korrigieren. Doch alle Hebammenkunst half wenig. In der zweiten Nacht von Agrippinas Niederkunft hätte kaum eine der Frauen im Raum noch viel darauf gewettet, dass diese Geburt zu einem glücklichen Ende kommen würde. Doch Agrippina war zäh. Sie hatte das Kämpferherz ihrer Vorfahren geerbt und am Ende noch Kräfte mobilisiert, die ihr niemand mehr zugetraut hatte.

Jetzt, wo das Baby endlich da war, legte die Hebamme den Kleinen auf den Boden, um ihn einer genaueren Betrachtung zu unterziehen. Ja, der Knabe bewegte sich. Es schien alles in Ordnung zu sein. Ein rascher Schnitt und die Nabelschnur war durchtrennt. Mit geübtem Griff packte die Hebamme wieder zu und stellte das Baby auf seine Füße. Wie alle Neugeborenen versuchte es reflexartig, auf seinen dürren Beinchen zu laufen. Sosehr Agrippina der Anblick der ruppigen Behandlung ihres Kindes auch wehtat, sie wusste, dass es sich hier ebenfalls um einen alten Ritus handelte. Das Kind war nunmehr ein Mensch, der als ein aufrecht gehendes Wesen anerkannt wurde. Ein schöner Junge war er. Goldener Flaum bedeckte das Köpfchen, und wenn sich die Augen ein wenig frei blinzelten, konnte man ein strahlendes Blau erkennen.

Erst jetzt gingen die Frauen daran, das Baby etwas liebevoller zu umsorgen. Es wurde gebadet, gewickelt und in eine bereitstehende Wiege gelegt. Zwei Ammen, Ecloge und Alexandria, waren schon längst ausgesucht, um den Kleinen zu ernähren. Eine Frau von Agrippinas Stand hätte sich niemals herabgelassen, ein Kind zu stillen. Und ein Baby mit Tiermilch zu füttern, war absolut undenkbar. Schließlich waren die Römer überzeugt, dass mit der Milch auch Charaktereigenschaften auf das Kind übergingen. Entsprechend genau waren auch Neros Ammen auf ihre Tugend und Sittsamkeit überprüft worden. Doch auch getröstet von der Brust der Ersatzmutter wurden Babies Praktiken zugemutet, die einen modernen Menschen schaudern lassen. Die Wickeltechniken ähnelten eher Bandagierungen, denn ein gerader Körperwuchs sollte mit Hilfe fester Binden herbeigezwungen werden. Was die Natur nicht mitgegeben hatte, sollten Massagen erreichen. Die weichen Babyfüße wurden fest geknetet, um die Wunschform, vorne breit und in der Mitte schmal, zu erreichen. Noch rabiater verlief die Behandlung des Kopfes, sofern er nicht dem runden Schönheitsideal entsprach. In einem solchen Fall drückte eine Amme mit der flachen Hand gegen den Schädel, während eine andere den Nacken fixierte. Aber all das war nun Sache des Personals. Für Agrippina hatten sich die Mutterpflichten erst einmal erledigt. Der Kleine würde die nächste Zeit mit seiner Amme verbringen. Auch die Nächte würde er in deren Kammer schlafen. Auf Agrippina warteten herrliche vierzig Tage, in denen sie sich offiziell ausruhen durfte. Am neunten Tag nach seiner Geburt erhielt der Junge den Namen Lucius Domitius Ahenobarbus. In die Geschichte eingehen würde er unter dem Namen Nero. Und viele Jahre später kursierte eine Geschichte, die sich angeblich in den Tagen nach seiner Geburt abgespielt hatte. Ein Wahrsager habe Agrippina prophezeit, einst von ihrem Sohn getötet zu werden. »Möge er mich töten, solange er nur herrscht«, habe diese erwidert.

Wie so viele Frauen ihrer Familie, der julisch-claudischen Dynastie, war auch Agrippina die Jüngere eine Frau der Extreme. Eine Schönheit war sie nicht gerade. Von der Statur her war eher ein Junge an ihr verlorengegangen. Sie war kräftig gebaut und sehr groß gewachsen. Auch die meisten ihrer männlichen Familienmitglieder überragte sie um Haupteslänge. Ihre Gesichtszüge waren eher grob und von einer niedrigen Stirn und hervorstehenden Wangenknochen geprägt. Der Mund schien ein wenig verrutscht zu sein, da sie einen zweiten zusätzlichen Eckzahn hatte. Zwar galt ein solcher in der Antike als Glücksbringer, doch hübscher machte er Agrippina nicht gerade. Als Kind hatte sie noch ihre Urgroßmutter Livia kennengelernt. Während ihre Eltern sich im Osten des Reichs aufhielten, lebte sie in Livias weitverzweigtem Villenkomplex auf dem Palatin. An ihren Vater Germanicus konnte sie sich nicht mehr erinnern. Sie war kaum vier Jahre alt gewesen, als dieser seinen geheimnisumwitterten Tod in Antiochia starb. Das Bild ihrer Mutter, Agrippina der Älteren, dagegen war ihr noch sehr präsent. Noch immer hatte sie deren hasserfüllte Stimme im Ohr, wenn sie gegen Kaiser Tiberius wetterte. Und immer wieder hatte die Mutter ihr und ihren Geschwistern eingebläut, dass sie die letzten leiblichen Nachkommen des großen Kaisers Augustus waren: Geboren, um zu herrschen, und geboren, um Herrscher zur Welt zu bringen. Im Alter von elf Jahren wurde Agrippina die Jüngere von Kaiser Tiberius verheiratet. Der Auserwählte war der etwa dreimal so alte Gnaeus Domitius Ahenobarbus. Seit Jahrhunderten war seine Familie in den Annalen des Römischen Reiches durch politische und militärische Großtaten vertreten. Vermögend waren die Domitier auch. Sie hatten gigantische Besitzungen in Italien und in der Provinz Africa. Allerdings: Dem Geschlecht der Rotbarte, die diesen Namen von einem frühen Vorfahren übernommen hatten, eilte auch ein übler Ruf voraus. Sie waren überheblich und grausam, zudem drehten sie angeblich jeden Sesterz zweimal um, bevor sie sich seufzend entschlossen, ihn auszugeben. In den Augen Kaiser Tiberius' aber war Gnaeus Domitius

Ahenobarbus ein idealer Ehemann für Agrippina. Selbst dessen Mutter sagte nämlich über ihn, dass er vollkommen träge und bar jeglichen Ehrgeizes sei. Genau so etwas wollte Tiberius – bloß nicht noch ein Familienmitglied, das nach der Macht gierte.

Die kleine Agrippina bekam nun schnell zu spüren, dass ihr Ehegatte leider nicht aus der Art der Domitier geschlagen war. Er hatte einen offenbar ebenso üblen Charakter wie seine Vorfahren. Schauerliche Eskapaden aus seiner Vergangenheit kamen ihr alsbald zu Ohren. So hatte Ahenobarbus auf einem Feldzug einen Freigelassenen erschlagen, nur weil dieser sich weigerte, an einem Saufgelage teilzunehmen. In einem Dorf an der *via Appia* fuhr er mit seinem Pferdegespann in rücksichtsloser Raserei einen kleinen Jungen tot. Auch in Rom benahm er sich kaum besser. Einem Ritter auf dem Forum schlug er ein Auge aus, und die Liste seiner Betrügereien und kriminellen Geschäfte war endlos. Aber was sollte sie machen? Nach ihrer Zustimmung zu diesem Halunken von Ehemann hatte sie niemand gefragt. Und so fügte sich das Mädchen in sein Schicksal und ließ die Hochzeitszeremonie über sich ergehen, die es aus dem Haus der Livia in die Villa des Ahenobarbus in der *via Sacra* zwischen dem Palatin und den Oppianischen Hügeln führte. Wenige Jahre später konnte sie froh sein, aus den Dramen ihrer Familiengeschichte überhaupt mit dem Leben davongekommen zu sein. Denn im Jahr 29 n. Chr. erklärte Kaiser Tiberius ihre Mutter und ihren ältesten Bruder zu Staatsfeinden und verwies sie der Stadt. Der Bruder hungerte sich wenig später zu Tode. So hieß es zumindest. Agrippina kannte auch die Gerüchte, die von Mord sprachen. 33 n. Chr. folgte dann ein doppelter Schicksalsschlag. Auch ihr jüngerer Bruder, den Tiberius drei Jahre lang in einer Kammer des Kaiserpalastes inhaftiert hatte, starb unter elenden Umständen. Ihm wurde so lange die Nahrung verweigert, bis er sogar versuchte, die Füllung seines Kissens zu essen. Wenig später wählte auch Agrippina die Ältere den Freitod durch Verhungern. Und so hatte deren Tochter bereits mit fünfzehn Jahren die Hälfte ihrer Familie unter brutalsten Umständen verloren. Geblieben waren ihr nur ihre Schwestern Drusilla und Livilla und ihr Bruder Caligula. Als Kaiser Tiberius im Jahre 37 n. Chr. starb, atmete Agrippina auf. Dieser Mann, der ihrer Familie so schauerlich mitgespielt hatte, würde von ihr nicht betrauert werden. In ihrer Erleichterung wusste sie einen Großteil des römischen Volkes hinter sich. Tiberius war kein beliebter Herrscher gewesen. Sueton berichtet: »Sein Tod versetzte das Volk in solchen Freudentaumel, dass auf die erste Nachricht hin alles durcheinanderlief, bald mit dem Ruf, in den Tiber mit Tiberius, bald unter Anrufung der Erdgöttin und der Götter der Unterwelt, dass sie dem Toten nur einen Platz unter den Verdammten zuweisen möchten, während wieder andere den Leichnam mit Haken bedrohten.« Für Agrippina, da war sie sich sicher, würden nun neue, glückliche Zeiten anbrechen. Denn Nachfolger des Tiberius wurde der einzige ihrer Brüder, der überlebte: der fünfundzwanzigjährige Caligula.

Caligula, dem »Stiefelchen«, wie er seit seiner Kindheit genannt wurde, flogen die Herzen der Untertanen zu. Der hübsche Jüngling, der eigentlich Gaius Caesar Augustus Germanicus hieß, war der Sohn des so geliebten Germanicus und schien nicht nur dessen attraktives Äußeres, sondern auch das gewinnende Wesen geerbt zu haben. Er geleitete die Leiche des Tiberius nach Rom, doch was eigentlich ein Trauerzug für den verstorbenen Herrscher sein sollte, geriet zum Triumphzug des neuen Kaisers. »Der ganze Weg«, so behauptet Sueton, »war mit Altären, Opfertieren und brennenden Fackeln gesäumt, und eine dichtgedrängte Schar ungemein fröhlicher Menschen strömte ihm entgegen, die ihm alle möglichen Glückwünsche zuriefen und ihn bald ›Stern‹, bald ›Hähnchen‹, bald ›Püppchen‹, bald ›Schoßkind‹ nannten.« Tatsächlich schien sich in Rom nun einiges zum Besseren zu wenden. Caligula zeigte sich als respektvoller Erbe der julisch-claudischen Dynastie. Er ließ den Tempel des *Divus Augustus*, seines vergöttlichten Großvaters, fertigstellen und erwies selbst dem ungeliebten Tiberius Ehrerbietung, indem er ihm eine würdige Beerdigung arrangierte. Er beantragte sogar beim Senat, Tiberius zum Gott zu erheben, ließ diese Bitte aber auch sofort widerstandslos fallen, als der Senat Einwände erhob. Caligula teilte das tragische Familienschicksal seiner Schwestern, doch er hatte offenbar einen Weg gefunden, mit den traumatischen Erlebnissen seiner Kindheit und Jugend umzugehen. Nach und nach wollte er die Namen seiner ermordeten Familienmitglieder rehabilitieren und ihnen die Ehren zukommen lassen, die ihnen Tiberius vorenthalten hatte. Er erklärte die Geburtstage seiner Eltern, seiner Geschwister und seinen eigenen zu Festtagen. Seine Großmutter, Antonia, wurde mit dem Ehrentitel »Augusta« versehen. Außerdem benannte er den September in »Germanicus« um. Er reiste höchstpersönlich nach Pandateria, jener Insel, auf der seine Mutter und sein Bruder so schauerlich zugrunde gegangen waren, und ließ deren Asche nach Rom überführen. Agrippina liebte ihn dafür. Zeit ihres Lebens hatte sie sich wie eine Aussätzige gefühlt. Immer wieder hatte man sie daran erinnert, welche Verfehlungen all ihre Lieben angesammelt hatten. Nun aber erhob Caligula sie und ihre Schwestern in ganz neue Sphären von Ehrungen und Wertschätzungen, so als wolle er alle Katastrophen der Vergangenheit wiedergutmachen. Drusilla, Livilla und Agrippina wurden zu Vestalinnen erklärt, jenen Priesterinnen, die im Römischen Reich das meiste Ansehen genossen. Sie waren damit rechtlich Männern gleichgestellt und hatten keinen Vormund mehr. Außerdem beurkundete Caligula wichtige Rechtsgeschäfte in seinem Namen und im Namen seiner drei Schwestern. Im Theater nahmen die drei jungen Frauen neben ihm Platz und ließen sich vom Volk huldigen. Sogar Eide, die auf den Kaiser geleistet wurden, hießen nun: »Auch will ich mich selbst und meine Kinder nicht lieber haben, als ich den Gaius (Caligula) und seine Schwestern liebe«, so berichtet zumindest Sueton. Zahlten die Römer mit Sesterzen, konnte es passieren, dass sie eine Münze mit dem Bildnis des Caligula auf der Vorder- und dem seiner Schwestern auf der Rückseite in den Händen hatten.

Agrippina konnte es nicht fassen. Ihr Bruder machte alle Schmach, die sie ihr Leben lang erduldet hatte, wett. So etwas wie Sorglosigkeit hatte sie bisher kaum gekannt. Nun standen Spiele und Spaß auf der Tagesordnung. Caligula war ein ausgesprochener Fan von Gladiatorenkämpfen und vor allem von Pferderennen. Er war Anhänger der grünen Partei, die mit der weißen, der roten und der blauen um den Sieg kämpfte. Geschirr, Wagen und Kleidung der Wagenlenker waren in der jeweiligen Farbe gehalten, und die Gespanne wurden von ihren Fans mit frenetischem Geschrei angefeuert. Manchmal kamen zu einem solchen Rennen bis zu 100 000 Zuschauer, die die halsbrecherischen Überholmanöver und die spektakulären Wenden am Ende des Parcours bejubelten. Gigantische Summen wurden bei diesen Gelegenheiten verwettet. So mancher Römer verlor im Zirkus Haus, Hof und seine Sklaven noch dazu. Um Aufruhr und Randale nach der Veranstaltung zu verhindern, gab es oft im Anschluss noch ein öffentliches Festessen, um wenigstens diejenigen zu besänftigen, die nur kleinere Summen verloren hatten. Eine Lotterie mit attraktiven Gewinnen vom kostenlosen Bordellbesuch bis hin zu Gold und Perlen tröstete dann manchen, der am Tage alles verloren hatte. Für Caligula waren die Rennen mehr als ein Freizeitspaß. Er nahm die Sache todernst, und wenn die »Grünen« unterlagen, schob er seine Schwestern missmutig aus dem Zirkus. An einem solchen Tag kam man ihm besser nicht mehr unter die Augen. Ansonsten aber ließ er es als Bruder an keiner Aufmerksamkeit für Drusilla, Livilla und Agrippina fehlen. Vor allem die Älteste, Drusilla, hatte es ihm angetan. Gleich, nachdem er Kaiser geworden war, verfügte er, dass diese von ihrem Mann, einem gewissen Lucius Cassius Longinus, geschieden wurde, und verheiratete sie mit einem seiner Freunde. Warum, wurde Agrippina erst nach einigen Wochen klar. Denn immer häufiger verschwanden Caligula und Drusilla bei größeren Essen oder Empfängen gemeinsam in einem Hinterzimmer. Ganz unverhohlen legte der Kaiser bei jeder sich bietenden Gelegenheit die Hand auf Drusillas Knie. Und diese gestattete das ohne Missfallen. Agrippina war überrascht, aber eigentlich fand sie das Verhalten ihrer Geschwister nicht so ungewöhnlich. Bei den Ägyptern, so wusste sie von ihren Lehrern, war es vollkommen üblich, dass Geschwister verheiratet waren und miteinander verkehrten. Nur ein Ehepartner aus der eigenen Familie war für den Herrscher ebenbürtig. Und wer sollte in Rom an die Würde ihrer eigenen Familie heranreichen? Sie und ihre Geschwister waren die einzigen lebenden Nachfahren des legendären Augustus. Und was es bedeutete, von einem nicht ebenbürtigen Mann beschlafen zu werden, das hatte sie am eigenen Leibe erfahren. Nachdem sie es jahrelang trickreich hatte verhindern können, war Agrippina von ihrem Mann Domitius Ahenobarbus schwanger geworden.

Als Agrippina etwa im sechsten Monat war, erkrankte Caligula ernsthaft. Zwar war er zeit seines Lebens Epileptiker, aber diese Krankheit galt eher als ein Zeichen göttlicher Erwählung. Ansonsten hatte er sich immer guter Gesundheit erfreut. Caligula ging es nun so schlecht, dass er seinen Nachlass regelte. Er designierte allerdings nicht seinen Adoptivsohn, den Neffen Tiberius Gemellus, sondern Drusilla. Seine Schwester – und damit die erste Frau in der römischen Geschichte – sollte die Erbin von Vermögen und Macht werden. Ob diese bizarre Regelung je in die Tat umgesetzt worden wäre, darf bezweifelt werden, da der Senat seine Zustimmung hätte geben müssen. Aber der erwartete Fall trat ohnehin nicht ein. Caligula wurde wieder gesund, doch er war ein anderer geworden. »Bis hierhin vom Kaiser, jetzt muss über das Scheusal berichtet werden«, schreibt Sueton schonungslos. Wahrscheinlich war der Kaiser an einer Gehirnhautentzündung erkrankt, die er zwar knapp überlebte, die ihn aber erheblich versehrt zurückließ. Der einst schmucke, große Mann legte erheblich an Gewicht zu. »Das Haar war dünn mit einer Glatze auf dem Scheitel, der restliche Körper stark behaart. Darum galt es als todeswürdiges Verbrechen, wenn er vorbeizog, von oben herab auf ihn zu schauen oder nur aus irgendeinem Grund das Wort ›Ziege‹ auszusprechen«, so Suetons wenig schmeichelhafte Schilderung. Dramatischer für seine Umwelt aber war die Veränderung seines Wesens. Caligula war boshaft, zornig und unberechenbar geworden. Nur in wenigen klaren Momenten erkannte er selbst, dass mit ihm etwas nicht stimmte. Die meiste Zeit über jedoch hielt er sein absonderliches Verhalten für normal und tyrannisierte seine Familie und seine übrige Umwelt. So verlangte er von jedermann, ihn mit Hand- und Fußkuss zu begrüßen. Er schickte unzählige unschuldige Bürger in die Arenen, wo sie bei Tierhatz oder Gladiatorenkämpfen ein grausames Ende fanden. Überall witterte er Verrat und Verschwörung, auch in der eigenen Familie. Als Erster bekam dies sein Adoptivsohn Tiberius Gemellus zu spüren. Er wurde der Verschwörung gegen den Kaiser angeklagt und zum Selbstmord gezwungen. Ähnlich erging es zahlreichen anderen Bürgern, die Caligulas Misstrauen erregt hatten. Langsam, aber sicher verlor der Kaiser vor aller Augen den Verstand. So glaubte er, der Sonnengott Sol zu sein, der in Vollmondnächten mit der Göttin Luna schlafe. Agrippina war froh, dass sie sich aufgrund ihrer fortgeschrittenen Schwangerschaft aus Rom zurückziehen und dem wirren Treiben am kaiserlichen Hof erst einmal entfliehen konnte. Erst nachdem sie sich von der Entbindung erholt hatte, kehrte sie mit ihrem neugeborenen Sohn nach Rom zurück.

Während ihrer Abwesenheit waren ihr viele Geschichten über das absonderliche Verhalten ihres Bruders zugetragen worden. Zurück in der Metropole musste sie feststellen, dass die allermeisten davon stimmten. Auch optisch konnte Agrippina den Bruder kaum wiedererkennen. Er war so fett geworden, dass er sich fast gar nicht mehr zu Fuß fortbewegen konnte, sondern getragen werden musste. Tagtäglich feierte er Fressorgien, bei denen sich die Tische unter den teuersten Spezialitäten bogen. Agrippina konnte es sogar irgendwie nachvollziehen, dass ihr Bruder eine solche Gier nach leiblichen Genüssen entwickelt hatte. Beide hatten sich als Kinder im spartanischen Haushalt der Livia mit kargen Mahlzeiten wie Schwarzbrot, Käse, Obst und einer Handvoll Sardinen begnügen müssen. Das war wohl das Lieblingsmenü ihres Urgroßvaters Augustus gewesen, so hatte man es den Kindern erzählt. Wenn sie Schilderungen von den Gelagen anderer Villen gehört hatten, war ihnen oft genug das Wasser im Munde zusammengelaufen. Völlerei und Prasserei gehörten in Rom zur Tagesordnung. Ganz oben in der Beliebtheitsskala standen exotische Leckereien, die möglichst schwer zu beziehen waren. Noch immer erzählte man sich von einem Gastmahl, das einst der legendäre Julius Caesar gegeben hatte. Als Menü waren Seeigel serviert worden, dazu Austern, Muscheln, Drosseln auf Spargel, gemästete Henne, Muschelragout, weiße und schwarze Maronen. Doch das war erst die Vorspeise. Es folgten Feigenschnepfen, Rehlende und Wildschwein, Geflügel in Brot gebacken, die seltene Purpurschnecke, Schweineeuter, gebackener Schweinskopf, Fischragout, gebratene Ente, Hase, Geflügel und Brot. Caligula ließ sich nun ständig derartige Speisefolgen vorsetzen und gab für die Gelage astronomische Summen aus. Das wenige, was von seinem ererbten Vermögen noch übrig war, verschleuderte er für Garderobe, Geschenke und großzügige Spiele. In der Staatskasse herrschte bald gähnende Leere. Den Kaiser aber focht das nicht an. Sollte doch das Volk die Löcher wieder stopfen. Immer neue, absurdere Steuern wurden den Römern auferlegt. So gab es Sondersteuern auf Lebensmittel, auf Gerichtsprozesse und auf Lohn. Sogar die Dirnen in den Rotlichtbezirken mussten eine Abgabe auf jeden Beischlaf entrichten. Größere Summen strich der Herrscher ein, indem er zwanzig der reichsten Männer Roms hinrichten ließ und deren Vermögen beschlagnahmte. Es konnte nur eine Frage der Zeit sein, wann sich ernsthafte Unruhen in Rom breitmachen würden.

Agrippina hatte schon festgestellt, dass sie an ihren Bruder nicht mehr herankam. Wenn er überhaupt noch auf jemanden hörte, dann auf Drusilla. Wenigstens manchmal konnte diese noch das Ausmaß seiner Untaten dämpfen. Doch Drusilla starb am 10. Juni 38 n. Chr., und Caligula verfiel vollends dem Wahnsinn. Er verordnete eine Staatstrauer, die es verbot zu lachen, zu baden oder gemeinsam mit der Familie zu essen. Auch war es untersagt, Geschäfte jeglicher Art zu machen. Der Kaiser selbst floh vom Irrsinn gezeichnet aus Rom und geisterte durch Kampanien. Dann sichtete man ihn in Syrakus, bevor er mit zerzaustem Bart wieder in Rom erschien, um Drusilla zur Göttin zu erheben. Zwanzig Priester und Priesterinnen sollten von nun an den Kult der Drusilla pflegen, die damit die erste irdische Frau in der römischen Geschichte war, die zur Gottheit ernannt wurde. Mit dem Tod der gemeinsamen Schwester näherten sich Agrippina und Caligula wieder einander an. Zwar heiratete der Kaiser im Herbst des Jahres 38 n. Chr. eine gewisse Lollia Paulina, doch er verjagte sie ebenso schnell wie die beiden Damen, mit denen er schon zuvor verheiratet gewesen war. Nun begleitete Agrippina ihn wieder zu öffentlichen Anlässen. Doch das war mittlerweile ein brisantes Unterfangen geworden: Der Kaiser war ein hoch gefährdetes Anschlagsziel geworden. Caligula wusste, dass seine Feinde die Messer wetzten. »Mögen sie mich hassen, wenn sie mich nur fürchten«, wiegelte er laut Sueton ab. Doch es gab überraschenderweise auch manchmal ruhige Momente im Kaiserhaus, die man fast als schön bezeichnen konnte. So schien sich Caligula, so dramatisch es um seine geistige Gesundheit bestellt war, noch einmal ernsthaft verliebt zu haben. Milonia Caesonia, so der Name der Auserwählten, war zwar erheblich älter und nicht einmal besonders schön, aber sie schenkte Caligula eine Tochter, in die der Kaiser absolut vernarrt war. Am Tag der Geburt heiratete er Milonia, die eigentlich nicht standesgemäß war. Eine ehemalige Bäckersfrau war sie, die zudem auch noch drei Töchter aus erster Ehe mitbrachte. Von seinen zahlreichen Liebhabern und Liebhaberinnen ließ er aber dennoch nicht. Und zu diesen zählten aller Wahrscheinlichkeit nach auch seine Schwestern Agrippina und Livilla. Die beiden sträubten sich nicht gegen die Avancen des Bruders. Selbst wenn sie gewollt hätten, gab es nicht viele Möglichkeiten, sich dem Wahnsinnigen zu widersetzen. Die Situationen, zu denen er sie in sein Schlafgemach forderte, waren ohnehin selten. Viel Zeit blieb Caligula nicht, denn allzu viele bizarre Beschäftigungen forderten seine ganze Aufmerksamkeit. So hatte er es stets geliebt, in Geldmünzen zu baden oder in extravaganten Kostümen über die Straßen Roms zu flanieren. Besonders schätzte er den Panzer Alexanders des Großen, den er sich aus Alexandria hatte bringen lassen. Lange befasste er sich auch mit dem Plan, den Hengst *Incitatus*, ein berühmtes Rennpferd, zum Konsul zu erheben. Das Tier lebte bereits in einem marmornen Stall und fraß aus einer Krippe aus Elfenbein, Trauben und Nüsse. Agrippina ahnte, dass das Verhalten ihres Bruders für die Familie auf eine Katastrophe hinauslief. Und diese kam sogar schneller als erwartet.

39 n. Chr. behauptete Caligula, eine Verschwörung sei gegen ihn im Gange. Darin verwickelt seien auch sein Schwager und seine Schwestern. Alle wurden »sexueller Verdorbenheit« angeklagt. Der Schwager Lepidus wurde zum Tode verurteilt, und nur die einflussreichen Freunde, die Livilla und Agrippina noch im Senat hatten, konnten verhindern, dass die Schwestern das gleiche Schicksal ereilte. Agrippina war von Caligula vor allem bezichtigt worden, ein Verhältnis mit Lepidus zu haben. Ein nicht so abwegiger Gedanke, war der Schwager doch ein kluger, einflussreicher Mann, der nach einem Ableben Caligulas durchaus als Herrscher in Frage gekommen wäre. Doch noch lebte der Kaiser, und er zwang seine Schwester nun, die Asche des Lepidus in einer Urne nach Rom zu bringen. Anschließend verbannte er Livilla auf die Insel Pandateria, auf der schon ihre Mutter und ihr Bruder gestorben waren. Agrippina wurde auf die Insel Pontia geschickt, etwa hundert Kilometer westlich von Neapel. Hier war ihr ältester Bruder gestorben.

Nun, kaum sieben Jahre nach dem dramatischen Tod der Mutter, hatte also auch Agrippina Minor das Schicksal der Verbannung ereilt. Doch nüchtern betrachtet hätte sie es in Anbetracht des Geisteszustands ihres Bruders schlimmer treffen können. Eine große Dienerschaft ging ihr nach wie vor zur Hand und erleichterte das Leben auf der eher kargen Vulkaninsel. Auf Pontia lebten immerhin Menschen, es gab sogar ein kleines Theater und ein bisschen kulturelles Leben. Doch allzu viel Freizeitangebote gab es nicht, und Agrippina hatte viel Zeit, um darüber nachzudenken, was geschehen war. In ihrer Kindheit hatte sie, wie alle Kinder im Haus des Augustus, eine hervorragende Bildung erhalten. Lesen und Schreiben gingen ihr leicht von der Hand, und so fasste sie sich ein Herz, die Geschichte ihres Lebens zu Papier zu bringen. Obwohl sie erst vierundzwanzig Jahre alt war, hatte sie schon mehr Höhen und Tiefen erlebt, als manch anderer in vielen Jahrzehnten. Ihren kleinen Sohn, Lucius Domitius, hatte sie nicht mit nach Pontia nehmen dürfen. Er war, wie nach römischem Recht üblich, im Haus seines Vaters und in der Obhut der Kinderfrauen geblieben. Doch Domitius Ahenobarbus starb kaum ein Jahr nach Agrippinas Verbannung. Noch auf dem Totenbett hatte Caligula ihn gezwungen, Großteile seines gigantischen Vermögens dem Kaiser zu vererben. Als der Tod dann schließlich eintrat, riss Caligula sich das gesamte Geld unter den Nagel, und der kleine Lucius, der immerhin noch ein Drittel des väterlichen Erbes hatte bekommen sollen, ging leer aus. Was sollte mit dem Jungen geschehen? Der Vater war tot, die Mutter verbannt und der Onkel verrückt. Doch es fand sich eine Tante väterlicherseits namens Domitia, die sich des Kleinen annehmen wollte. Diese war selbst kinderlos und überschüttete Lucius mit Zuneigung. Sie ließ dem eigensinnigen Kerlchen viel durchgehen und verfuhr in Erziehungsfragen bisweilen sehr unkonventionell. So kam Agrippina zu Ohren, dass Domitia einen ehemaligen syrischen Tänzer und einen griechischen Barbier als Lehrer für Lucius eingestellt habe. Sie konnte nur hoffen, dass es sich tatsächlich um ein Gerücht handelte.

Der Mord an Caligula war absehbar gewesen. Zu tyrannisch war die Herrschaft des Verrückten geworden, als dass er sich in Rom dauerhaft an der Macht hätte halten können. Am 24. August des Jahres 41 n. Chr. wollte er nach einer Aufführung durch einen unterirdischen Gang in seinen Palast zurückkehren. Die Verschwörer lauerten ihm auf und schlugen ihn nieder. Auch Milonia Caesonia und Caligulas Tochter Julia Drusilla fanden den Tod. Milonia wurde erstochen und ihr kleines Mädchen so brutal gegen eine Wand geschleudert, dass es starb. Caligulas Nachfolger auf dem Kaiserthron war einer, mit dem wohl keiner gerechnet hatte: sein behinderter Onkel Claudius, der Bruder des legendären Germanicus.

Die Römer waren enttäuscht, dass dieser bizarre Sonderling, den die augusteische Familie meist eher versteckt gehalten hatte, nun das höchste Amt im Staate hatte. Für Agrippina im fernen Pontia aber war die Berufung des Claudius ein Grund zur Freude. Er rief alle Verbannten zurück, die Caligula wegen Hochverrates verjagt hatte, und darunter waren auch Agrippina und ihre Schwester Livilla. Claudius gab ihnen sogar ihr Vermögen zurück. Auch der dreijährige Lucius erhielt das Geld zurückerstattet, das ihm Caligula aus dem väterlichen Erbe vorenthalten hatte. Agrippina zeigte sich nicht nachtragend. Sie hatte beide Seiten ihres Bruders gekannt und wusste, dass nicht er, sondern seine Krankheit all die Grausamkeiten verübt hatte, unter denen so viele hatten leiden müssen. Ein neues Kapitel in der Familiengeschichte sollte anbrechen, und ein solches sollte nicht in Würdelosigkeit beginnen. Kaum war sie in Rom angekommen, sorgte sie für eine ehrenhafte Verbrennung und Beerdigung ihres Bruders, dessen Leiche man direkt nach der Ermordung nur halbherzig angezündelt und verscharrt hatte. Den neuen Kaiser kannte Agrippina durchaus, doch hatte sie zu Claudius nie so engen Kontakt gehabt wie zu vielen anderen Familienmitgliedern. Er war ein seltsamer Kerl, der ihr als Kind immer etwas Angst gemacht hatte. Mit seinen bizarren Zuckungen und der schleppenden Sprechweise war er immer das schwarze Schaf der Familie gewesen, und sogar Großmutter Antonia, Claudius' Mutter, hatte tunlichst vermieden, ihn zu oft sehen zu müssen. Antonia war 37 n. Chr. gestorben. Sie hatte zu den letzten Opfern ihres Enkels Caligula gehört, der sie in den Selbstmord getrieben hatte, als sie ihn wegen seines brutalen Verhaltens kritisiert hatte. Wie Agrippina fragten sich viele, wie sie wohl auf die Kaisererhebung ihres ungeliebten Sohnes Claudius reagiert hätte. Vermutlich nicht mit Stolz, sondern voller Scham. Caligula hatte während seiner Herrschaft immer üblen Spott mit dem behinderten Onkel getrieben. Vor allem in den letzten Jahren hatte Claudius bei Hofe schlimm einstecken müssen. Doch wenn man es recht überdachte, war der neue Kaiser eigentlich gar nicht so sehr aus der Art geschlagen. Sicher, seine Körperbehinderung beeinträchtigte ihn, doch er teilte viele Leidenschaften mit seinen Amtsvorgängern und Vorfahren. Wie Augustus liebte er das Würfelspiel und wie Caligula die großen Festgelage. Er aß so gern größte Mengen, dass er sich mit Brechmitteln und Pfauenfedern Erleichterung verschaffen ließ, um noch mehr in sich hineinzustopfen – eine Vorliebe, die ihn noch teuer zu stehen kommen würde. Besonders interessierte ihn die Rechtsprechung und sein Privileg als Kaiser, weitgehend ohne Einschränkungen Urteile fällen zu dürfen. Er machte von diesem Recht weidlich Gebrauch und erwies sich dabei keineswegs als der Dummkopf, für den ihn viele gehalten hatten. Claudius konnte eine blitzschnelle Härte an den Tag legen, die auch vor Familienmitgliedern nicht haltmachte. Bereits im ersten Jahr seiner Herrschaft traf der Bannstrahl seine Nichte Livilla, Agrippinas Schwester, die er wegen Verschwörung gegen den Kaiser wieder nach Pandateria verbannte und dort verhungern ließ. Agrippina, die damit das letzte überlebende Kind des Germanicus war, wusste, dass sie weiterhin auf der Hut sein musste. Auch Claudius' Ehefrau, Valeria Messalina, die offenbar nachhaltig zur Verbannung Livillas beigetragen hatte, durfte man nicht unterschätzen. Zwei Jahre zuvor hatte Claudius die erheblich jüngere Frau geheiratet, die im Gegensatz zu den beiden Damen, mit denen Claudius früher verheiratet gewesen war, wunderschön war. Schwarze Locken umrahmten ihr fein geschnittenes Gesicht und betonten ihr feuriges Temperament. Kurz nach der Hochzeit schenkte Messalina ihrem Mann eine Tochter, Claudia, und ein Jahr später einen Sohn, der Tiberius Claudius Caesar Germanicus genannt wurde. Einige Jahre später benannte man ihn nach dem militärischen Erfolg seines Vaters in England »Britannicus«. Voller Stolz präsentierte der frischgebackene Kaiser seinen Sohn und hob ihn bei Zirkusveranstaltungen und im Theater für das jubelnde Volk in die Höhe.

Für Agrippina war es das Klügste, sich aus der hohen Politik erst einmal herauszuhalten. Nach Livillas schnellem Ende blieb ihr nur Söhnchen Lucius, den sie sofort wieder zu sich genommen hatte, als sie in Rom ankam. Doch was sie brauchte, war ein Mann an ihrer Seite. Denn ohne männlichen Schutz war sie in der Metropole verloren, das war auch der selbstbewussten Urenkelin des Augustus klar. Aber woher so schnell einen passenden Partner finden? Nicht viele waren Agrippina in ihren Augen ebenbürtig. Und beliebt war sie nach den wilden Jahren ihres Bruders auch nicht gerade. Der erste Kandidat, den sie sich aussuchte, war ihr vor allem wegen seines stadtbekannten Ehrgeizes sehr sympathisch. Dass Servicius Sulpicius Galba verheiratet und überdies, wie man munkelte, schwul war, störte Agrippina keineswegs. Sie suchte ja schließlich keinen Mann zum Verlieben. Aber sie hatte ihre Rechnung ohne die nicht minder selbstbewussten Frauen in Galbas Familie gemacht. Bei einer Damengesellschaft, bei der man sie wegen ihrer Avancen offen angegriffen hatte, stand Galbas Schwiegermutter schließlich auf und ohrfeigte Agrippina vor aller Augen. Aus der Ehe zwischen Galba und Agrippina wurde nichts, doch beide würde ihr Lebensweg noch an die Macht führen. Allerdings getrennt voneinander.

Agrippina die Jüngere heiratete schließlich den Senatoren C. Sallustius Crispus Passienus, den Mann ihrer Schwägerin aus erster Ehe, Domitia Lepida. Er war eindundzwanzig Jahre älter als sie und konnte sich an Verstandesschärfe durchaus mit seiner neuen Frau messen. Ein witziger, geistreicher Mann war er, der sogar mit dem Philosophen Seneca gut befreundet war. Ob Domitia den Verlust ihres Ehemanns bedauerte, ist nicht überliefert, es dürfte Agrippina allerdings auch wenig interessiert haben. Sie war keine Frau, die viel auf die Emotionen anderer gab. Domitia hatte als Ziehmutter ihres Sohnes ihren Job getan und war damit überflüssig. Drei Jahre reiste Agrippina mit Crispus Passienus durch Kleinasien, und auch nach dessen Tod im Jahre 44 n. Chr. hielt sie sich möglichst von Rom fern. Das Pflaster dort war noch immer viel zu heiß. Entweder konnten Feinde von Kaiser Claudius versuchen, sie, das letzte lebende Kind des Germanicus, in eine Verschwörung gegen den Kaiser zu ziehen, oder aber dieser selbst könnte sie im Verdacht haben und einen seiner gefürchteten Urteilssprüche gegen sie fällen. Nein, vorerst war es besser, Rom Rom sein zu lassen. Ihre Zeit würde noch kommen.

Erst 47 n. Chr. nahm Agrippina erstmals wieder an einem öffentlichen Festakt des Kaiserhauses teil. Kaiser Claudius ließ die »Säkularen Spiele« feiern, die seit der Gründung Roms einmal im Jahrhundert ausgerichtet wurden. Es war ein gigantisches Spektakel, das mit dreitägigen Opferhandlungen begann und in siebentägige Theater- und Zirkusaufführungen überging. Höhepunkt der Festlichkeiten waren die sogenannten »Trojanischen Spiele«, bei denen die Söhne der römischen Oberschicht eine Reiterparade aufführen durften. Mit dabei waren zwei Jungen, die das Kaiserhaus repräsentierten, nämlich der mittlerweile sechsjährige Britannicus, der Sohn von Claudius, und der neunjährige Lucius Domitius, der Sohn Agrippinas der Jüngeren. Das allein wäre noch nicht berichtenswert gewesen. Doch die Reaktion des Publikums auf die beiden war äußerst ungewöhnlich, denn nicht Britannicus, sondern Lucius Domitius wurde frenetisch zugejubelt. War das ein Grund zur Freude für die ehrgeizige Agrippina? Gab es vielleicht sogar einen Weg, der ihren Sohn an die Spitze des Reiches führen konnte? Sollte Agrippina bereits in diesem Jahr solche Pläne gehegt haben, hatte sie die Rechnung ohne Valeria Messalina gemacht, die Mutter des Britannicus. Denn diese Frau stand ihr an Durchsetzungskraft nicht im Geringsten nach.

Valeria Messalina, die First Lady an der Seite Kaiser Claudius', war seit Generationen die erste bedeutende Frau an der Seite eines Herrschers, die nur weitläufig mit der julisch-claudischen Kerndynastie verwandt war. Ihre Urgroßmutter mütterlicher- und väterlicherseits war Octavia, die Schwester des Augustus' gewesen. Ihre Mutter war aus dem Geschlecht der berüchtigten Domitii Ahenobarbi, und ihr Vater stammte von Valerius Messalla ab, einem Politiker, der unter Augustus eine bedeutende Rolle gespielt hatte. Nach wie vor war Messalinas Familie reich, auch reich an Einfluss. Wie es zur Eheschließung mit Claudius kam, ist nicht überliefert. Sonderlich begeistert dürfte die junge Schönheit nicht gewesen sein, nur den wenig ansehnlichen Bruder des Germanicus zum Ehemann zu erhalten. Trotzdem hatte Messalina ihm in schneller Folge zwei Kinder geschenkt. Sie war ein Typ, der es offenbar verstand, das Beste aus einer Situation zu machen. Zwar war Claudius keineswegs der dumpfe Tor, als den ihn die Geschichtsschreibung lange sehen wollte, doch war er wohl tatsächlich relativ leicht zu beeinflussen. Hier konnte Messalina ansetzen, wollte sie trotz des wenig reizvollen Gatten noch ein Leben führen, das ihren Vorstellungen entsprach. Claudius fraß ihr aus der Hand, das wussten die römischen Klatschmäuler ganz genau. Er sei ihr so hörig, dass eigentlich sie das Geschehen bei Hofe bestimme, hieß es überall. Dass hier eine junge Schönheit ihre Wirkung auf einen alternden Herrscher ausnutzte, wird den Tatsachen entsprechen, doch wirklichen Einfluss auf die Tagesgeschäfte des Kaisers konnte sie als Frau nicht nehmen. Allerdings konnte sie ihren Gatten zu bestimmten Personalentscheidungen drängen und so Männer, die ihr genehm waren, auf wichtigen Schaltstellen positionieren. Von dieser Möglichkeit machte Messalina tatsächlich weidlich Gebrauch, was sie in der römischen Oberschicht wiederum nicht gerade beliebt machte: Oftmals waren es Freigelassene, die sich der

Gunst Messalinas und dadurch auch der des Kaisers erfreuten. So konnten ehemalige Sklaven zu größtem Einfluss und gigantischen Vermögen kommen, ohne sich im Geringsten um die Ahnenreihen scheren zu müssen, auf die der römische Adel so viel Wert legte.

Messalinas unbestreitbarer Einfluss auf Claudius brachte sie bereits bei dessen Amtsantritt in den Verruf, am gewaltsamen Ende Caligulas beteiligt gewesen zu sein, um so ihren Mann an die Macht zu bringen. Eine wenig wahrscheinliche Theorie, konnte sie doch keineswegs sicher sein, dass Claudius die Kaiserwürde tatsächlich angetragen werden würde. Doch die Gerüchte, die sie bereits am Anfang ihrer öffentlichen Karriere als Mörderin und Strippenzieherin sehen, fügen sich passgenau in den allgemein schlechten Leumund, der Messalina in fast allen Quellen begleitet. Vamp, Schlampe, Nymphomanin – wohl kaum eine Frau in der Antike hatte einen schlechteren Ruf als Messalina. Sie sei eine gnadenlose Verführerin, vor der kein Mann im kaiserlichen Palast sicher sei, so wird berichtet. Ihre Liebhaber habe sie mit Geld und Ämtern überhäuft, damit sie ihr weiterhin zu Diensten waren. Damit Claudius von dem wüsten Treiben in seinen eigenen vier Wänden nichts mitbekam, habe sie ihm ihrerseits so viele schöne Sklavinnen ins Bett gelegt, dass er alle Hände voll zu tun hatte. Der römische Satiriker Juvenal toppt mit einer Geschichte alle Gerüchte. »Die kaiserliche Hure nahm sich bei Nacht eine Kapuze um und ging fort, nur von einer einzigen Magd begleitet. Eine blonde Perücke bedeckte ihr schwarzes Haar, so betrat sie das Bordell, das durch einen alten Lumpenvorhang warmgehalten wurde: Eine leere Zelle war für sie reserviert. Dort stellte sie sich auf, nackt, die Brustwarzen vergoldet, unter dem falschen Namen Lycisca, und zeigte ihren Leib. Liebreich empfing sie die Hereinkommenden, verlangte Geld und ließ sich rücklings hingestreckt von vielen durchziehen. Wenn dann der Bordellwirt seine Mädchen nach Hause schickte, schloss sie womöglich als Letzte ihr Kämmerchen, noch immer heiß von der Brunst ihrer Scheide, und ging fort, zwar ganz matt, doch nimmer satt nach Männern. Mit verschmutzten

Backen und schmutzig vom Ruß der Lampe trug sie den Gestank des Bordells ins kaiserliche Bett.« Diese und andere Geschichten über Messalina sind sicherlich stark übertrieben und bedienten auch die antike Vorliebe für allerlei saftige Details. Doch wird die Frau des Claudius das Ihrige dazu beigetragen haben, dass das Publikum sie in solchen pornographischen Darstellungen für glaubwürdig hielt. Denn hätte sie einen untadeligen Ruf gehabt, hätten sich die Historiographen mit solchen Schilderungen lächerlich gemacht. Möglicherweise suchte hier einfach eine junge, unternehmungslustige Ehefrau, der das Schicksal einen seltsamen, erheblich älteren Mann zugelost hatte, nach Abwechslung und Spaß. Ihr Mann schien das zumindest nach außen hin zu tolerieren. Doch als der Senat vorschlug, Messalina nach der Geburt des möglichen Thronfolgers Britannicus den Beinamen *Augusta* zu geben, war es Kaiser Claudius selbst, der diesen Titel zurückwies. Das war ihm offenbar zu viel der Ehre für seine Gattin.

Doch bei allem Partyleben – Messalina hatte handfeste politische Ziele. Die Nachfolge des Britannicus war nicht selbstverständlich, obschon er der leibliche Sohn des Claudius war. Denn es war ein neuer Rivale aufgetaucht, der das Potential hatte, Messalinas Sohn den Rang abzulaufen: Lucius Domitius, der Sohn Agrippinas der Jüngeren. Lucius war älter und offenbar wohl auch bei besserer Gesundheit als der oft kränkliche Britannicus. Aber welche Mittel hatte Messalina, die aufkommende Gefahr im Keim zu ersticken? In Narcissus, einem mächtigen Freigelassenen des Claudius, fand sie einen geeigneten Verbündeten. Mit Narcissus' Hilfe ließ Messalina ihren Stiefvater Appius Iunius Silanus beseitigen. Er habe sich geweigert, auf ihre sexuellen Avancen zu reagieren, mutmaßen die Quellen. Auch wenn das in Anbetracht des Alters des Silanus wenig wahrscheinlich ist – irgendwie hatte der Mann ihrer Mutter Messalina verärgert. Narcissus seinerseits fürchtete stets um seinen Einfluss auf den Kaiser und sah ihn durch den wichtigen Senator bedroht. In einer perfiden Komödie besiegelten

Narcissus und Messalina das Schicksal des Appius Silanus. Der Freigelassene raste scheinbar aufgebracht ins Schlafzimmer des Kaisers und berichtete ihm, er habe im Traum gesehen, dass Silanus Claudius töten wolle. Messalina, die ebenfalls im Schlafzimmer war, bestätigte pflichtgemäß, auch sie habe diese schreckliche Vision im Schlaf gehabt. Für Claudius war die Sache klar: Wenn zwei seiner getreuesten Verbündeten den gleichen Traum berichteten, musste er wahr werden. Umgehend ließ er Silanus verhaften und hinrichten. Das war Messalinas Weg, unliebsame Konkurrenten im Einfluss auf den Kaiser aus dem Weg zu räumen: Sie setzte Gerüchte in die Welt, lieferte selbst die Beweise und brachte den Kaiser auch noch dazu, ihr für ihre »Warnungen« dankbar zu sein. Schon das darauffolgende Jahr 43 n. Chr. forderte das nächste Opfer auf ihrem blutigen Weg. Julia, eine weitläufige Verwandte der Messalina, hatte durch Handlungen, die die Quellen verschweigen, die Eifersucht der Kaisergattin erregt. Genauso erging es im gleichen Jahr dem Prätorianerpräfekten Catonius Justus. Er hatte ihr wohl damit gedroht, dem Kaiser von ihren Eskapaden zu berichten. Zwar waren auch die Jahre am Hof des wahnsinnigen Caligula von zunehmender Verrohung gekennzeichnet. Auch Tiberius und Augustus waren nicht zimperlich gewesen im Umgang mit ihren politischen und persönlichen Feinden. Doch der Brutalitätsgrad, mit dem Messalina am Hof des Claudius agierte, war vorbildlos. Eine Erklärung dafür zu finden, fällt schwer. Zu wenig ist über die Persönlichkeit der Kaisergattin bekannt, um ein gerechtes Urteil zu fällen. Es bleibt allerdings festzuhalten, dass das Verhalten Messalinas im Vergleich zu dem männlicher Zeitgenossen nicht sonderlich ungewöhnlich war: Gegner wurden beseitigt – von Politikern, Verwandten, Rivalen. Messalina war offenbar bereits in jungen Jahren in einen Kreislauf geraten, in dem sie festgestellt hatte, dass sie mit absoluter Skrupellosigkeit Erfolg hatte. Und selbst musste sie sich die Hände nie wirklich schmutzig machen. Sie nutzte die Waffen der Frau, um ihren Mann zum Werkzeug ihrer Eliminierungen zu machen.

Schützte sie meist ihre eigene Position, rückte mit zunehmendem Alter vor allem die Sicherung der Stellung des Britannicus in den Mittelpunkt. Denn obschon dieser der einzige leibliche Sohn des Claudius war, schien der Vater, zumindest solange Britannicus noch ein Kind war, immer wieder darüber nachzudenken, wen er im Falle eines frühen Todes zum Nachfolger machen sollte. 46 n. Chr. stand ein gewisser Pompeius Magnus bei Claudius hoch im Kurs. Er war der Mann von Claudius' ältester Tochter Antonia aus einer früheren Ehe. Ein ehrgeiziger, begabter Politiker war dieser Pompeius, bei dem Claudius das Reich wohl in besseren Händen glaubte als bei seinem kleinen Sohn. Für Messalina war das eine untragbare Situation. Das Leben eines römischen Kaisers war jederzeit gefährdet. Ob durch Krankheit oder Attentat: Schon morgen konnte der Kaiser auf dem Weg ins Mausoleum sein. Wie genau Pompeius Magnus sein Ende fand, wurde nie geklärt. Doch Anfang 47 n. Chr. war er tot, und auch seine Eltern überlebten nicht. In aller Eile wurden die üblichen Verleumdungen in die Welt gesetzt, um den offensichtlichen Mord zu rechtfertigen. So sei Pompeius homosexuell gewesen und Claudius habe ihn mit einem Liebhaber im Bett erwischt. Dass hinter der Intrige Messalina steckte, ist wohl unzweifelhaft. Gleich nach Pompeius' Tod wurde Antonia mit Messalinas Bruder verheiratet, so dass, wenn schon ein neuer Schwiegersohn von Claudius einen ähnlichen Platz wie der Verstorbene einnehmen würde, dieser immerhin aus der Familie Messalinas käme. Den Mann ihrer eigenen Tochter Claudia, der ebenfalls in Claudius' Überlegungen für die Nachfolge eine Rolle spielte, ließ Messalina vorerst in Ruhe. Man konnte ja nie wissen, vielleicht stieß Britannicus ja wirklich noch etwas zu und so wäre zumindest ihre Tochter an der Macht geblieben. Aber auch, wenn es nicht um ihre Kinder ging, hatte jeder Skrupel Messalina längst verlassen. Eifersucht und Neid waren zwei Triebfedern, die sie immer häufiger ihre brutale »Methode Messalina« einsetzen ließen: Verleumden, anklagen und durch Claudius und den Senat richten lassen. Der Nächste, der in ihr Visier geriet, war

Senator Valerius Asiaticus. Dieser hatte, so zumindest der römische Klatsch, die Avancen Messalinas zurückgewiesen. Ihm war wohl seine Beziehung zu einer Frau namens Poppaea Sabina wichtiger, der, laut Tacitus, schönsten Frau ihrer Zeit. Diese wiederum wusste sich der Liebe des Pantominen Mnester sicher, eines stadtbekannten Schönlings, an dem auch Messalina größtes Interesse hatte. Claudius wurde die Mär aufgebunden, Senator Asiaticus wolle germanische Stämme zum Aufstand aufhetzen. Und wieder hatte Messalina Erfolg: Claudius verurteilte Asiaticus zum Tode, überließ diesem aber wegen seiner unbestreitbaren Verdienste um Rom gnädig die Wahl seiner Todesart. Der Senator ließ sich die Pulsadern öffnen, und seine Geliebte Poppaea Sabina beging Selbstmord. Für Messalina war die ganze Sache ein voller Erfolg. Sie hatte ihre Rivalin beseitigt und eroberte tatsächlich den schönen Pantominen. Zu allem Überfluss konnte sie sich aus dem Besitz des Asiaticus die Lukullischen Gärten sichern, eine der prachtvollsten Gartenanlagen Roms, auf die sie schon lange ein Auge geworfen hatte. Doch ihr sollte nur wenig Zeit bleiben, sich an der Schönheit der Pflanzen und Skulpturen zu erfreuen, die Lucius Lukullus einhundert Jahre zuvor hatte anlegen lassen.

Ende des Jahres 48 n. Chr. war Messalina, die Frau des Kaisers Claudius, tot. Wie es dazu kam, gehört zu den absurdesten Geschichten, die die Welt des römischen Hoflebens zu bieten hat:

Ihre Erfolge in zahllosen Intrigen waren Messalina augenscheinlich zu Kopfe gestiegen. Wen sie loswerden wollte, den wurde sie los. Wen sie fördern wollte, den förderte der Hof. Wen sie in ihrem Bett haben wollte, der fand auch seinen Weg dorthin. 48 n. Chr. war dies Senator Gaius Silius, der in eben diesem Jahr Konsul Roms werden sollte. Doch Messalina interessierte sich nicht für das politische Talent des jungen Mannes. Gaius Silius galt als der schönste Mann Roms. Und zudem teilte er wohl Messalinas fatales Faible für das Risiko. Eine Affäre mit der First Lady Roms war mehr als ein Spiel mit dem Feuer: Sie war lebensgefährlich. Ein Jahr zuvor war Messalina der schöne Gaius aufgefallen, und wie es ihre Art war, hatte sie ihm wohl auch unverblümt ihre Wünsche mitgeteilt. Die Ehe des Senators wurde flugs aufgelöst, so dass Messalina ihren Liebhaber ganz für sich hatte. Laut Tacitus war Gaius Silius keineswegs naiv. Er wusste, auf was er sich da einließ. Sollte er sich Messalina verweigern, war er ohnehin dem Tode geweiht. Gab er ihren Wünschen nach, bestand immer noch die Möglichkeit, dass die Sache nicht auffliegen würde. Allerdings tat gerade Messalina wenig dafür, die Affäre unter der Decke zu halten. Sie überschüttete Gaius mit Geschenken und Sklaven, deren Herkunft dem dümmsten Römer nicht verborgen bleiben konnte. In aller Öffentlichkeit zeigte sie sich mit ihrem schönen Liebhaber und umarmte ihn so eindeutig, dass am Charakter ihrer »Freundschaft« keine Zweifel bleiben konnten. War die Gattin des Claudius größenwahnsinnig geworden? Hielt sie sich mittlerweile für so unverwundbar, dass sie sich alles leisten konnte? Denn eine öffentliche Affäre, mit der sie Kaiser Claudius Hörner aufsetzte, war eine Katastrophe. Natürlich – die allermeisten Mitglieder von Kaiserhaus und römischer Oberschicht hatten Affären. Von vielen wusste man auch. Aber das oberste Gebot hieß Diskretion, und eben auf die pfiff Messalina nun offensichtlich. Claudius war ihr gegenüber immer duldsam gewesen. Auch ihre früheren Eskapaden waren ihm sicherlich nicht vollständig verborgen geblieben – aber eine so öffentliche Brüskierung konnte er ihr nicht durchgehen lassen. Messalina war das egal. Allem Anschein nach hatte sie sich das erste Mal in ihrem Leben derart verliebt, dass sie die Konsequenzen ihres Handelns nicht mehr überblickte. Am 10. September 48 n. Chr. gipfelte die Affäre mit Gaius Silius in einem bizarren Spektakel. Claudius war an diesem Tag nicht in Rom, sondern in Ostia, wo er die Getreidevorräte der Metropole kontrollierte. Seine Frau nutzte die kaiserliche Abwesenheit für eine rätselhafte Aktion: Sie, die Gemahlin des Kaisers, heiratete in aller Öffentlichkeit ein zweites Mal, und zwar ihren Geliebten Gaius Silius. Wie genau sich diese »Hochzeit« abspielte, ist bis heute nicht vollends geklärt. So vermutete die Forschung einen überdrehten Spaß des verliebten Paares oder eine Art schwarze Komödie, die der römischen Öffentlichkeit vorgeführt wurde. Dagegen spricht Suetons Bericht, nach dem der Hochzeitsakt von Auguren »offiziell« abgesegnet worden sei. Was auch immer sich bei diesem Fest abgespielt hatte – binnen kürzester Frist erhielt Kaiser Claudius die Nachricht, seine Frau habe einen anderen geheiratet. Der flinke Bote war wie so oft der listige Freigelassene Narcissus, der hier die Chance witterte, Messalina aus dem Weg zu räumen. Er nutzte zwei aktuelle Geliebte des Claudius, die diesem die unglaubliche Nachricht zusteckten. Der Kaiser solle umgehend von Ostia ins Prätorianerlager nach Rom kommen, so ließ es Narcissus ausrichten. Messalina und ihr neuer »Gatte« Gaius feierten derweil ein ausgelassenes Bacchusfest. Der Alkohol floss in Strömen, und es war reichlich für die zahlreichen Gäste aufgetafelt worden. Für Narcissus' Truppen war es ein Leichtes, alle Beteiligten der »Hochzeit« auf einen Schlag zu erwischen. Die Prätorianer umstellten die Villa, und die Festgesellschaft saß in der Falle. Nur Messalina selbst konnte den Häschern entrinnen. Ihre Flucht war, glaubt man den Quellen, abenteuerlich. Erst rannte sie zu Fuß, dann sprang sie auf einen Abfallwagen, um so schnell wie möglich zu Claudius nach Ostia zu kommen. Sie wusste, dass sie persönlich noch immer das Ruder herumreißen konnte. Claudius würde ihr, wie schon so oft zuvor, verzeihen. Auch Narcissus war klar, dass das die Schwachstelle in seinem Plan war. Claudius war zu nachgiebig, und wenn Messalina erst einmal in voller Schönheit vor ihm stand, würde der alte Narr wahrscheinlich wieder weich werden. Tatsächlich schaffte er es, Claudius so abzuschirmen, dass Messalina nicht bis zu ihm vordringen konnte. Der Vestalin Vibidia aber, einer Vertrauten Messalinas, konnte der Zugang nicht verwehrt werden. Die Priesterin genoss höchstes Ansehen. Und so gelang es Vibidia, in Messalinas Auftrag den Kaiser zu überzeugen, dass er seiner Frau ein ordentliches Gerichtsverfahren gewähren müsse und sie nicht direkt töten lassen dürfe.

Claudius fuhr nach Rom und begab sich direkt zum Schauplatz der ungeheuren Vorgänge. Narcissus führte ihn ins Haus des Gaius Silius, wo der Kaiser einen Wutanfall bekam, als er dort Erbstücke seiner Familie und seine eigenen Möbel vorfand, die Messalina ihrem Geliebten geschenkt hatte. Als er anschließend ins Prätorianerlager kam, wo die Gefangenen ihrem Schicksal entgegenzitterten, war er noch immer so geladen, dass er alle ohne Anhörung sofort zum Tode verurteilte. Doch Narcissus kannte seinen Kaiser, und tatsächlich legte sich Claudius' Zorn gegen Abend und nach einigen guten Gläsern Wein. Der Freigelassene wusste, dass sein eigenes Leben in höchster Gefahr war, sollte Claudius seiner Frau noch einmal verzeihen. Denn Messalina würde ihn niemals am Leben lassen, sobald sie die Gunst des Kaisers wieder erlangt haben würde. Narcissus musste schneller sein als die First Lady. Messalina spürte, dass es nun auf jede Minute ankam. Gemeinsam mit ihrer Mutter schrieb sie in den Lukullischen Gärten an einer flehentlichen Bittschrift an Claudius. Doch Narcissus hatte die Prätorianer schon ausgeschickt mit dem angeblichen Befehl des Claudius, die First Lady umzubringen. So überspannt die Hochzeit Messalinas mit Gaius erscheint – in den letzten Minuten ihres Lebens scheint sie absolut klaren Verstandes gewesen zu sein. Als die Prätorianer vor ihr standen, wusste sie, dass sie dem Tod nicht mehr entrinnen konnte. Und sie bewies Größe, indem sie sich mit Hilfe eines Tribunen selbst tötete. Messalinas Ableben wurde von den Zeitgenossen nicht betrauert. Zu arrogant und machtgierig hatte sie ihre Ziele durchzusetzen versucht. Dass sie sich in ihren Methoden nicht von ihren männlichen Zeitgenossen unterschied, fällt dabei wenig ins Gewicht. Das Bild einer idealen First Lady hatte Livia, die Frau des Augustus, geprägt. Eine Stütze ihres Mannes sollte die erste Frau im Reich sein. Still, tugendhaft und sittsam. Wohl keiner Frau eines römischen Kaisers war das so gleichgültig gewesen wie Valeria Messalina.

Und der Kaiser? Zumindest Messalinas Jugend und Schönheit

hatten ihn zeit ihrer Ehe stets beeindruckt. Laut Sueton war Claudius nach diesem tragischen Zwischenfall so frustriert von den Frauen seines Lebens, dass er den Prätorianern verkündet habe, er werde auf ewig ledig bleiben. Die Soldaten sollten ihn eigenhändig erstechen, wenn er diesen Schwur brechen sollte. Auf seine und des Senats Verfügung hin verfiel Messalina der *damnatio memoriae*, das heißt, ihre Statuen wurden zerstört und ihr Name auf Inschriften gelöscht. Und so bleibt von ihr nur der zweifelhafte Titel, diejenige unter den ersten Frauen Roms gewesen zu sein, die den Verführungen der Macht am meisten erlag.

Schon bald nach dem Tode Messalinas wurde, Schwur hin oder her, nach einer neuen Gattin für Kaiser Claudius Ausschau gehalten. Und jetzt war sie gekommen, die Stunde Agrippinas der Jüngeren. Auf Vermittlung des Freigelassenen Pallas, der bei Hofe über erheblichen Einfluss verfügte, kam sie als mögliche First Lady ins Spiel. Vieles sprach für sie. Sie war die letzte lebende Urenkelin des Augustus und die Mutter eines schon fast elfjährigen Sohnes, der in der Bevölkerung sehr beliebt war. Britannicus, der einzige Sohn des Kaisers, litt möglicherweise unter Epilepsie, und es zeichnete sich immer deutlicher ab, dass man auf ihn allein als Nachfolger nicht würde setzen können. Allerdings galten Ehen zwischen Nichte und Onkel in Rom als inzestuös. Ein nicht zu unterschätzendes Hindernis selbst für einen Kaiser. Doch Agrippinas Verbindungen waren noch immer glänzend. Der Senator Lucius Vitellius hielt im Senat ein flammendes Plädoyer für die Zulassung der Verwandten-Ehe. Man sei so etwas in Rom lediglich nicht gewohnt. Andere Kulturen würden sich an einem solchen Verwandtschaftsgrad keineswegs stören. Immer wieder seien die Vorstellungen von Sitte und Moral der Erneuerung unterworfen und ein solcher Fall könne auch hier gegeben sein. Der Senat pflichtete dem Redner bei und gab grünes Licht für die Hochzeit zwischen Agrippina und Claudius, die am 1. März des Jahres 49 n. Chr. geschlossen wurde. Agrippina war nun dorthin zurückgekehrt, wo sie sich schon in unterschiedlichen Funktionen mehrfach befunden hatte: an die Spitze des Reiches. Die Römer hatten ihr als Tochter des Germanicus gehuldigt und sie als Schwester Caligulas verehrt. Immer wieder war sie aufgrund der wechselnden politischen Konstellationen gestrauchelt. Doch nun war sie die First Lady, und es war an ihr, die Ehe mit Claudius so zu gestalten, dass ihr diese Macht nicht mehr genommen werden konnte.

Agrippina zeigte von Beginn der Ehe an, dass es ihr nicht nur um ihre eigene Position ging. Mindestens ebenso wichtig war die politische Karriere ihres Sohnes Lucius. Noch im Jahr der kaiserlichen Hochzeit wurde der Junge mit der neunjährigen Claudia, der Tochter des Claudius, verlobt. Ein Jahr später, am 25. Februar des Jahres 50 n. Chr. adoptierte der Kaiser den Sohn seiner Frau, der nun den Namen »Nero« erhielt, unter dem ihn die Geschichte kennt. Agrippina setzte weiterhin alles daran, ihren Sohn nach ihren Vorstellungen von einem künftigen Herrscher zu formen. Sie übertrug dem bekannten Politiker und Denker Seneca die Verantwortung für die Erziehung des Jungen. Namhafte Philosophen unterstützten ihn bei seiner Aufgabe, die sich als unerwartet schwierig herausstellte. Nero war ein starrsinniges, launisches Kind, das zu Zornesausbrüchen und Gewalt neigte. Aber mit vereinten Kräften würde man den Jungen vielleicht noch hinbiegen können, so hoffte die Mutter. Ihre Ehe mit Claudius dagegen lief für Agrippina gut an. Noch im Jahr 50 n. Chr. gestattete ihr der Kaiser, vom Senat den Ehrentitel »Augusta« anzunehmen, den er Messalina noch verweigert hatte. Noch nie war eine First Lady zu Lebzeiten so geehrt worden. Agrippina hieß nun offiziell: »Julia Augusta Germanici Caesaris filia Agrippina, Julia Augusta Agrippina, die Tochter des Germanicus Caesar«. Zum ersten Mal in der römischen Geschichte wurde auch eine Kolonie nach einer Frau benannt. Agrippinas Geburtsstadt, das heutige Köln, erhielt den Namen »Colonia Claudia Ara Agrippinensium«.

Eigentlich hätte Agrippina ihre Rückkehr an die Macht in vollen Zügen genießen können. Doch sie hatte schon zu oft erlebt, wie sich das Blatt in Rom in Windeseile wendete. Es hieß, jederzeit auf der Hut zu sein, um mögliche Rivalinnen und Rivalen frühzeitig zu erkennen und gegebenenfalls auszuschalten. Agrippina war nicht allein gewesen in ihrem Bestreben, die Hand des Kaisers Claudius zu bekommen. Eine ernsthafte Anwärterin auf den Posten der First Lady war Lollia Paulina, die dritte Frau Caligulas, gewesen. Möglicherweise hatte diese ihre Ambitionen noch nicht aufgegeben. Flugs inszenierte Agrippina nach bester Messalina-Manier ein Verratsverfahren gegen die Konkurrentin. So sollte Lollia ein Orakel befragt haben, ob die Heirat zwischen Claudius und Agrippina statthaft sei. In Agrippinas Augen ein eindeutiger Verrat. Claudius folgte ihrem Wort und ließ die Sache vor den Senat bringen. Dieser verurteilte Lollia Paulina zur Verbannung, wo sie wenig später von Prätorianern umgebracht wurde. Auch Messalinas Mutter wurde vom Bannstrahl getroffen. Sie wurde der Verschwörung bezichtigt und zum Tode verurteilt. Der kaiserlichen Kasse fielen dadurch ungeheure Reichtümer zu. Auch Agrippina war also für die dunkle Seite der Macht durchaus anfällig. Aber die Dramatik der Zeit einer Messalina würde ihre Ehe mit Claudius nicht erreichen. Denn Agrippina verfügte über Fähigkeiten, die ihre Vorgängerin einfach nicht gehabt hatte: Sie war eine kluge, vorausschauende Politikerin, die die Ränke und Intrigen Roms von Kindesbeinen an kannte. Ihr machte kein Senator etwas vor, und sie ließ sich nicht von Höflingen einwickeln. Außerdem – wer sollte ihr das Wasser reichen? Schließlich war sie die Frau mit der besten Ahnenreihe, die es jemals im Römischen Reich gegeben hatte. »Auch die Hoheit ihrer eigenen Stellung wusste Agrippina noch zu erhöhen«, schreibt Tacitus, »sie ließ sich zum Kapitol hinausfahren, was seit alters nur für Priester und die Bildnisse von Göttern zulässig gewesen war. Hierdurch stieg die Würde dieser Frau noch höher, die die Tochter eines Imperators war, die Schwester eines Kaisers, ebenso auch die Gattin und die Mutter eines Kaisers, das einzige Beispiel dieser Art bis auf den heutigen Tag.« Und sie gedachte, diese Position ungemindert an ihren Sohn weiterzugeben. Mit dreizehn Jahren erhielt Nero die Toga und wurde damit als mündig erklärt, und schon sieben Jahre später, mit gerade einmal zwanzig, wurde er zum ersten Mal Konsul. Auch durfte er sich Mitglied gleich aller vier hohen Priesterkollegien Roms nennen. Kein so junger Mann hatte in Rom jemals so viele Titel und Posten angehäuft. Für die römische Öffentlichkeit ließ die so offenkundige Förderung Neros nur einen Schluss zu: Der Junge war zum Nachfolger seines Adoptivvaters Claudius vorgesehen. Aber was war mit Britannicus, dem leiblichen Sohn des Kaisers? Claudius tat wenig, um seinen Spross nach vorne zu bringen. Laut Tacitus musste Britannicus, der auch nur drei Jahre jünger war als sein Adoptivbruder, bei einem Zirkusspiel in der Knabentoga auftreten, während sich Nero in den Gewändern eines Triumphators feiern lassen durfte. Deutlicher ging es nicht. 53 n. Chr. wurde Nero darüber hinaus mit Claudia, der Tochter des Claudius, verlobt. Da die beiden per Adoption Geschwister waren, war ihre Ehe nach römischem Gesetz nicht zulässig. Aber wie schon bei der Heirat ihrer Eltern gab es auch hier ein juristisches Hintertürchen: Claudia wurde wiederum per Adoption in die Familie der Octavier aufgenommen und war damit verwandtschaftlich weit genug entfernt. Für das Mädchen eine enorme Umgewöhnung, denn von einem Tag auf den anderen hieß es nicht mehr Claudia, sondern Octavia.

Somit hatte Agrippina ihren Sohn bestmöglich positioniert, als 54 n. Chr. unerwartet der Erbfall eintrat. Im Alter von vierundsechzig Jahren starb Kaiser Claudius. Für die Römer war die Sache klar: Niemand hatte ein so lebhaftes Interesse an Claudius' Ableben gehabt wie seine Frau Agrippina. Nicht, dass sie unbedingt persönlich etwas gegen ihn gehabt hätte. Ganz im Gegenteil schien die Ehe des Kaiserpaares durchaus harmonisch verlaufen zu sein. Doch jedes Jahr, das Claudius länger an der Macht blieb, ließ Britannicus älter werden und damit die Gefahr wachsen, dass der Kaiser sich doch noch zur Nachfolge durch seinen leiblichen Sohn entscheiden sollte. Die Quellen berichten detailliert, wie die Sache angeblich vor sich gegangen war. So habe Agrippina erst einmal Narcissus, die rechte Hand des Kaisers, nach Kampanien geschickt, um den ständigen Bewacher des Claudius los zu sein. Anschließend habe sie ein schauderhaftes Gebräu durch die berühmte Giftmischerin Locusta anfertigen lassen. Allerdings habe das Mittel seine Wirkung nicht voll entfaltet. Zwar fühlte sich Claudius nicht wohl, nachdem er die tödliche Mischung mit einem Pilzmahl eingenommen hatte, doch schien sie keineswegs tödlich zu sein. Der kaiserliche Leibarzt Gaius Stertinius Xenophon, den Agrippina zuvor in den Plan eingeweiht hatte, so heißt es, habe dem Kaiser nun, unter dem Vorwand, ihm beim Erbrechen zu helfen, eine vergiftete Feder in den Hals eingeführt. Das sei das Ende des Claudius gewesen.

War es wirklich so? Agrippina die Jüngere war ein Kind ihrer Zeit. Sie hatte bei Hofe alle Spielarten von Mord und Gewalt erlebt und selbst oftmals nicht gezaudert, wenn es darum ging, einen politischen Gegner aus dem Weg zu räumen. Und hier ging es um viel mehr: Es ging um die Macht für ihren einzigen Sohn! Auf der anderen Seite ist der Vorwurf des Giftmordes am kaiserlichen Gatten ein so oft benutzter Topos in der Geschichte der Antike, dass es auch ganz anders abgelaufen sein kann. Sueton beispielsweise hatte auch Nero in Verdacht, beim Tod seines Adoptivvaters die Finger mit im Spiel gehabt zu haben: »Die Kette seiner Verwandtenmorde und anderer Mordtaten begann er mit Claudius. An dessen Ermordung war er, wenn nicht als Anstifter, so doch als Mitwisser beteiligt. Daraus machte er auch gar keinen Hehl: Die Pilze, mit denen Claudius das Gift genommen hatte, pries er später bei jeder Gelegenheit als Götterspeise.«

Wie auch immer sich das Ende von Claudius abgespielt hatte – es kam Agrippina nicht unrecht. Wie zwei Generationen vor ihr ihre Urgroßmutter Livia hielt auch sie nun die Nachricht vom Tod des Kaisers so lange zurück, bis alles in die Wege geleitet war, um Nero auf dem Thron zu platzieren. Laut Tacitus ließ sie die Palasteingänge durch Wachen sperren und behauptete stoisch, es gehe dem Princeps besser, obwohl der längst tot war. Britannicus und Claudius' Tochter hielt sie ebenfalls unter dem Vorwand größter Trauer im Palast fest, bis am Mittag des 13. Oktober der Prätorianerpräfekt Nero proklamierte. Als Erstes jubelten die Prätorianer dem neuen Herrscher zu. Ein großzügiges Geldgeschenk für jeden von ihnen erleichterte die Freude. Der Senat schloss sich den Soldaten bereitwillig an. Niemand hatte ein Interesse an Unruhen bei einem Machtwechsel. Nero, der ehrenwerte Abkömmling der augusteischen Familie, schien der Mann der Stunde zu sein. Und der Junge wusste, wem er seinen kometenhaften Aufstieg an die Macht zu verdanken hatte. Am Abend des 13. Oktober ließ er als Parole für die Prätorianer ausgeben: »Optima mater – die beste aller Mütter«.

Doch würde es Agrippina reichen, als »Mutter des Regenten« in der Öffentlichkeit zu stehen? Sie kannte die Geschichte der Frauen ihrer Familie. Zwar hatten die Kaisermütter stets Respekt genossen, doch wirklichen Einfluss, der über ihren persönlichen Bezug zum Sohn hinausging, hatten sie kaum gehabt. Agrippina wollte mehr. Bereits in den Tagen nach Neros Machtübername wurde eine ungewöhnliche Goldmünze geschlagen. Sie zeigt auf der Vorderseite die Porträts Neros und Agrippinas, die sich einander zuwenden. Die Münzumschrift lautet: »Agrippina Augusta, Frau des vergöttlichten Claudius, Mutter von Nero Caesar«. Neros Name dagegen ist nur auf der Rückseite zu lesen. Alles spricht dafür, dass Agrippina diese Münze in Auftrag gegeben hat. Das Reich sollte sehen, wer nun das Sagen hatte. Doch die selbstbewusste Frau hatte ihren Einfluss überschätzt. Allein konnte sie gegen die höfische Männergesellschaft nichts ausrichten. Sie brauchte Verbündete unter den Höflingen, doch diese entzogen sich ihr. Vor allem der Philosoph Seneca, den sie als Erzieher ihres Sohnes aus dem Exil zurückgerufen hatte, und der Prätorianerpräfekt Africanus Burrus weigerten sich, den radikalen Weg mitzugehen. Und vor allem: Agrippinas Sohn, der junge Nero, dachte überhaupt nicht daran, sich die Macht mit seiner Mutter zu teilen. Seine Frau Octavia, die Tochter des Claudius, die ihm Agrippina in die Arme gelegt hatte, ließ er komplett links liegen und vergnügte sich ausgiebig mit seiner Geliebten, der Freigelassenen Acte. Und er feuerte den höfischen Finanzverwalter Pallas, der Agrippinas wichtigster Verbündeter bei Hofe gewesen war. Eine wirklich überraschende Entwicklung war das eigentlich nicht. Nero war schon als Jugendlicher ein äußerst exzentrischer Charakter, der sich nur schwer steuern ließ. Sein Faible waren die Künste. Er dichtete, sang, und seine Versuche, als Schauspieler zu reüssieren, waren berüchtigt. Zuhörer hätten sich totgestellt, um endlich aus dem Theater getragen zu werden, spottete man in Rom. Der Regierungsalltag dagegen interessierte Nero herzlich wenig, es sei denn, es ging um die Staatskasse. Denn seine Verschwendungssucht stand der seines berüchtigten Amtsvorgängers Caligula kaum nach. Laut Sueton »zog er ein Gewand (niemals) mehr als einmal an. Beim Würfelspiel setzte er für den siegreichen Wurf vierhundert Sesterzen pro Auge. Wenn er fischte, nahm er ein vergoldetes Netz, das aus Purpur- und Scharlachfäden gedreht war. Seine Wagenkolonne auf Reisen soll nie weniger als tausend Wagen gezählt haben. Die Innenräume des Palastes waren sämtlich vergoldet und mit Edelsteinen und Perlmutt ausgelegt. Die Speisesäle hatten mit Elfenbeinschnitzerei verzierte Kassettendecken, deren Täfelung verschiebbar war, damit man Blüten auf die Gäste herabregnen lassen konnte. Auch besaßen sie ein Röhrenwerk, durch das man duftende Essenzen herabsprühte.« 2,2 Milliarden Sesterzen verschleuderte Nero laut Tacitus allein durch Schenkungen. Eine astronomische Summe, die den Staatshaushalt ruinierte. Agrippina sah das alles mit wachsendem Entsetzen. Sie, die die Herrschaft Caligulas erlebt hatte, wusste, wohin ein solches Verhalten führen konnte. Immer wieder mahnte sie Nero, sich zu mäßigen. Cassius Dio berichtet eine Anekdote, laut derer die Kaisermutter zehn Millionen Sesterzen habe aufschichten lassen, um Nero zu zeigen, welch gewaltige Summe er gerade an einen Freigelassenen verschenkt hatte. Der Sohn habe schnell zugegeben, einen Fehler begangen zu haben. Das sei ja viel zu wenig, man möge den Betrag verdoppeln.

Nero dachte überhaupt nicht daran, sich von seiner Mutter bevormunden zu lassen. Warum sollte er die Macht teilen? Er war der Kaiser und kein Muttersöhnchen. Doch so schnell gab Agrippina nicht auf. Für diesen Sohn hatte sie jahrelang Intrigen gesponnen, mit Männern geschlafen und manches Verbrechen in Auftrag gegeben. Noch glaubte sie sich in der Position, ihm drohen zu können. Doch als Agrippina Neros Adoptivbruder Britannicus ins Spiel brachte, machte ihr Sohn kurzen Prozess. Der einzige leibliche Sohn des Claudius starb noch Anfang des Jahres 55 n. Chr. durch einen von Nero in Auftrag gegebenen Giftmord. Und damit noch nicht genug: Die Kaisermutter musste ihre Sachen packen und den Palatin verlassen. Kaum ein halbes Jahr, nachdem sie ihren Sohn auf den Thron gehievt hatte, war sie komplett entmachtet. In Rekordgeschwindigkeit verschwand Agrippina – die Frau, die das Reichsgeschehen in den letzten Jahren so maßgeblich beeinflusst hatte – in der Bedeutungslosigkeit. Aus den Jahren 55 bis 59 n. Chr. gibt es kaum Nachrichten von ihr.

Nero wäre es sicherlich am liebsten gewesen, seine Mutter vollständig aus der öffentlichen Wahrnehmung zu verbannen. Doch das wäre äußerst unklug gewesen. Eine Kaisermutter genoss im Volk stets hohes Ansehen, und eine ehrenhafte Behandlung der Mutter durch den Regierenden wurde vom Volk erwartet. So wahrte Nero den Schein und ließ weiterhin Statuen zu deren Ruhm errichten und rituelle Akte zu Ehren ihres Geburtstages vollziehen. Agrippina hatte im Laufe ihres Lebens so viele Höhen und Tiefen erlebt, dass sie den erneuten Verlust der Macht offenbar akzeptierte. Sie zog sich, wie manches Mal zuvor, aufs Land zurück und wartete ab, bis eine neue Chance kommen würde.

Für Nero schien mit der Entmachtung seiner Mutter das letzte Regulativ genommen, das ihn noch einigermaßen in den Grenzen der römischen Politik gehalten hatte. Er feierte überdrehte Partys, trank maßlos und sorgte dafür, dass die römischen Klatschmäuler mit Anekdoten kaum nachkamen. »So zog er sich gern, wenn es eben dunkel geworden war, eine Kappe oder Perücke über und schlich sich in üble Kneipen, durchstreifte die Gassen und trieb sein Spiel mit den Leuten«, behauptet Sueton. Er ließ sich in Schlägereien verwickeln, und die Kette seiner Affären mit römischen Schönheiten jeglichen Standes war Legende. Seine Tätigkeit als Regierender des Reiches beschränkte sich vor allem auf gigantische Spiele. Im Jahre 57 n. Chr. ließ er das Amphitheater auf dem Marsfeld unter Wasser setzen, um die Schlacht zwischen Athenern und Persern aufzuführen. Das Wasser sei so tief gewesen, dass Fische und »große Seetiere« darin geschwommen seien. Anschließend sei das Gelände in Rekordgeschwindigkeit trockengelegt worden, um noch zusätzliche Gladiatorenkämpfe aufzuführen.

Im Jahre 58 n. Chr. aber ereignete sich in Neros Leben etwas, womit wohl die wenigsten gerechnet hatten. Der kalte Egozentriker verliebte sich. Die Auserwählte war Poppaea Sabina, eine siebenundzwanzigjährige Frau von staunenswerter Schönheit. Bereits ihre gleichnamige Mutter war die Miss Rom ihrer Zeit gewesen – was sie allerdings in den Fokus der Messalina gebracht und sie schließlich sogar das Leben gekostet hatte. Die rothaarige Poppaea war nicht nur schön, sie war auch ehrgeizig. Als sie Nero kennenlernte, war sie mit dessen Freund Marcus Salvius Otho verheiratet. Doch sie fühlte sich zu Höherem berufen. Ihren Namen leitete sie nicht, wie sonst üblich, von ihrem Vater Titus Ollius ab. Der Mann war zeit seines Lebens ein unbedeutender kleiner Krauchер geblieben. Lieber berief sie sich auf ihren Großvater mütterlicherseits, den angesehenen Poppaeus Sabinus. Die Gerüchte besagen, dass Poppaea bereits die Nähe Othos gesucht hatte, um sich an Nero heranzumachen. Sollte das stimmen, ging ihre Rechnung voll auf, denn ab dem Tag ihrer ersten Begegnung war ihr der Kaiser verfallen. Die beiden passten perfekt zueinander. Auch Poppaea liebte einen extravaganten Lebensstil. Fünfhundert Eselinnen begleiteten sie auf Reisen, um die Milch für ihr tägliches Schönheitsbad zu geben, hieß es. Sie war keine Frau, die sich über Gebühr in politische Angelegenheiten einmischte, und hatte offenbar durchaus Verständnis für Neros vielfältige künstlerische Neigungen. Der gehörnte Gemahl Otho aber wollte sich nicht widerstandslos fügen, und so lobte Nero ihn auf den Statthalterposten im fernen Lusitanien, wo er dem neuen Liebespaar nicht mehr auf die Nerven gehen konnte. Doch Poppaea war das noch nicht genug. Immerhin war auch Nero verheiratet. Offiziell war noch immer die verschmähte Claudius-Tochter Octavia an seiner Seite. Doch die stille Frau war nicht das einzige Hindernis auf Poppaeas Weg zur Macht. Auch wenn sie nicht mehr in Rom war, hatte Agrippina offenbar noch immer Einfluss auf ihren Sohn. Zumindest wird kolportiert, Poppaea habe ihren Liebhaber als Muttersöhnchen verspottet. Und schlimmer noch, Poppaea habe dem Kaiser den giftigen Gedanken eingeträufelt, er müsse sich seiner Mutter durch Mord entledigen.

Ob durch Poppaeas Einflüsterungen oder aus eigenem Antrieb: Im Jahre 59 n. Chr. beschloss Nero, Agrippina beseitigen zu lassen. Das schauderhafte Vorhaben bedurfte komplexer Vorbereitungen. Innerhalb der Stadt Roms hätte ein allzu offensichtlicher Mord an der Kaisermutter mit Sicherheit zu Unruhen geführt. Auch Gift kam nicht in Frage, denn die misstrauische Agrippina, die in ihrem Leben schon so viele Giftmorde erlebt und wohl auch manchen in Auftrag gegeben hatte, hatte sich längst durch Gegengifte gegen die gängigsten Wirkstoffe immunisiert, so behaupten die Quellen. Nein, ein perfekter Plan musste her, der das ungeheuerliche Verbrechen wie einen Unfall erscheinen ließ. Mitte März des Jahres 59 n. Chr. lud Nero seine Mutter zu einem Fest der Göttin Minerva nach Baiae am Golf von Neapel ein. Agrippina, die offenbar auf ein Versöhnungsangebot des Sohnes hoffte, schiffte sich von Antium mit einem Schnellsegler ein. Überraschenderweise verlief das Treffen sehr harmonisch. Laut Cassius Dio verabschiedete sich der Sohn mit einer herzlichen Umarmung und den Worten: »Für dich lebe ich, durch dich regiere ich.« Doch Nero hatte seiner Mutter lediglich eine perfide Komödie vorgespielt. Das Schiff, das Agrippina zurückbrachte, war längst für einen Anschlag präpariert. Kaum war die Kaisermutter an Bord, stürzte das Kajütendach ein, begrub die Reisenden unter sich und ließ das Schiff auseinanderbrechen. Wie durch ein Wunder aber rettete sich Agrippina schwimmend an Land.

Nero traf die Nachricht wie ein Keulenschlag. Für alle, die von der Geschichte hörten, war klar, dass er der Anstifter sein musste. Jetzt gab es kein Zurück mehr. Agrippina musste schnellstens ermordet werden. Verzweifelt versuchte die Kaisermutter, dem Sohn eine letzte Brücke zu bauen. Sie ließ ihm ausrichten, die Schiffskatastrophe sei ein Unfall gewesen, sie selbst sei durch glückliche Fügung unversehrt. Doch Nero war klar, dass niemand diese Version der Geschichte glauben würde. Er beauftragte seinen Flottenpräfekten Anicetus, Agrippinas Villa von Wachen umstellen zu lassen. Von hier aus drangen die Mörder ins Hausinnere vor und erstachen Agrippina. »Stoß in den Leib!«, habe Agrippina ihre Mörder aufgefordert, berichtet Tacitus, eben jenen Körperteil, der ihren Sohn Nero getragen hatte. Noch in der Nacht des Mordes wurde Agrippinas Leiche verbrannt und ihre Asche ohne Festakt vergraben. Erst nach Neros Tod würden ihre Dienerinnen ihr eine kleine Grabstätte auf einer malerischen Anhöhe auf der Straße nach Misenum errichten. Erst einmal sollten die Spuren des schrecklichen Verbrechens so schnell wie möglich verwischt werden. Doch geheim halten ließ sich die Tat nicht. Nero sah sich in Rom schnell in Erklärungsnöten. Agrippina habe einen Mordanschlag auf ihn geplant, so die erwartbare Erklärung des Kaisers. Außerdem habe sie selbst zahllose Gegner auf dem Gewissen und, schlimmer noch, sie habe Mitregentin sein wollen. Wäre es nach ihrem Willen gegangen, hätten die Prätorianergarden einen Eid auf sie ablegen sollen, behauptete Nero, wohl wissend, dass derartige weibliche Machtgelüste den Senat in Rage brachten. Tatsächlich fügte sich der Senat der abenteuerlichen Darstellung und verdammte die Erinnerung an Agrippina. Ihr Geburtstag wurde zum Unglückstag erklärt und ihr Name aus den Inschriften entfernt. Ob die Senatoren die bizarre Rechtfertigung Neros wirklich glaubten, darf bezweifelt werden, doch den konservativen Mitgliedern des Senates waren politikinteressierte Frauen immer ein Dorn im Auge. Und gerade Agrippina hatte sich vielen von ihnen gegenüber nicht gerade zimperlich gezeigt. Das Volk aber zeigte sich über das schlimmste vorstellbare Verbrechen an der Spitze des Staates – den Muttermord – entsetzt. So wird berichtet, ein Unbekannter habe einen Ledersack an eine Statue Neros gehängt, da es üblich war, Muttermörder mit einem Affen, einer Schlange und einem Hahn in einen Sack eingenäht in den Tiber zu werfen. Auf dem Forum sei ein Säugling gefunden worden, mit einem Zettel »Ich werde Dich nicht aufziehen, vielleicht bringst Du Deine Mutter um«.

Nero selbst machte die Schwere seiner Tat zu schaffen. Er wurde von Alpträumen und Gewissensbissen geplagt. »Er konnte jedoch im Bewusstsein dieses Verbrechens keine Ruhe finden«, schreibt Sueton, »oft bekannte er, dass ihn der Schatten seiner Mutter und die Furien mit Geißeln und brennenden Fackeln dauernd verfolgten. Ja, er ließ sogar von Magiern ein Opfer darbringen und suchte so ihren abgeschiedenen Geist zu beschwören und zu versöhnen.« Erst drei Jahre nach Agrippinas Tod heiratete er Poppaea Sabina, was die Version der Geschichte, das diese die eigentliche Anstifterin gewesen war, unwahrscheinlich macht. Den beiden war ohnehin kein Glück beschieden. In einem seiner cholerischen Ausbrüche trat Nero seiner schwangeren Frau so heftig in den Bauch, dass sie und das ungeborene Kind starben. Im Jahre 68 n. Chr. schließlich beendete Nero sein Leben durch Selbstmord.

Seine Ammen Ecloge und Alexandria, die ihn durch sein gesamtes Leben begleitet hatten, sorgten dafür, dass der Vielgehasste eine Grabstätte erhielt. Mit Nero endet die Geschichte der julisch-claudischen Dynastie, da der Kaiser jeden auch nur noch entfernt Verwandten hatte beseitigen lassen. Jetzt wurden die Karten neu gemischt und der Schatten des allmächtigen Augustus, auf den sich seit Jahrzehnten alle Machthaber berufen hatten, verschwand.

Auch Agrippinas Leben war von der Abstammung des ersten Princeps geprägt gewesen. Doch ihr Beharren, die würdigste Abstammung im Reich zu haben, hatte sie immer tiefer in den Strudel von Brutalität und Intrigen getrieben. Die Zeit ihrer Teilhabe an der Macht gehört zu den finstersten Phasen der römischen Kaiserzeit. Politischer Mord, Intrigen und Boshaftigkeiten prägten, auch abzüglich aller Quellenübertreibungen, den Alltag der höfischen Gesellschaft. Wer politisch nicht mehr opportun erschien, wurde beseitigt, wer aus persönlichen Gründen im Weg stand, wurde beseitigt, wer zur falschen Zeit am falschen Ort war, wurde beseitigt. Der Tod Agrippinas der Jüngeren war das konsequente Ende ihres Lebens. Die Frauen des julisch-claudischen Kaiserhofes, die nun abtraten, hatten in drei Generationen die Phantasie der Römer und der Historiographen beschäftigt. Sie hätten unterschiedlicher nicht sein können. Von der klugen, überlegten Livia bis hin zur feuerköpfigen Messalina, von der aufopfernden Antonia bis zur bissigen Agrippina der Älteren oder der gleichgültigen Poppaea bis zur politisch ungemein ehrgeizigen Agrippina der Jüngeren – sie alle hatten die Grenzen der Macht ausgelotet. Die meisten hatten einen hohen Preis dafür bezahlt. Denn wem Kaiser und Zeitgenossen keine Macht gaben, dem blieb sie verwehrt.

TATSÄCHLICH LIEBE? – ANTONIA CAENIS, BERENIKE UND DOMITIA LONGINA

Es war kein Blick zurück im Zorn, als Berenike im Jahre 79 n. Chr. Rom verließ. Sie hatte hier einige der schönsten Jahre ihres Lebens verbracht. Und wenn sie ganz ehrlich zu sich war, hatte sie schon lange gewusst, dass es so kommen würde. Titus, Kaiser von Rom und ihr langjähriger Geliebter, hatte sie weggeschickt. Fort aus Rom, fort vom Hofe und hinaus aus seinem Bett. Obschon bereits über fünfzig Jahre, war Berenike noch immer eine schöne Frau von majestätischer Ausstrahlung. Der Verstoß durch Titus bedeutete für sie nicht das Ende. Sie verfügte über erhebliche Reichtümer und einflussreiche Verwandte und Freunde im Gebiet des heutigen Palästina. Doch zunächst würde sie in Italien bleiben. Vielleicht gab es ja doch noch einen Weg zurück zu Titus. Eine ungewöhnliche Beziehung hatte diese beiden verbunden. Titus war der Sohn Kaiser Vespasians, des Begründers der flavischen Dynastie, die die julisch-claudische an der Spitze des Römischen Reiches abgelöst hatte. Obschon Titus' Vater einer eher unbedeutenden Ritterfamilie entstammte, war ihm zu Zeiten der Regierung von Kaiser Claudius ein beeindruckender sozialer Aufstieg gelungen, der Titus bereits als Kind in den Dunstkreis des Hofes befördert hatte. Er wurde gemeinsam mit Claudius' Sohn Britannicus vom bekannten Gelehrten Sosibius unterrichtet. Als Sechzehnjähriger erlebte Titus, wie sein Freund durch die Machenschaften Neros zu Tode kam. Er war also mit den Dramen am römischen Kaiserhof von Kindesbeinen an vertraut. Auch Berenike entstammte der höfischen Welt. Ihr Urgroßvater war Herodes der Große, der legendäre König von Judäa. Ihr Vater, Herodes Agrippa I., hatte im Zuge der Wirren um die Vorherrschaft in der Region Judäa lange Jahre am Kaiserhof in Rom verbracht und hier beste Kontakte zu den Kaisern Caligula und Claudius gepflegt. Wären sich Titus und Berenike bereits in dieser Zeit in Rom über den Weg gelaufen – was durchaus möglich gewesen wäre –, dürften sie wenig Interesse aneinander gehabt haben, denn Titus war mehr als zehn Jahre jünger als seine wohl um das Jahr 28 n. Chr. geborene spätere Geliebte.

Es sollte dementsprechend bis zum Jahr 67 n. Chr. dauern, dass die beiden sich bewusst kennenlernten. Der Anlass war alles andere als romantisch. Die politische Lage in der Provinz Judäa hatte sich dramatisch zugespitzt. Seit einem Jahr rebellierte die jüdische Bevölkerung gegen die römische Herrschaft, durch die sie zunehmend mit Steuern geknebelt wurde. Auch das von den grundsätzlich religionstoleranten Römern bis dahin geduldete Judentum geriet in immer schärferen Konflikt zur römischen Staatsreligion. Binnen kürzester Frist weiteten sich die Aufstände zu einem Krieg aus, zu dessen Niederschlagung Kaiser Nero seinen versierten Feldherrn Vespasian aussandte. An dessen Seite kam auch Titus nach Judäa, dem der Vater erhebliche militärische Macht übertrug. Mit 60 000 Mann rückten die Römer ein und zwangen die Aufständischen mit äußerster Gewalt nieder. Zahllose jüdische Siedlungen wurden niedergebrannt oder zerstört, die Einwohner getötet oder in die Sklaverei geschickt. Der judäische Königshof hatte die Römer von Beginn der Aufstände an unterstützt und größere Geldsummen für den Krieg zur Verfügung gestellt. Nach den ersten Siegen der Römer im Jahre 67 n. Chr. besuchten Vespasian und sein Sohn die Herrscherfamilie in deren Hauptstadt Caesarea Philippi. Wohl bei dieser Gelegenheit kam es zur ersten Begegnung von Titus und Berenike. Keinen von beiden schien der zumindest von Frau zu Mann erhebliche Altersunterschied zu stören. Die immerhin bereits achtunddreißigjährige Berenike hatte zu dieser Zeit bereits mancherlei Eheerfahrungen hinter sich. Dreimal war sie verheiratet gewesen. Unter ihren Ehemännern waren ihr Onkel, Herodes von Chalkis, und Polemon, der König von Kilikien, der ihr zuliebe sogar zum jüdischen Glauben übergetreten war. Berenike jedoch hatte er damit nicht halten können. Sie hatte ihren Gatten alsbald verlassen und lebte seit dem Jahr 60 n. Chr. am Hof ihres

Bruders, Herodes Agrippas II. Dieser akzeptierte sie als Mitregentin, und das Verhältnis zwischen den Geschwistern war so eng, dass der Satiriker Juvenal sogar einen Inzest vermutete. Aus ihren früheren Ehen waren zwei Söhne hervorgegangen. Auch Titus war bereits einmal verwitwet und einmal geschieden. Er hatte eine Tochter namens Julia.

Die selbstbewusste Berenike war laut Tacitus noch immer von jugendlicher Schönheit und fand an dem jungen Soldaten schnell Gefallen. Titus sah blendend aus und verfügte durch seine Kinderzeit bei Hofe über eine hervorragende Bildung. Sein Griechisch war nahezu genauso flüssig wie sein Latein. Er liebte Dichtung und Musik. Nicht unerheblich war aber wohl auch, dass Vespasian der neuen Freundin seines Sohnes gegenüber wohlgesinnt war. Titus' Vater hatte ein außerordentliches Interesse für Finanzen. Der berühmte Ausspruch *pecunia non olet*, »Geld stinkt nicht«, wird auf ihn zurückgeführt. So soll er auf den Vorwurf seines Sohnes, dass er auch noch eine Pissoir-Steuer plane, diesem das Geld aus der ersten Zahlung unter die Nase gehalten und gesagt haben, er wolle »wissen, ob er am Geruch Anstoß nehme. Als jener das verneinte, sagte der Vater wohl: »Und doch kommt es vom Urin.« Die Schatullen des judäischen Hofes nun waren üppig gefüllt, und Vespasian war entsprechend interessiert, sie durch die Liaison zwischen Titus und Berenike für seine Sache zu öffnen. Aber auch ein anderer Grund mag eine Rolle gespielt haben. Vespasian selbst war über viele Jahre auf eine Art und Weise liiert, die bei vielen Zeitgenossen auf Erstaunen stieß. Antonia Caenis, mit der er über Jahrzehnte zusammenlebte, war eine Freigelassene. Sie hatte einst als Sklavin in den Diensten von Antonia der Jüngeren gestanden, der Mutter des Claudius, die ihr schließlich die Freiheit geschenkt hatte. Bereits als er noch mit der Mutter von Titus verheiratet war, unterhielt Vespasian das Verhältnis zu Antonia Caenis, die ihm wahrscheinlich manche Tür am Hofe öffnete. Vor allem aber konnte ihm die hochintelligente Frau viele Informationen zuspielen. Denn eine Sklavin sah vieles, was sich für andere immer nur hinter verschlossenen Türen abspielte. So geriet sie bereits in den Wirren der letzten Jahre der Herrschaft des Kaisers Tiberius in den Fokus der Weltgeschichte. Ihre Aufgabe war es unter anderem, die Privatkorrespondenz von Antonia Minor, der Tochter Octavias mit Marcus Antonius, zu führen, und dazu gehörte im Jahr 31 n. Chr. der brisante Brief, der zum Sturz des intriganten Seianus führte. Als Antonia erschreckt bemerkte, dass ihre Dienerin dadurch zur Mitwisserin geworden war, bat sie sie dringend, das Gehörte sofort aus ihrem Gedächtnis zu streichen. Selbstbewusst antwortete Antonia Caenis laut Cassius Dio: »Deine Weisung, Herrin, ist vergeblich; ich trage nämlich nicht allein dies, sondern auch all das andere, was du mir diktiert hast, stets in meinem Sinn, und es kann niemals getilgt werden.«

Als Vespasian 69 n. Chr. zum Kaiser aufstieg, war er verwitwet. Auch seine erste Frau, Flavia Domitilla, die Mutter seiner Söhne Titus und Domitian, war wenig standesgemäß gewesen. Sie hatte sich aus nicht überlieferten Gründen eine Zeitlang im Sklavenstatus befunden und erst durch einen Prozess die vollen Bürgerrechte erhalten. Als jungem Senator waren diese Standesquerelen Vespasian noch recht egal gewesen. Doch von einem Kaiser wurde erwartet, dass er auch eine Gattin auf Augenhöhe an seiner Seite hatte. Vespasian jedoch heiratete nicht neu, sondern hielt an seinem schon viele Jahre bestehenden Verhältnis zu Antonia Caenis fest. Heiraten konnte er sie nicht. Antonias rechtlicher Status als Freigelassene war dazu nicht ausreichend. Das Konkubinat, in dem er mit seiner Geliebten lebte, war durchaus gesellschaftlich anerkannt, aber eine Ehe war es nicht. Warum Vespasian auf das politische Potential einer erneuten Heirat verzichtete, ist rätselhaft. Es gab ja schließlich genügend Damen der Oberschicht, deren Verbindungen oder Vermögen er gut hätte nutzen können. Die Vermutung liegt nahe, dass er Antonia Caenis tatsächlich so emotional verbunden war, dass er ihr keine offizielle Ehefrau zumuten wollte, die sie wieder in die zweite Reihe geschoben hätte. Denn im täglichen Leben behandelte Vespasian seine Antonia Caenis wie eine Ehefrau und ließ sie öffentlich an seiner Seite auftreten. Antonia hatte offenbar eine talentierte Hand für Finanzgeschäfte, eine Fähigkeit, die der stets auf Reichtum bedachte Kaiser hoch schätzte. Sie regelte alle privaten Geldsachen Vespasians aufs Beste und schaffte es dazu auch noch, für sich selbst ein beträchtliches Vermögen anzuhäufen. Sie führte eine schmucke Villa an der *via Nomentana*, in der sie, die ehemalige Sklavin, nun ihrerseits zahlreiche Sklaven beschäftigte. Und offenbar hatte sie ihre eigene Herkunft nicht vergessen, denn sie behandelte ihre Dienerschaft ausgesprochen gut. Einer ihrer Freigelassenen nannte sie in einer Grabinschrift »beste Herrin«. Ihre Klugheit und die Zuneigung Vespasians hatten sie zu einer Art »Augusta h.c.« gemacht. Ein wohl einmaliger Vorgang in der Geschichte der römischen First Ladies.

Vespasian war also ein Vater, der durchaus seine eigenen Erfahrungen mit ungewöhnlichen Beziehungen hatte, und schreckte daher vor der Verbindung seines Sohnes mit einer wohlhabenden jüdischen Prinzessin nicht zurück. Die Flavier konnten die ein oder andere Finanzspritze gut gebrauchen, denn mit Neros Tod im Jahre 69 n. Chr. entbrannte in Rom ein erbitterter Streit um die Nachfolge, aus dem – nach den kurzen Regierungszeiten der Kaiser Galba, Otho und Vitellius – schließlich Vespasian als Sieger hervorging. Aus dem Sohn eines Aufsteigers aus dem Rittertum war Titus damit schlagartig zum wahrscheinlichsten Erben der Kaiserwürde geworden. Von seinem Vater, dem jetzigen Kaiser, wurde Titus beauftragt, die Kämpfe in Judäa zu einem erfolgreichen Ende zu führen. Zwingend war damit die Eroberung Jerusalems verbunden, das sich bis dahin den Römern widersetzt hatte. In einer auch für die Antike äußerst grausamen Eroberungsschlacht zerstörte Titus mit seinen Truppen die Stadt und den Tempel von Jerusalem, dessen einziger Überrest die bis heute erhaltene »Klagemauer« blieb. Zigtausende Bewohner der Stadt fanden den Tod. Titus wurde nach seiner Rückkehr nach Rom als siegreicher Feldherr gefeiert. Die Beziehung zu Berenike hatte über alle die Monate der Kämpfe bestanden. Wie oft sich die Liebenden in dieser Zeit gesehen haben, ist nicht überliefert, doch scheint der Kontakt nie abgebrochen zu sein, auch als Titus schon längst wieder in Rom war und von seinem Vater langsam als Nachfolger aufgebaut wurde. 75 n. Chr. folgte Berenike ihrem Geliebten nach Rom und zog zu ihm in den Kaiserpalast.

Eine »Orientalin« im Bett eines führenden Römers? Das hatte es doch schon einmal gegeben, und noch war die Erinnerung der Hauptstadt an das Treiben Kleopatras präsent. Und wieder sträubten sich die Untertanen und der Senat dagegen. Titus und Berenike ließen sich davon nicht beeindrucken. Ganz im Gegenteil scheinen diese Jahre in Rom für beide recht glücklich gewesen zu sein. Laut mehrerer Quellen dachte man an Heirat und genoss darüber hinaus das Leben in vollen Zügen. Umso bissiger wurden die Kritiker in der Stadt. Waren es nicht schon immer solche Damen aus dem Osten gewesen, die ehrwürdige römische Politiker zu liederlichem Lebenswandel verführt hatten? Partys und Gelage auf dem Palatin waren in den Augen des Senats nicht tragbar. Zumal es auch schon wieder Gerüchte gab, Berenike halte es mit der Treue zu ihrem Liebhaber nicht so ganz genau. Dieser habe einen Senator umbringen lassen, der die jüdische Aristokratin verführt habe. Einer Hochzeit zwischen den beiden stand rechtlich nichts im Wege, da Berenike seit ihrer Geburt das römische Bürgerrecht besaß. Dennoch – Titus heiratete sie nicht, ohne dass die Quellen dafür Gründe angeben. Im Jahre 79 n. Chr. starb Vespasian, und Titus trat dessen Nachfolge als Kaiser des Römischen Reiches an. Für den jungen Flavier war es eine Stunde des Triumphes und doch der Beginn eines persönlichen Dramas, denn als regierender Kaiser sah er sich offenbar verpflichtet, den Konventionen zu folgen, auf die er die zurückliegenden Jahre recht sorglos gepfiffen hatte. Kaum trug Titus den Kaisertitel, verstieß er Berenike vom

Hof und verwies sie der Stadt. Ein grausamer Akt der Staatsräson: Hatte hier die Macht des Faktischen über die Liebe gesiegt? Auch wenn die Quellen hier nur einen begrenzten Ausschnitt zeigen, scheint es wirklich so gewesen zu sein. Titus fiel dieser Schritt nicht leicht, wie Sueton betont. Es blieb ihm aber offenbar nichts anderes übrig, denn die Widerstände im Volk gegen die Frau an seiner Seite waren größer, als es sich ein neuer Herrscher leisten konnte. In der Rom war eine regelrechte Massenhysterie gegen Berenike ausgebrochen. Zwei Philosophen hatten sich im Theater in Rage geredet und das Volk noch mehr aufgewiegelt. Zwar wurden die beiden Schandmäuler bestraft, doch gärte es gewaltig in der Stadt. Berenike war eine Fremde – und schlimmer noch, sie war eine jüdische Fremde. Der jüdische Aufstand in Berenikes Heimatland hatte dem Römischen Reich erhebliche Schwierigkeiten gemacht und große Verluste zugefügt. Auch die religiösen Kulte der Juden wurden zunehmend argwöhnischer beäugt. Waren nicht diese Christen, die Nero so hart wegen des großen Brandes in Rom bestraft hatte, eine jüdische Sekte? Eheliche Kinder von Titus und Berenike, so unwahrscheinlich solche in Anbetracht von Berenikes Alter auch waren, wären nach jüdischem Gesetz Juden gewesen. Ein untragbarer Zustand in Rom, das eine frühe Welle eines Antisemitismus erlebte, der noch so viele folgen sollten. Titus fügte sich in das Unvermeidliche und opferte die Frau, die er augenscheinlich geliebt hatte. Die senatorisch geprägte Geschichtsschreibung jubilierte über die Verstoßung der Berenike, die Titus auf den rechten Pfad der Tugend zurückgeführt habe und ihm nun endlich ein Leben als vorbildlicher Kaiser ermöglichte. Offiziell kamen die Liebenden nie mehr zusammen. Doch Berenike blieb zunächst in Italien. Eine Quelle berichtet, die beiden hätten sich im Jahre 81 n. Chr. noch einmal wiedergesehen. Vielleicht eine späte Aussprache über ihre Liebe, die der Politik hatte weichen müssen? Berenike kehrte nun endgültig nach Palästina zurück. Titus verschwand im Sommer des Jahres 81 fast vollständig aus der Öffentlichkeit. Ob seine vermutlich depressiven

Zustände mit seiner Entscheidung gegen Berenike in Zusammenhang standen, kann nur vermutet werden. Am 13. September 81 n. Chr. starb Kaiser Titus nach nur sechsundzwanzig Monaten Amtszeit. Spekulationen über einen Selbstmord des Kaisers scheinen wenig faktischen Hintergrund zu haben. Wahrscheinlich war die Todesursache natürlich. Bemerkenswert bleibt, dass Titus, auch nachdem er Berenike verstoßen hatte, keine andere Frau geheiratet hat.

Die Nachfolge trat erwartungsgemäß sein Bruder Domitian an. Und sowenig die Regierungszeit des oftmals als Tyrann geltenden dritten Flaviers mit der seines als vorbildlich gelobten Bruders und dem immerhin respektierten Vater zu tun hat – was sein Privatleben anging, war Domitian wie Vespasian und Titus eher von Emotionen als von Rationalität getrieben. Seine Frau Domitia Longina war die Tochter eines Generals der julisch-claudischen Dynastie. 70 n. Chr. hatte Domitian die damals knapp Zwanzigjährige erspäht, die zu dieser Zeit mit einem einflussreichen Senator verheiratet war. Aus wilder Leidenschaft heraus, so die Quellen, löste er Domitia Longina aus ihrer Ehe heraus und heiratete sie. Der Kaisersohn genoss einen fragwürdigen Ruhm, was sein Verhältnis zu Frauen anging. »Domitian war von übermäßiger Wollust ... Man sagte auch, er enthaare seine Liebchen selbst und schwimme mit den gemeinsten Dirnen«, behauptet Sueton. Drei Jahre nach der Hochzeit bekam das Paar einen Sohn, der aber noch im Kindesalter starb. Mit dem Amtsantritt Domitians im Jahre 81 n. Chr. wurde Domitia Longina sofort der Titel einer *Augusta* verliehen. Eine ungewöhnlich schnelle Ehrung, die für das enorme Selbstbewusstsein des Paares spricht. Domitia verfügte darüber hinaus, stets als *Domina*, »Herrin«, angesprochen zu werden. Ihr Gatte hatte die Bezeichnung *Dominus et Deus*, »Herr und Gott«, für sich eingeführt. Domitia wollte ihre Stellung, in die sie der frühe Tod des Titus katapultiert hatte, optimal ausnutzen. Auch darüber hinaus scheint sie sich manche Freiheit herausgenommen zu haben. Folgt man den Quellen, erfreuten sich zahlreiche hochrangige Römer der besonderen Gunst der First Lady. Die Kaiserfamilie genoss keinen guten Ruf. Domitian hatte sich von Beginn seiner Amtszeit an mit dem Senat angelegt. Dieses Gremium, obwohl längst faktisch weitgehend bedeutungslos, galt nach außen hin noch immer als Teilhaber an der kaiserlichen Macht. Domitian pfiff auf die althergebrachten Regeln des Prinzipates. Er regierte, wie er wollte, und zeigte den Senatoren offen, für wie überflüssig er sie hielt. Im Gegensatz zur antiken Geschichtsschreibung, die stark vom Senat beeinflusst wurde, sieht die moderne Forschung Domitians Regierungsstil durchaus differenziert. Der Kaiser wählte seine Ratgeber nach deren Befähigung und nicht nach der Reihe der Ahnenbilder in ihren Villen aus. Dass ihm das in der römischen Aristokratie keine Freunde machte, überrascht nicht; so daher auch nicht, dass das Bild seiner Amtszeit in den Quellen ausgesprochen schlecht ist. Möglicherweise fiel Domitia im Nachhinein der Pauschalverurteilung Domitians ebenfalls zum Opfer und wurde allerlei charakterlicher Verderbtheit verdächtigt. Doch zumindest eine Affäre scheint von hohem Wahrheitsgehalt, denn sie hatte direkte Folgen.

Domitia hatte sich in den schönen Pantominen Paris verguckt, und die Liaison flog auf. Domitian, der ihre früheren Eskapaden, sollte es sie gegeben haben, offenbar geduldet hatte, platzte der Kragen, und er schickte seiner Gattin den Scheidebrief. Für Domitian war das Jahr 83 n. Chr. eine einzige Katastrophe. Seine Frau hatte ihm öffentlich Hörner aufgesetzt, er hatte eine Verschwörung des Gemahls seiner Nichte aufdecken müssen, und wohl auch in diesem Jahr war sein einziger Sohn gestorben. Vielleicht war es dieser Schicksalsschlag, der Domitian die dauerhafte Verstoßung seiner Frau so schwer machte. Jedenfalls hielt er die Trennung trotz einer vermutlichen Affäre mit Titus' Tochter Julia nicht durch und bat Domitia Longina, an den Hof und in das eheliche Schlafgemach zurückzukehren. Ein einmaliger Vorgang in der Geschichte des an

Kuriositäten nicht armen römischen Kaiserhofes. Eigentlich konnte Domitian nüchtern abwägen und war stets auf seinen Vorteil bedacht. Doch in diesem Fall ließ er offenbar die Emotionen überhandgewinnen. Hinzu kam aber auch, dass sein Herz und die politische Lage in die gleiche Richtung zeigten. Domitia Longina war längst keine x-beliebige Gattin mehr, die man folgenlos davonjagen konnte. Sie verfügte über allerbeste Kontakte und Rückhalt im römischen Volk. Und so überliefern die Quellen auch, dass Domitian seine Frau auf Wunsch der *plebs* zurückgeholt habe. Trotz des dramatischen Zerwürfnisses raufte sich das Ehepaar wieder zusammen und verbrachte noch einige harmonische Jahre miteinander. Im Jahre 90 n. Chr. erwartete Domitia Longina sogar noch einmal ein Kind, erlitt aber wohl eine Fehlgeburt. Der Bruch war auf die Dauer jedoch nicht zu kitten. Mit zunehmendem Alter wurde der Kaiser immer schwieriger im Umgang und witterte Verschwörer hinter jeder Ecke. Durchaus nicht unberechtigt, denn sein Verhältnis zum Senat hatte sich stetig verschlechtert. Auch seine Frau geriet in Verdacht, Ränke gegen Domitian zu schmieden. Zeitweilig soll er daher sogar ihre Ermordung geplant haben. Als Domitian im Jahre 96 n. Chr. einer Verschwörung zum Opfer fiel, lassen die Quellen keinen Zweifel daran, dass seine Frau eine entscheidende Rolle im Komplott gespielt hatte. Sie habe die Tötung ihres Liebhabers Paris nie verwinden können und noch späte Rache geübt, so heißt es. Doch sollte sie schuldig gewesen sein – an der Verfolgung ihrer Person gab es kein öffentliches Interesse, da der Tod des Domitian allgemein gefeiert wurde. Er verfiel der *damnatio memoriae*, der Ächtung seines Andenkens, und im Zuge dieses Aktes musste auch Domitia ihren Augusta-Titel abgeben. Sie wurde aber nicht weiter belangt und lebte noch bis weit ins zweite Jahrhundert hinein. Mit ihr starb die letzte First Lady des flavischen Kaiserhauses, eines Kaiserhauses, das während der Regentschaften Vespasians, Titus' und Domitians große Gefühle am Kaiserhof geduldet hatte. Doch jeder der drei Flavier war schlau genug gewesen, sie niemals die Oberhand gewinnen zu lassen.

PLÖTZLICH PRINZESSIN – PLOTINA, SABINA UND FAUSTINA

Plotina kannte den Palast. Er nahm ja einen Großteil des Palatins ein und dominierte damit das Stadtbild Roms. Die monumentalen Mauern zogen sich über mehr als hundert Meter hin. Und vom Hörensagen kannte sie auch die prunkvolle Ausstattung der Räumlichkeiten. Denn jedermann, der sie je betreten hatte, erzählte von den Wandmalereien, den bunten Steinfassaden und den goldenen Beschlägen der Wände. Doch als sie zum ersten Mal die kaiserlichen Privaträume betrat, verschlug es ihr trotzdem den Atem. Hier sollte sie von nun an residieren? Als die ranghöchste Frau im Römischen Reich?

Natürlich hatte Plotina schon länger gewusst, dass sie eines Tages die Frau des römischen Kaisers sein würde. Als Kaiser Nerva am 27. Januar des Jahres 98 n. Chr. starb, war dessen Adoptivsohn, Plotinas Mann Trajan, schon längst als Nachfolger vorgesehen gewesen. Und doch war sie nicht in eine solche Rolle hineingeboren worden. Plotina stammte aus einer reichen, hochrangigen Familie. Doch ihre Vorfahren lebten in den Westprovinzen des Reiches, nicht in der Stadt Rom selbst. Sie wurde in Nemausus, dem heutigen Nîmes in der Provence, geboren. Und sie wuchs in den Zeiten auf, in denen die flavische Dynastie das Reich regierte. Trajan, ihr Ehemann, war ein erfolgreicher römischer Politiker und Militär. Doch erst die Regierung von Domitians Nachfolger Nerva katapultierte ihn gesellschaftlich ganz nach oben. Der schon hochbetagt ins Amt gekommene Nerva hatte keine leiblichen Kinder und stellte bereits zu seinen Lebzeiten alle Weichen für die Nachfolge Trajans. Und obschon nicht von kaiserlichem Geblüt, brachte Plotina vieles mit, was für eine First Lady nur von Vorteil sein konnte. Sie war hochgebildet und verfügte über beste politische Kontakte. Und nach Trajans Wahl zum Kaiser, von der der Erwählte in der Colonia Claudia Ara Agrippinensium, dem heutigen Köln, erfuhr, blieben ihr sogar noch einige Monate, um sich auf ihre neue Rolle einzustimmen. Obschon sich Plotina während dieser Zeit wahrscheinlich in Rom befunden hat, wird sie wohl offiziell erst nach der Rückkehr ihres Mannes in die Metropole im Herbst des Jahres 99 n. Chr. als First Lady behandelt worden sein und ihren Wohnsitz auf dem Palatin bezogen haben. Ein neues Leben begann in ausgesprochen luxuriösem Rahmen.

Kaiser Domitian waren die althergebrachten Wohngebäude auf dem Palatin einst zu schäbig gewesen. Er hatte Großteile des Hügels einebnen lassen, um Platz für eine gigantische neue Palastanlage zu schaffen. Der Architekt Rabinius entwarf ihm einen spektakulären, rechtwinkligen Gebäudekomplex von 150 bzw. 200 Metern Länge. Prunkräume für Empfänge und Bankette, Flure und Privatgemächer entstanden, wie sie selbst im glanzvollen Rom noch niemals existiert hatten. Aus Numidien wurde gelber Marmor für die Säulen herbeigeschafft, aus Ägypten kamen schwarzer Granit und violett geäderte Steine, die die Wände schmückten. Prunkvolle Wandgemälde entführten die staunenden Besucher in fremde Welten. Die gigantische *Aula Regia* allein war 45 Meter lang und ihr Boden mit Gold und Halbedelsteinen bedeckt. Eine Kuppel mit Sternenhimmel symbolisierte die schon zu Lebzeiten gottgleiche Stellung ihres Erbauers. Ein riesiger Garten in Form eines Stadions rundete die Anlage ab. Plotina hätte geblendet sein können. Doch eine Anekdote von Cassius Dio schildert eine andere Reaktion. Als Plotina zum ersten Mal den Palast auf dem Palatin betrat, habe sie zu den Anwesenden gesagt: »Als eine solche Frau, wie ich jetzt hineingehe, möchte ich dereinst wieder hinausgehen.«

Es gelang ihr, den Wunsch Wirklichkeit werden zu lassen, denn im Gegensatz zu mancher ihrer Vorgängerinnen blieb Plotina von negativer Presse fast ihr Leben lang verschont. Doch in einem Punkt hätte sie sich sicherlich von Herzen eine Veränderung gewünscht: Trajan und Plotina hatten, obschon sie bereits etliche Jahre verheiratet waren, keine Kinder. Auch der kaiserliche Amtsvorgänger

Nerva war kinderlos geblieben und hatte dieses Manko durch die Erhebung Trajans zu einem frühen Mitherrscher wettzumachen gesucht. Eine Katastrophe war der ausbleibende Nachwuchs im Kaiserpalast dementsprechend nicht. Zumal sich die kaiserliche Öffentlichkeitsarbeit nach Kräften bemühte, aus dem Defizit einen Vorteil zu machen. So behauptete Plinius der Jüngere in einer Lobrede auf Trajan: »Zwischen Adoptivsohn (Trajan) und Adoptivvater (Nerva) bestand keinerlei Verwandtschaft, keine nähere Beziehung, nur dass beide hervorragende Männer waren, der eine würdig, erwählt zu werden, der andere, die Wahl zu treffen ... so und nicht anders muss ein Sohn erkoren werden, wenn der, der ihn kürt, ein Princeps ist. Oder sollte, wer den Senat und das römische Volk, Heere, Provinzen und Bundesgenossen einem Einzigen übergeben will, seinen Nachfolger einfach aus den Armen seiner Frau erhalten?« Wirklich überzeugend war die Argumentation jedoch nicht. Und auch Plinius sagte weiter: »Ich bitte und flehe zu Dir (Iupiter), bewahre den Kaiser vor allem für unsere Enkel und Urenkel und gewähre ihm später einmal einen Nachfolger, einen leiblichen Sohn, den er selbst herangebildet hat ... oder wenn ihm das Schicksal den Sohn versagt, dann hilf ihm bei der Wahl eines Erben mit Deinem Rat und zeige ihm einen Mann, der würdig ist, auf den Kapitol adoptiert zu werden.«

Das genaue Geburtsjahr Plotinas ist unbekannt, doch wird sie bei Amtsantritt ihres etwa zehn Jahre älteren Gatten ungefähr Mitte dreißig gewesen sein. Hoffnung auf eigenen Nachwuchs bestand also noch, doch sie wurde mit jedem Regierungsjahr, das ohne die ersehnte Nachricht ins Land ging, geringer. Aber wie schon Generationen zuvor der legendäre Augustus, hielt auch Trajan an seiner Frau fest. Und wie bei Augustus gab es auch hier andere Möglichkeiten, die dynastischen Bestrebungen zu verwirklichen. Denn mit Plotina zog noch ein regelrechter Tross »kaiserlicher Frauen« auf dem Palatin ein. Trajans verwitwete Schwester Marciana, deren Tochter Matidia und die noch minderjährigen Enkelinnen Sabina und Matidia die Jüngere. Ein Fünffrauenhaushalt neben dem höchsten Amtsträger im Reich! Wie sollte das gutgehen? Es ging besser als gut, folgt man den Quellen. Vor allem, was das Verhältnis zwischen der Ehefrau und der Schwester des Kaisers angeht. »Nichts führt so leicht zu Streitigkeiten wie Eifersucht, vor allem bei Frauen«, so Plinius der Ältere. »Eifersucht aber entsteht am ehesten aus engem Zusammenleben, Ebenbürtigkeit fördert sie, Neid lässt sie auflodern, und am Ende steht offener Hass. Umso größere Bewunderung muss man der Tatsache zollen, dass zwei Frauen, die von gleichem Range sind und in einem Hause wohnen, keinen Konkurrenzkampf zwischeneinander kennen. Beide schätzen einander hoch.«

Klingt das zu schön, um wahr zu sein? Vielleicht – aber für beide Frauen, Gattin und Schwester des Kaisers, gab es gute Gründe, miteinander auszukommen. Marciana und ihre Töchter füllten die Lücke, die die schmerzhafte Kinderlosigkeit Plotinas offenließ, und nahmen so auch eine dauerhafte Last von deren Schultern. Zudem waren sich Plotina und Marciana einig in der Art und Weise, wie sie Trajans Herrschaftsauffassung unterstützten. Als der Senat beiden den *Augusta*-Titel anbot, lehnten die Damen unisono ab. Sie wussten, dass die meisten ihrer Vorgängerinnen das anders gehandhabt hatten. Seit die ehrenwerte Livia mit dem Titel der *Augusta* bezeichnet worden war, hatte es immer ausgefeiltere Ehrungen für die Frauen bei Hofe gegeben. Man hatte ihre Geburtstage gefeiert, Feste für ihr Wohlergehen gegeben und manche schließlich sogar postum unter die Staatsgötter aufgenommen. Doch die neuen First Ladies wussten, wo ihre Wurzeln waren. »Nie wird sie der Gedanke schrecken, nur Privatperson zu sein – sie sind es ja immer geblieben«, behauptet Plinius. Doch auch wenn hier sicherlich kräftig übertrieben wird – mit den Frauen Trajans zog ein anderer Geist am römischen Kaiserhof ein. Eine neue Bescheidenheit brach sich Bahn, die sich in der Öffentlichkeit ausgesprochen deutlich von den machtgierigen Zicken der Vergangenheit abheben sollte. Die guten alten Sitten, die zuletzt, wenn man ganz ehrlich war, eigentlich nur Livia verkörpert hatte, sollten wieder aufleben. Plotina und Marciana waren schlau genug, sich in ihre Rollen zu fügen. Wohin der Ehrgeiz die meisten ihrer Vorgängerinnen geführt hatte, wussten beide. Sie spielten brav die Rolle, die ihnen Trajans PR-Konzept zuwies, und es sollte sich nicht als nachteilig erweisen. Im Jahr 100 n. Chr. verheiratete Trajan seine Großnichte Sabina mit seinem einzigen Blutsverwandten, Publius Aelius Hadrianus, der als Hadrian in die Geschichte einging.

Mit dieser Hochzeit wurde Sabinas Großtante Plotina auch ihre Schwiegermutter. Doch Trajans Frau war für das junge Paar mehr als das. Hadrian kannte sie seit seinem zehnten Lebensjahr. Als er seinen Vater verlor, hatte Trajan die Vormundschaft übernommen und sich seiner Ausbildung angenommen. Vor allem über Plotina hatte der Junge eine Bildung erhalten, die vor ihm noch kein Mitglied des römischen Kaiserhauses erreicht hatte. Der feinsinnige junge Mann mochte seine Schwiegermutter. Wie sehr, das gab dem römischen Klatsch allerlei Gelegenheiten zur Spekulation. Plotina habe die Hochzeit Hadrians mit Sabina gegen Trajans Willen vorangetrieben, hieß es, um ihn noch häufiger in ihrer Nähe zu haben. Doch wenn es wirklich ein außereheliches Interesse Hadrians gab, waren es wohl eher die jungen Männer seiner Umgebung. Plotina, die ihn seit so vielen Jahren kannte, dürfte das mit Sicherheit gewusst haben. Hadrian, der für das Griechentum und seine Kultur schwärmte, machte aus seiner Homosexualität auch gar kein besonderes Hehl. Warum auch, tolerierte die römische Gesellschaft diese sexuelle Spielart doch weitgehend. Allerdings handelte es sich bei den gestatteten Beziehungen von Mann zu Mann meist um solche mit einem erheblichen Altersunterschied. Der jeweils Ältere übernahm die Rolle des Mentors, der auch in Alltag und Ausbildung fürsorglich für den Jüngeren sorgte. Hadrian war nicht der erste römische Kaiser, der seine homophile Ader auslebte. Von Nero wurde berichtet, er habe seinen

Freigelassenen Doryphoros »geheiratet«. Als skandalös wurde bei dieser Geschichte lediglich empfunden, dass Nero bei der Zeremonie die Rolle der »Braut« übernommen habe. Domitian hatte offenbar eine Beziehung zu seinem Eunuchen Earinos, und auch Plotinas Ehe mit Trajan kannte solche Kapitel, ohne dass es die Eheharmonie nachhaltig gestört hätte. Laut Cassius Dio war Trajan »den Knaben ergeben«, von denen die meisten wohl Pagen des Kaiserhofes waren. Hadrians Gattin Sabina blieb nun nichts anderes übrig, als die Sache mit Fassung zu tragen. Sie wusste, was römische Ehen der Upper Class bedeuteten. Als Frau ihrer Zeit erwartete sie bei ihrer Hochzeit weder Liebe noch erotische Leidenschaft. Und so warteten auf die Großnichte Trajans trübe Jahre an der Seite eines ihr gegenüber gleichgültigen Ehemannes.

Die Regierungszeit Trajans gilt den Geschichtsschreibern bis heute als eine höchst erfolgreiche. Unter dem »besten Kaiser«, wie er schon von Zeitgenossen genannt wurde, erlebte das Römische Reich seine größte Ausdehnung. Sein Tod am 8. August des Jahres 117 n. Chr. ereilte Rom dennoch zu einem schwierigen Zeitpunkt. Der kaiserliche Hof befand sich nicht in der Metropole. Mit dem Kaiser war sein gesamter Tross im Zuge des Partherkrieges nach Antiochia übersiedelt. Eigentlich befand sich Trajan mit Plotina bereits auf dem Rückweg nach Italien. Die schwierige militärische Situation hatte er Hadrian überlassen müssen, weil sein gesundheitlicher Zustand sich erheblich verschlechtert hatte. Der Kaiser war bereits vierundsechzig Jahre alt, und die zahlreichen Feldzüge seines Lebens hatten ihre Spuren hinterlassen. Auch seine Neigung zu übermäßigem Trinken hatte seinen Körper vorzeitig altern lassen. In einem Dörfchen namens Selinus in Kilikien schloss er für immer die Augen, und das Schicksal des Reiches lag nun in den Händen seiner Frau Plotina, die ihm am Totenbett in seinen letzten Stunden beigestanden hatte. Bei aller Trauer – Plotina wusste nicht zuletzt aus der Geschichte ihrer Vorgängerinnen, dass es nun auf jede Minute ankam. Sollte Hadrian die Nachfolge übernehmen, und das war zweifellos der Wunsch Plotinas, musste er in Windeseile legitimiert werden. Wie einst Livia, die Mutter des Tiberius, und Agrippina, die Mutter Neros, versuchte sie, die Nachricht über den Tod ihres Mannes so lange hinauszuzögern, bis alle Weichen für eine reibungslose Machtübernahme gestellt waren. Von Kilikien aus ging die Meldung nach Rom, Trajan habe Hadrian noch auf dem Totenbett adoptiert. Hatte er das wirklich? Oder hatte Plotina selbst beherzt zur Feder gegriffen und die Adoption als »Trajan« unterzeichnet? Die *Historia Augusta* spekuliert gar: »Auch fehlte es nicht an Leuten, die verbreitet haben, Hadrian sei durch die Machenschaften der Plotina, als Trajan schon tot war, zur Adoption gelangt, indem sie für Trajan einen anderen untergeschoben habe, der mit matter Stimme sprach.« Die Umstände, die die vermeintliche Adoption begleiteten, waren zumindest sehr seltsam. Drei Tage nach Trajan starb dessen Kammerdiener, der sich bis dahin offenbar bester Gesundheit erfreut hatte. War hier ein lästiger Mitwisser aus dem Weg geräumt worden? Ein Kammerdiener müsste mitbekommen haben, wenn Plotina hinter Vorhängen die Stimme des längst verblichenen Trajan hätte imitieren lassen. Auch eine Testamentsfälschung durch Plotina, wie sie andere Geschichtsschreiber annehmen, dürfte nicht an ihm vorbeigegangen sein. Wie auch immer sich die Sache abgespielt hatte – Plotina erreichte ihr Ziel, das wohl auch dem ihres verstorbenen Mannes entsprochen hatte: Hadrian wurde der neue Kaiser.

Mit ihm stieg seine Frau Sabina zur First Lady des Reiches auf. Die mittlerweile fast achtzehn Ehejahre, die hinter den beiden lagen, waren ausgesprochen freudlos verlaufen. Entgegen der auf Münzen immer wieder gebetsmühlenhaft betonten ehelichen *concordia*, der Eintracht, war die Beziehung zwischen Hadrian und Sabina eine pure politische Notwendigkeit. Wäre er Privatmann gewesen, hätte sich Hadrian von ihr getrennt, sagt freimütig die *Historia Augusta*. Möglicherweise trifft dies zu, aber vor allem Sabina hätte erhebliche Gründe gehabt, dieser Ehe den Rücken zu kehren. Die wenigen Quellen, die überhaupt auf die emotionale Beziehung des kaiserlichen Paares eingehen, zeichnen ein trauriges Bild. Sabina frustrierte das Leben an der Seite Hadrians, den sie meist auf seinen endlosen Reisen zu begleiten hatte. Kinder, so viel war nach all den Jahren klar, würden aus dieser Ehe nicht mehr hervorgehen. Eine Quelle behauptet, Sabina »pflegte öffentlich damit zu prahlen, dass sie Schritte unternommen habe, um sicherzustellen, dass sie von ihm nicht schwanger werde – ein Abkömmling von ihm würde das Menschengeschlecht verletzen«. Wahrscheinlicher aber ist, dass derartige Vorsichtsmaßnahmen überhaupt nicht nötig waren. Denn an Hadrians körperlichem Desinteresse an seiner Frau hatte sich nichts geändert. Er trug seine Liebe zu dem ehemaligen Sklaven Antinoos aus Bithynien in der heutigen Türkei völlig unverhohlen zur Schau. Der junge Mann war bezaubernd schön, und der Kaiser war ihm rettungslos verfallen. Antinoos avancierte zum ständigen Begleiter seiner Reisen, an denen meist auch Sabina teilnahm. Im Herbst des Jahres 130 n. Chr. hielt sich der kaiserliche Tross in Ägypten auf. Während Sabina wohl in der prunkvollen Metropole Alexandria Quartier genommen hatte, ging Hadrian mit einigen Begleitern, unter ihnen Antinoos, auf die Jagd. Am Nil geschah dann die Tragödie: Der schöne Jüngling ertrank, ohne dass ihm noch jemand rettend zur Seite springen konnte. »Als er auf dem Nil segelte«, berichtet die *Historia Augusta*, »verlor er seinen Antinoos, den er wie eine Frau beweinte. Einige schreiben, dass Antinoos sich selbst für Hadrian opferte, andere deuten seine Schönheit und Hadrians Sinnlichkeit an.« Wieder andere Quellen mutmaßen, dass es sich bei dem mysteriösen Tod des kerngesunden Antinoos um eine Art bizarres Opfer gehandelt haben könnte. Möglicherweise stand die Beziehung der beiden vor einem Ende, weil der Junge erwachsen geworden war und die römische Toleranz zur Knabenliebe an ihre Altersgrenze stieß. Der Kaiser jedenfalls war untröstlich. Nur die Vorstellung, dass sein Geliebter zu den Göttern gegangen war, konnte ihn aufrichten. Noch im Oktober des Jahres 130 n. Chr. ließ er eine neue Stadt in Mittelägypten nach Antinoos benennen. In diesem neuen »Antinoopolis« wurde auch ein Tempel für den schnell Vergöttlichten errichtet. Statuen des Jünglings wurden überall im Reich aufgestellt und erhielten dessen schöne Züge für die Nachwelt. Sechs Jahre später beendete der frühe Tod Sabinas die Ehe aus Staatsräson. Doch in den postumen Ehrungen ließ es Hadrian nicht an Pflichterfüllung fehlen. Auf seinen Antrag hin wurde Sabina zur Göttin erklärt, und ein Relief zeigt sie, eine Fackel haltend, in den Himmel auffahrend. Eine späte Ehre für die unglückliche First Lady – eine zu späte.

Im Gegensatz zu seinem Adoptivvater Trajan hatte Hadrian vor seinem eigenen Tod besser vorgesorgt, was die Nachfolgeregelungen anging. Da auch er keine leiblichen Nachkommen hatte, adoptierte er rechtzeitig den Antoninus Pius, der wiederum den späteren Kaiser Mark Aurel zu adoptieren hatte. Antoninus Pius band Mark Aurel zusätzlich zur Adoption durch die Hochzeit mit seiner einzigen Tochter Faustina an das kaiserliche Haus. Diese Ehe, die im Frühjahr des Jahres 145 n. Chr. geschlossen wurde, sollte nach all den Generationen der Nachfolgeprobleme die fruchtbarste in der Geschichte der römischen Kaiserzeit werden. Die Brautleute kannten sich als Cousin und Cousine von Kindesbeinen an und waren schon im Jahre 138 n. Chr. miteinander verlobt worden. Faustina kannte somit die ernste, vergeistigte Art ihres Zukünftigen zur Genüge, als sie schließlich dessen Frau wurde. Mark Aurel hing der griechischen Stoa an, einer philosophischen Lehre, die sich ganz der Selbstbeherrschung und Erringung der Weisheit verschrieben hatte. Er pflegte einen extrem asketischen Lebensstil und hatte zeit seines Lebens starke Essstörungen. Heute würde man ihn vermutlich als magersüchtig therapieren. Auch sexuelle Enthaltsamkeit gehörte zu seinen selbstauferlegten Pflichten, was allerdings nicht die Erfüllung der ehelichen Notwendigkeiten ausschloss. Schon eineinhalb Jahre nach der Hochzeit kam die erste Tochter des Paares zur Welt. Die Freude im Kaiserhaus über die Geburt des kaiserlichen Enkelkindes war riesengroß. Und Faustina, die bereits mit fünfzehn verheiratet worden war, war zu diesem Zeitpunkt erst siebzehn Jahre alt. Es stand zu erwarten, dass diesem ersten Kind noch einige weitere folgen würden. Antoninus Pius verlieh seiner Tochter euphorisch den Titel einer *Augusta*, und so ergab sich der ungewöhnliche Tatbestand, dass Mark Aurel, obschon noch gar nicht Kaiser, der Ehemann einer *Augusta* war. Zudem übertrug der Kaiser gigantische Vermögen auf seine Tochter, die dadurch auch vor dem Zugriff der Staatskasse gesichert waren. Die Frauen des Kaiserhauses trugen ja offiziell keinen Titel und blieben somit juristisch Privatpersonen. Ihre Gelder konnten weitervererbt werden und fielen bei ihrem Tod nicht dem Gemeinwesen anheim. Die Zukunft von Mark Aurel und Faustina war somit doppelt gesegnet. Bis ins Jahr 170 hinein war Faustina vermutlich vierzehnmal schwanger, zweimal davon mit Zwillingen. Ein ungeheuerlicher Kinderreichtum, den es in noch keinem römischen Kaiserhaus je gegeben hatte. Ein Zwillingspärchen wurde 149 geboren, eine weitere Tochter 150 oder 151. Doch das Schicksal wendete sich. Die Zwillinge starben vermutlich noch im Jahr ihrer Geburt. Auch die erstgeborene Tochter war zu diesem Zeitpunkt bereits tot. An einen Freund hatte Mark Aurel noch kurz vor ihrem Ableben geschrieben: »So wie die Götter wollen, dürfen wir uns Hoffnungen machen, dass sie wieder gesund wird: Der Durchfall hat aufgehört, die Fieberanfälle sind verschwunden. Doch sie ist völlig abgemagert und auch das Hüsteln ist noch nicht ganz vorbei.« Ein Söhnchen namens T. Aelius Aurelius starb im Jahre 157 so schnell nach seiner Geburt, dass noch Glückwünsche zu seiner Geburt eintrafen. Der trauernde Vater bedankte sich bei Gratulanten mit den schlichten Worten: »Euer Wohlwollen, das Ihr durch Eure Mitfreude bekundet habt, als mir ein Sohn geboren wurde, war – selbst wenn es anders ausging – nichtdestoweniger offenkundig.« Und damit war eine Kette von Tragödien im Kaiserhaus erst eröffnet. Immer wieder starben die Kinder von Mark Aurel und Faustina im Kindesalter. Von den Söhnen sollte sogar nur Mark Aurels Nachfolger Commodus das Erwachsenenalter erreichen. Eine vermutete Erbkrankheit muss hier gar nicht im Spiel gewesen sein, denn für das antike Rom waren so viele Todesfälle in einer Familie zwar tragisch, aber keineswegs ungewöhnlich. Der hochzivilisierten Gesellschaft Roms mangelte es an beinahe jeder Vorstellung für Hygiene. Selbst in den Häusern der Oberschicht kam es oft vor, dass die Latrine an die Küche grenzte. Die Kindersterblichkeit war in Ober- und Unterschicht gleichermaßen grausam hoch. Jedes dritte Kind starb als Säugling und immerhin noch jedes fünfte erlebte nicht seinen zehnten Geburtstag. Die Frauen starben, wenn das Kind eine ungünstige Geburtslage einnahm, sie starben, wenn sich gegen Ende der Schwangerschaft eine Gestose einstellte, sie starben an Entkräftung, wenn eine Geburt sich einfach zu lange hinzog, sie starben an Blutverlust. War ein Kind schließlich zur Welt gebracht, war die Wöchnerin erst recht in Gefahr, denn ohne Antibiotika oder das Wissen um hygienischen Umgang mit Mutter und Kind war das Kindbettfieber ein tödlicher Feind. Dass Faustina die zahlreichen Entbindungen offenbar problemlos überstand, spricht für eine außergewöhnliche Körperkonstitution. Doch ihre Kinder hatten diese Zähigkeit nicht geerbt. Fieber, Durchfallerkrankungen und andere Infektionen rafften eins nach dem anderen dahin, ohne dass die besten Ärzte des Reiches, die hinzugezogen wurden, es verhindern konnten. 169 n. Chr. starb Söhnchen Verus Caesar an den Folgen einer Operation, bei der die Ärzte ein Geschwür unter seinem Ohr entfernt hatten. Die Trauer war im Kaiserhaus bereits Routine geworden. »Ihn betrauerte er nicht länger als fünf Tage, tröstete dabei sogar noch die Ärzte und widmete sich dann wieder den Staatsangelegenheiten«, so wird vom Kaiser berichtet. Ein Kriegszug stand bevor, der mit feierlichen Spielen eröffnet werden sollte. Eine offizielle Staatstrauer um den kleinen Verus hätte ein böses Omen für die bevorstehende Auseinandersetzung bedeutet. Die Briefe an seinen Freund Fronto zeigen aber, dass

Mark Aurels Trauer über die Tode seiner Kinder sein gesamtes Leben überschattete. Einmal zitierte er den griechischen Philosophen Epiktet, der empfahl, sooft man sein Kind küsse, solle man sich sagen: »Morgen wirst Du vielleicht sterben«. Über die Gefühle Faustinas in dieser Zeit sprechen die Quellen nicht. Der immer wiederkehrende Schmerz über den Tod der Kinder wechselte ab mit den Sorgen einer neuen Schwangerschaft und der Freude über eine erneute Geburt. Ja, es hätte Möglichkeiten gegeben, die ständigen Schwangerschaften zu verhindern. Auch die Antike kannte Methoden der Empfängnisverhütung, doch entweder wollte Faustina um jeden Preis ihrer Verpflichtung zum Erhalt der Dynastie nachkommen, oder aber die Schwangerschaften waren zur Obsession geworden, um die Lücken zu schließen, die die verstorbenen Kinder hinterlassen hatten. Im Jahre 170 n. Chr. kam das letzte bekannte Kind des Kaiserpaares, eine Tochter namens Vibia Aurelia Sabina, zur Welt. Danach war Faustina von der Belastung durch die dauernden Schwangerschaften erlöst. Gerüchte über eine Entfremdung zwischen Mark Aurel und seiner Frau machten die Runde. Faustina solle sich mit Affären getröstet haben, so der gängige Klatsch. Wie kaum eine First Lady vor ihr hatte Faustina versucht, ihrer Verpflichtung zum Erhalt der Dynastie nachzukommen. Doch ihr Körper, der in den vergangenen zwei Jahrzehnten Unvorstellbares geleistet hatte, zahlte schließlich den Tribut. 176 n. Chr. starb die Kaisergattin im Alter von nur sechsundvierzig Jahren. Sie war, wie auch die anderen Gattinnen der sogenannten Adoptivkaiser, politisch relativ wenig hervorgetreten. Ob aus mangelndem Interesse oder Resignation geben die Quellen nicht preis, die zu diesen Frauen erheblich unergiebiger sind als beispielsweise bei ihren julisch-claudischen Vorgängerinnen. Was bleibt, ist eine Fülle von Münzporträts, die an die prominente Stellung der First Ladies dieser Zeit erinnern.

IM NAMEN DER SÖHNE – DIE FRAUEN DER SEVERER

Als Caracalla fragte, ob er seinen Bruder Geta zu einem Versöhnungsversuch in ihre Gemächer bestellen dürfe, stimmte Julia Domna sofort zu. Schon seit so vielen Jahren überschattete der Zwist zwischen ihren Söhnen die Familie und auch das Reich. Die beiden hatten sich schon als Kinder nicht ausstehen können. Geta war nur elf Monate nach Caracalla geboren worden. Der Vater der beiden, Kaiser Septimius Severus, hatte stets versucht, beide auf eine Machtübernahme vorzubereiten, und eigentlich auch im Sinn gehabt, dass die beiden gemeinsam nach seinem Tod das Reich übernehmen würden. Im Jahre 209 n. Chr. hatte er Geta ebenso wie zuvor Caracalla zum *Augustus* ausrufen lassen. Doch nun war Septimius tot und der Hass zwischen den Brüdern erst recht entflammt. Waren beide in Rom, schirmten sie sich mit schlagkräftigen Leibgardisten gegeneinander ab. Es war nur eine Frage der Zeit, wann es in dieser aufgeladenen Atmosphäre zur Katastrophe kommen würde. Doch Julia Domna hatte die Hoffnung noch nicht aufgegeben. Auf Caracallas Geheiß bat sie Geta zu sich. Vielleicht würde dieses Gespräch ja noch einmal eine Wende bringen. Im Dezember des Jahres 211 n. Chr. war es so weit. Julia Domnas Diener meldeten die Ankunft ihres jüngeren Sohn. Nichts ahnend bat ihn die Mutter herein. Doch kaum hatte Geta den Raum betreten, schlossen sich die Türen hinter ihm und die Soldaten Caracallas postierten sich an jedem möglichen Ausgang. Geta war schlagartig klar: Er war in einen Hinterhalt geraten. Caracalla hatte gewusst, dass die Wohnung der Mutter der einzige Ort war, den sein Bruder ohne Leibwächter betreten würde. Und nun war das Zimmer umstellt und für Geta gab es kein Entkommen. Er flüchtete in die Arme seiner Mutter und hoffte, dass die Häscher dort nicht wagen würden, ihn anzugreifen. Doch Caracalla hatte Mörder ausgesucht, die skrupellos genug waren, die flehende Julia Domna zu ignorieren. Auf dem Schoß der Mutter liegend wurde Geta erdolcht. Und Julia Domna musste fassungslos mit ansehen, wie ihr Jüngster in ihren Armen starb.

Das Drama im Kaiserpalast markiert den tragischen Höhepunkt eines schwierigen Lebens als First Lady des Römischen Reiches. Julia Domna hatte ihren Mann, den späteren Kaiser Septimius Severus, in den achtziger Jahren des dritten Jahrhunderts in Syrien kennengelernt, als der aufstrebende Militär dort als Legionskommandeur stationiert war. Ihre Familie stammte aus Emesa, dem heutigen Homs. Schon einige ihrer Verwandten hatten es bis zu römischen Senatoren und sogar zu Konsuln gebracht. Die Hochzeit mit Septimius Severus war eine für beide Seiten nutzbringende Verbindung. »Als er (Septimius Severus) aber nach dem Verlust seiner Gattin eine andere zu freien gedachte, forschte er, der auch selbst ein gewiefter Sterndeuter war, nach der Nativität heiratsfähiger Frauen«, so behauptet die *Historia Augusta*, »und als er hörte, es lebe in Syrien eine, deren Geburtshoroskop auf den Ehebund mit einem Herrscher deute, bewarb er sich um sie, nämlich um Julia, und erhielt auch ihre Hand durch Vermittlung seiner Freunde.« Diese phantasievolle Interpretation des Kennenlernens zwischen Julia Domna und Septimius Severus spiegelt die spätere Selbstdarstellung des Herrschers. Septimius hatte sich in jahrelangen Kämpfen um die Nachfolge von Mark Aurels Sohn Commodus schließlich durchgesetzt und legte größten Wert darauf festzuhalten, dass er schon von frühesten Jahren zur Herrscherwürde berufen war. Die Hochzeit musste dementsprechend auch mit einer Dame stattfinden, die schon von jeher das Zeug zu einer First Lady hatte. Septimius Severus war ein ausgesprochener Anhänger von Weissagungen und Hellseherei. Cassius Dio berichtet, Septimius Severus habe einen Traum gehabt, in dem Mark Aurels Frau Faustina das Brautbett für ihn vorbereitet habe. Und wenn niemand Geringeres als die fruchtbare Gattin des Kaisers dieser Ehe ihren Segen gab, musste das Paar ja dereinst in den Kaiserpalast einziehen, so sollte die Geschichte verstanden werden. Im

Jahre 197 n. Chr. hatte Septimius seinen letzten Rivalen um den Kaiserthron besiegt. Die Söhne des Paares, der 188 n. Chr. geborene Caracalla und der etwas jüngere Geta, stiegen zu Mitherrschern auf. Der eine erhielt den Titel eines *Augustus*, der andere noch den untergeordneten eines *Caesaren*. Doch vom »Glück des Zeitalters«, das auf Denaren mit dem Bild Julia Domnas gepriesen wurde, konnte zumindest in der kaiserlichen Familie keine Rede sein. Konnte man die Streitigkeiten der Söhne zunächst noch als Kinderzankerei auslegen, wurde mit jedem Jahr klarer, dass diese beiden sich von Grund auf hassten. Als Erstgeborener war Caracalla zunächst einmal der natürliche Nachfolger seines Vaters. Septimius verheiratete ihn mit Fulvia Plautilla, der Tochter seines Freundes und Prätorianerpräfekten Gaius Fulvius Plautianus. Die Eheschließung war der Höhepunkt einer enormen Förderung, die der Kaiser diesem Freund aus Kindertagen zukommen ließ. Ungeheure Geldmengen und Privilegien katapultierten Plautianus ganz nach oben in die römische Gesellschaft, und nun war er sogar als Schwiegervater des erwarteten Thronfolgers Mitglied des Kaiserhauses. In Rom munkelte man bereits, Plautianus könne ein vierter Mitherrscher neben Septimius Severus und seinen beiden Söhnen werden. Julia Domna hatte der starken Förderung, die ihr Mann seinem Freund zukommen ließ, zunächst tatenlos zugesehen. Nun aber ging ihr die Sache entschieden zu weit. Ihre Söhne und niemand anderes würden dereinst den Thron übernehmen! Plautianus witterte die Gefahr und begann, die Schritte der First Lady zu kontrollieren. Als Prätorianerpräfekt war das für ihn ein Leichtes, denn seine Leute hatten überall Zugang und waren in ganz Rom postiert. Aber auch Julia Domna hatte ihre Waffen. Sie widmete sich demonstrativ philosophischen Studien und schien – zumindest für die Öffentlichkeit – so gar nicht am politischen Geschehen in ihrer Umgebung interessiert. Doch insgeheim wartete sie nur auf ihre Chance. Ihre Mittel als Frau ohne offiziellen Posten waren wie bei ihren Vorgängerinnen begrenzt, doch wie diese verstand es Julia Domna, sich die männlichen Mitglieder des

Kaiserhauses zunutze zu machen. Auch der junge Caracalla sah, welche Bedrohung ihm in Plautianus erwuchs. Mittlerweile waren sogar Statuen dieses Parvenus in Rom aufgestellt worden. Und dabei war der Mann doch von niederster Herkunft! Caracalla tat, was man seit Generationen im Kaiserhaus tat, um einen Rivalen auszuschalten. Der Kaisersohn bezichtigte Plautianus, ein Mordkomplott gegen Septimius Severus geschmiedet zu haben, und ließ ihn im Februar des Jahres 205 n. Chr. töten. Julia Domna, so scheint es, kannte den Plan und billigte ihn. Gleichzeitig mit ihrem Vater traf der Bannstrahl auch Caracallas Ehefrau Fulvia Plautilla. Sie wurde auf die Insel Lipara, das heutige Lipari, verbannt und verschwand damit aus dem höfischen Leben.

Spätestens von diesem Tag an wusste Julia Domna, wozu ihr Erstgeborener in der Lage war. Aber die Gerüchte, nach denen er mittlerweile dem eigenen Vater nach dem Leben trachtete, wollte sie nicht glauben. Septimius Severus war schon länger bei schlechter Gesundheit. Zwar schien dieser Tatbestand Caracalla nicht wirklich zu betrüben, doch dass er aktiv den Tod des Septimius Severus herbeiführen wollte, hielt Julia Domna für böswilligen römischen Klatsch. Als der Kaiser schließlich am 4. Februar des Jahres 211 n. Chr. in Eboracum, dem heutigen York, starb, brach der Machtkampf zwischen Caracalla und Geta vollends aus. Septimius hatte den Britannien-Feldzug auch deshalb unternommen, um die beiden Dauerstreiter abzulenken und von Rom fernzuhalten. Sooft auch die *concordia*, die Eintracht zwischen den beiden, auf Münzen betont wurde, jeder Römer wusste, dass blanker Hass zwischen den Brüdern herrschte. Nach dem Tod des Vaters eilten die beiden Kontrahenten nach Rom zurück. Auch Geta hatte von seinem Vater unlängst den Titel eines *Augustus* bekommen. Theoretisch waren sie also gleichberechtigt in der Macht. Julia Domna saß zwischen den Stühlen. Ihre Söhne schirmten sich in der Stadt mit erheblichem Militäraufgebot gegeneinander ab. Doch welche Mutter würde wirklich damit rechnen, dass einer ihrer Söhne dem anderen nach dem Leben trachtet? Caracallas Vorschlag eines Versöhnungsgespräches unter sechs Augen hatte sie erleichtert begrüßt. Und nun hielt sie den sterbenden Geta in den Armen. Auch sie selbst war bei dem Attentat verletzt worden. Doch was war dieser körperliche Schmerz gegen die Wunde, die die Trauer um ihren Jüngsten riss.

Caracalla fand vor seiner Mutter kein Wort der Entschuldigung für seine Untat. Er sei Geta lediglich zuvorgekommen. Dieser habe längst ein Attentat auf ihn geplant gehabt, rechtfertigte er sich mau. Publius Septimius Geta Augustus verfiel der *damnatio memoriae* und selbst seiner Mutter verbot Caracalla, um ihn zu trauern. Wie sollte Julia Domna mit einem Sohn umgehen, der ihren Sohn ermordet hatte? Sie muss sich in einem dramatischen Widerstreit der Gefühle befunden haben. Aber letztlich blieb ihr nichts anderes übrig, als sich den Bedingungen Caracallas zu fügen. Wer einen Brudermord fertigbrachte, würde auch vor dem Muttermord nicht zurückschrecken. Doch Caracalla verhielt sich auffallend zuvorkommend seiner Mutter gegenüber. Als plage ihn zumindest ihr gegenüber ein schlechtes Gewissen, hob er die First Lady nun öffentlich stark heraus. Die Briefe an den Senat trugen von jetzt ab die Überschrift: »Dem Kaiser, der Kaiserin und dem Heer geht es gut.« Julia Domna begleitete ihren Sohn auf seinen Reisen und Feldzügen und erfüllte jetzt zwar kleine, aber tatsächliche Regierungsaufgaben. Sie reagierte schriftlich auf Bitten und beantwortete Briefe an den Kaiser. Eine bizarre Wiedergutmachung. Auch die Zeitgenossen wunderten sich über so viel Großmut und witterten, die Beziehung zwischen Mutter und Sohn habe inzestuösen Charakter angenommen. Die Tragweite dieser Anschuldigung zeigt, dass den Zeitgenossen das gemeinschaftliche Handeln von Mutter und Brudermörder suspekt war. Und verdächtigt wurde sicherlich auch das mögliche Ausmaß der Selbständigkeit Julia Domnas. Von eigenständigem Regieren kann aber keine Rede sein. Was immer Julia Domna tat, musste sie mit dem

Hof ihres Sohnes abstimmen. Und die meisten Ratschläge, die sie ihm erteilte, prallten an Caracalla ab wie an einer Wand. Dennoch reisten die Bediensteten von Mutter und Sohn weitgehend gemeinsam. Im Frühjahr des Jahres 214 n. Chr. zog Caracalla nach Osten gegen die Parther, und Julia Domna, die offiziell auch den Titel einer *mater castrorum*, einer »Mutter des Feldlagers« trug, begleitete ihn mitsamt ihrem Gefolge. Während der Militäraktionen nahm sie Quartier in Antiochia, wo sie am 8. April des Jahres 217 n. Chr. die dramatische Nachricht erhielt, dass Kaiser Caracalla von aufständischen Militärs ermordet worden war.

Wieder war Julia Domna ein Sohn gewaltsam entrissen worden. Doch konnte die Kaisermutter um ihren brutalen Erstgeborenen wirklich trauern? Laut Cassius Dio brach Julia Domna zusammen, als ihr Boten die Todesnachricht übermittelten. Sie habe sogar mit dem Gedanken an Selbstmord gespielt. Doch sie habe nicht um Caracalla geweint, so der Historiograph, da sie diesem niemals verziehen habe. Vielmehr sei sie lediglich verzweifelt gewesen, dass sie nun wieder eine »Privatfrau« war, eine Frau ohne Einfluss auf die Öffentlichkeit. Diese nüchterne Einschätzung von Cassius Dio zeigt vor allem, dass der Einfluss, den Julia Domna in den letzten Jahren auf die Regierung des Reiches ausgeübt hatte, als so gravierend wahrgenommen worden war, dass ihr die Zeitgenossen üble Machtgelüste unterstellten. Dass es Julia Domna zeit ihres Lebens nicht gelang, Caracalla wirklich zu vergeben, ist gut vorstellbar. Doch starb mit diesem auch ihr nunmehr einziger Sohn, mit dem sie immerhin in den vergangenen Jahren ein durchaus verträgliches Auskommen gefunden hatte. Und eine »Privatfrau« wurde die einflussreiche Kaisermutter auch nach dessen Tod nicht.

In dem Bemühen, an die Dynastie des Vorgängers anzuknüpfen, ließ Carcallas Nachfolger und mutmaßlicher Mörder Macrinus der alten Dame großmütig ihren Hofstaat und die Leibgarde. Ein entscheidender Fehler, wie sich allerdings bald herausstellte. Denn Julia Domna kannte die Spielregeln der Macht nach all den Jahren an der Spitze des Reiches. Sie nahm die Freundlichkeiten des Macrinus an, strafte ihn allerdings ansonsten mit Nichtachtung. Im Übrigen ging sie auf die Suche nach einem geeigneten Nachfolgekandidaten für ihren kinderlosen Sohn. Caracalla war bei den Truppen ausgesprochen populär gewesen. Sollte es ihr daher gelingen, einem von ihr gekürten neuen Kaiser Rückhalt im Militär zu verschaffen, wäre dieser Kandidat zu einer ernsthaften Bedrohung für Macrinus geworden. Doch so weit kam es nicht mehr. Macrinus warf sie prompt aus Antiochia hinaus, wo sie bereits dabei gewesen war, Sympathien bei den Militärbefehlshabern zu sammeln. Und nach so vielen Jahren der Kämpfe und Intrigen fehlte es Julia Domna letztlich an der Kraft, ihre Ziele durchzusetzen. Eine ältere Brustkrebserkrankung brach wieder auf. Die Quellen berichten dramatisch, sie habe sich bei der Nachricht vom Mord an Caracalla so stark auf die Brust geschlagen, dass die Tumore wiederkehrten. Julia Domna sah für sich keine Perspektive mehr und verweigerte so lange die Nahrung, bis sie starb. Ihr Leichnam wurde nach Rom überführt und dort feierlich im Mausoleum des Augustus beigesetzt. Ihre Einschätzung, über die Beliebtheit Caracallas bei den Truppen einen Nachfolger etablieren zu können, stellte sich im Nachhinein als richtig heraus. Doch nicht Julia Domna war es, die auf diesem Weg die Geschicke des Reiches bestimmte, sondern ihre Schwester Julia Maesa und deren Töchter Julia Soaemias und Julia Mammaea.

Macrinus hatte sich in Sicherheit gewiegt, da es keine männlichen Severer mehr gab. Was er allerdings übersehen hatte, war die weibliche Linie der Dynastie. Julia Domnas Schwester Maesa hatte zugleich mit ihrer Schwester das Haus ihres Vaters in Emesa verlassen. Sie wurde mit Julius Avitus Alexianus, einem späteren Statthalter, vermählt. Jahrzehnte hatte sie inzwischen im Hofstaat Kaiser Caracallas verbracht und beherrschte das Spiel mit der

Macht offenbar noch besser als die verstorbene First Lady Julia Domna. Ihr Enkel Varius Avitus, genannt Elagabal, der Sohn ihrer Tochter Soaemias, wurde im Feldlager als leiblicher Sohn Caracallas verkündet und damit als dessen idealer Nachfolger hingestellt. Tatsächlich flogen Elagabal die Herzen zu, und eine Region nach der anderen ging in seine Anhängerschaft über. Doch noch wusste Macrinus den Senat hinter sich, der Elagabal und dessen Cousin Bassianus den Krieg erklärte. Der Senat durchschaute allerdings bestens, gegen wen er eigentlich zu kämpfen hatte: die Vettern waren noch minderjährig, und so erklärte man deren Müttern Soaemias und Mammaea ebenfalls den Krieg. Ein einmaliger Vorgang, der belegt, dass die Frauen als ungemein einflussreich eingeschätzt wurden. Zu Recht, wie sich wenig später zeigte. Als es bei Antiochia zur entscheidenden Schlacht zwischen Macrinus und Elagabal kam, hätte der erst vierzehnjährige Junge faktisch keine Chance gehabt. Doch die Truppen hörten auf das Kommando seiner Großmutter und seiner Mutter. Maesa und Soaemias stürmten mit ihren Wagen das Schlachtfeld und feuerten die Männer an, die bereits hatten umkehren wollen. Macrinus gab die Sache verloren und floh mit seinen Legionen. Zwei First Ladies hatten ihre Interessen mit Pferd und Wagen durchgesetzt. Ein absolut einmaliger Vorgang in der Geschichte der römischen Kaiserzeit!

Hätten die Damen Elagabal auch auf den Thron gebracht, wenn sie dessen Zukunft gekannt hätten? Möglicherweise nicht, denn der junge Enkel bzw. Sohn entwickelte sich, folgt man den Quellen, zu einem Tyrannen, der üblen Vorgängern wie Nero oder Caligula in nichts nachstand. Besonders das Festhalten an den syrischen Religionskulten seiner Kindheit befremdete die Römer. Dazu gehörte es, als Staatsoberhaupt in Priesterkleidung aufzutreten und mit Priesterinnen sexuell zu verkehren. An der Verwaltung des Reiches zeigte der junge Herrscher nur mäßiges Interesse, was wiederum den Frauen seines Hofes die Möglichkeit gab, auf eine Art und Weise an der Regierung zu partizipieren, die es bis dahin nicht gegeben hatte. Die *Historia Augusta* behauptet, Elagabals Mutter Soaemias habe frecherweise an Senatssitzungen teilgenommen und sogar einen Frauensenat begründet. Der Kaiser selbst sei von seiner Großmutter Maesa in Sitzungen des Senats geführt worden. Eine solche Darstellung entspricht sicherlich nicht der Realität, zeigt aber, dass die Zeitgenossen befremdet waren, wie sehr die Frauen des Hofes auf die Geschicke des Reiches Einfluss nahmen. Eine juristische Vormachtstellung allerdings erwuchs daraus in keiner Weise. Durch Elagabals Desinteresse an der Tagespolitik war lediglich ein Machtvakuum entstanden, das die Damen geschickt für sich nutzten, oder vielleicht sahen sie einfach die Notwendigkeit, eine Lücke zu schließen, in die sonst Rivalen ihrer Dynastie vorgestoßen wären. Doch alles ließ sich der junge Herrscher von Mutter und Großmutter auch nicht bieten. So gab er bereits kurz nach seinem Machtantritt den Befehl zur Ermordung eines Höflings namens Gannys, der nachhaltig dazu beigetragen hatte, dass er überhaupt auf den Thron kam. Jener Gannys galt als ausgesprochener Günstling seiner Großmutter und war darüber hinaus der Liebhaber seiner Mutter. Dass er ihn kurzerhand aus dem Weg räumen ließ, war auch eine deutliche Warnung an die Damen, die Bevormundung nicht zu weit zu treiben.

Julia Maesa verfügte über genügend politisches Gespür, um zu sehen, dass ihr Enkelsohn keine allzu lange Zukunft an der Spitze des Reiches vor sich hatte. Zu sehr hatte er sich mit dem Senat verfeindet. Und zu verrückt waren seine Kulte und Exzesse für das römische Volk. So trug er gern Barbarenkostüme oder stimmte bizarre Lieder an. Was tun? Ihn nicht mehr unterstützen, nachdem man ihn erst überhaupt nach vorn gebracht hatte? Maesa, für die der Erhalt der Macht in ihrer Familie Lebensziel war, hätte ihn nie fallenlassen. Doch sie bereitete eine Alternative vor, die ihr nicht minder recht sein konnte. In ihrem zweiten Enkel, Bassianus, hoffte sie, einen gemäßigteren Charakter für den Kaiserthron gefunden zu haben. Im Jahr 218 n. Chr. gelang es ihr, Elagabal zur Adoption seines Cousins Bassianus zu bewegen. Der Kaiser hatte keine Kinder und die Nachfolgefrage war stets präsent. Der erst vierzehnjährige Bassianus, der bald den Namen Marcus Aurelius Alexander trug, wurde eiligst für volljährig erklärt. Sollte Elagabal nun etwas zustoßen, wäre sein Cousin Kaiser geworden. Und die Macht hätten die Frauen seiner Familie für ihn ausgeübt, daran konnte kein Zweifel bestehen. Elagabal, der der Adoption wohl nur zähneknirschend auf Wunsch seiner Mutter und Großmutter zugestimmt hatte, sah nun, welchen Konkurrenten er da neben sich hatte aufsteigen lassen. Immer häufiger gelang es ihm, Alexander von öffentlichen Veranstaltungen fernzuhalten, und im Hintergrund zog er bereits die Strippen für dessen Absetzung. Doch er hatte nicht mit der Konsequenz der Frauen in seiner Familie gerechnet: Seine Tante Julia Mammaea, die Mutter Alexanders, stachelte tatsächlich die Prätorianergarde gegen ihn auf. Zwar gelang es Elagabal noch, sich inmitten des Tumultes in einer Kiste zu verstecken, doch er wurde entdeckt und ermordet. Mit ihm fand auch seine Mutter Soaemias den Tod. Die Familientragödie, die so sicherlich nicht von Mammaea beabsichtigt gewesen war, gipfelte darin, dass das römische Volk die nackten Leichen des Kaisers und seiner Mutter durch die Stadt schleifte und johlend im Tiber versenkte.

Julia Mammaea hatte ungeachtet der dramatischen Entwicklung ihr Ziel erreicht und ihren Sohn Alexander, der nun den zusätzlichen Namen Severus annahm, unter dem die meisten Quellen über ihn berichten, an die Macht gebracht. Und sie war es auch, die diese Macht für ihn ausübte. Severus Alexander, den spätere Generationen sogar »Alexander Mammaea« nannten, um ihn von Septimius Severus zu unterscheiden, war so jung, dass er nicht auf die Idee kam, sich eine eigenständige Herrschaft erkämpfen zu wollen. Und im Gegensatz zu ihrer Vorgängerin Agrippina, der Mutter Neros, war Mammaea schlau genug, ihre Macht nach allen

Seiten abzusichern. Auf den meisten öffentlichen Darstellungen Alexanders steht sie direkt neben ihm. Die Untertanen nannten das Mutter-Sohn-Gespann schlichtweg »unsere Herren«. Für die dreizehnjährige Regierung des Severus Alexander sind zu wenig zuverlässige Quellen überliefert, als dass man eine seriöse, detaillierte Aussage über das Ausmaß des Einflusses Mammaeas machen könnte. Doch fraglos hat keine First Lady vor ihr so stark an der Regierung des Reiches partizipiert. Während der gesamten Regierungszeit ihres Sohnes blieb sie an seiner Seite und war auch bei ihm, als er im Jahre 235 n. Chr. bei Mainz von den Truppen ermordet wurde. Wie Severus Alexander starb auch Julia Mammaea unter den Schwerthieben der Soldaten.

•

Mit Julia Mammaea verließ die letzte Frau die politische Bühne, von der die Quellen ein einigermaßen individuelles Charakterbild erlauben. Von ihren Nachfolgerinnen, den Frauen der sogenannten Soldatenkaiser und der Tetrarchen, ist nur noch wenig mehr als der jeweilige Name überliefert. Bis die Zeit der Spätantike mit legendären Herrscherfrauen wie Galla Placidia oder Theodora aufwartet, die aufgrund einer veränderten Gesellschaftsordnung und des Christentums ein neues Bild der Frauen an der Staatsspitze vermitteln. Die Frauen der Severer stellen somit einen Schlusspunkt in der Geschichte der römischen First Ladies der klassischen Antike dar. Von Livia, der Gattin des Kaisers Augustus, bis zu Julia Mammaea hatte das Römische Reich in drei Jahrhunderten viele Typen von First Ladies kennengelernt: die Stillen und die Fordernden, die Machthungrigen und die Bescheidenen, die Exzentrikerinnen und die Langweilerinnen. Naturgemäß blieben diejenigen deutlicher in Erinnerung, die nach der Macht griffen und selbst in den Vordergrund drängten. Die anderen, die mit ihrem Platz zufrieden waren und keine weiteren Forderungen stellten, verblassten schnell in der Geschichte. Keine der Damen an der Spitze des Hofes erlangte je einen offiziellen, rechtlich verbrieften Regierungs-Status. Sie waren Frauen und blieben damit von der faktischen Macht ausgeschlossen. Und doch haben sie den Verlauf der römischen Geschichte beeinflusst. Ihre Ränke und Intrigen, aber auch ihre Liebe und ihre Attraktivität griffen immer wieder in das Räderwerk der Macht. Wie sehr, können wir oft nur erahnen. Denn trotz der klatschgierigen *plebs* und der sensationslüsternen Historiographen ist das allermeiste aus dem Leben der römischen First Ladies das geblieben, was es auch bei heutigen Regierenden bleibt: Privatsache.

ANTIKE QUELLEN

Und wer an dieser Stelle bei den zitierten Autoren weiterlesen möchte, dem mag die folgende Liste der antiken Quellen hilfreich sein:

Livia, Ehefau des Augustus
Cassius Dio, *Historia Romana*
Sueton, »Augustus«, in: *De Vita Caesarum*
Tacitus, *Annales*
Velleius Paterculus, *Historia Romana*

Octavia, Schwester des Augustus
Sueton, »Augustus«, in: *De Vita Caesarum*
Plutarch, »Demetrios – Antonius«, in: *Vitae Parallelae*
Cassius Dio, *Historia Romana*

Kleopatra
Appian, *Historia Romana*
Sueton, »Augustus«, in: *De Vita Caesarum*
Cassius Dio, *Historia Romana*
Plutarch, »Demetrios – Antonius«, in: *Vitae Parallelae*

Julia, Tochter des Augustus
Sueton, »Augustus«, in: *De Vita Caesarum*
Sueton, »Tiberius«, in: *De Vita Caesarum*

Agrippina Minor, Tochter des Germancius, Ehefrau von Claudius, Mutter von Nero
Sueton, »Vita Passieni Crispi«, in: *De Vita Caesarum*
Tacitus, *Annales*

Messalina, Ehefrau von Claudius
Tacitus, *Annales*
Plinius, *Naturalis Historiae*

Poppaea Sabina, Ehefrau Neros
Tacitus, *Annales*
Sueton, »Nero«, in: *De Vita Caesarum*

Antonia Caenis, Geliebte Vespasians
Cassius Dio, *Historia Romana*
Sueton, »Vespasianus«, in: *De Vita Caesarum*

Berenike, Geliebte von Titus
Flavius Josephus, *De bello Iudaico*

Domitia Longina, Ehefrau Domitians
Cassius Dio, *Historia Romana*
Sueton, »Domitian«, in: *De Vita Caesarum*
Tacitus, *Historiae*

Plotina, Ehefrau Traians
Cassius Dio, *Historia Romana*

Vibia Sabina, Ehefrau Hadrians
Cassius Dio, *Historia Romana*

Faustina, Ehefrau Mark Aurels
Cassius Dio, *Historia Romana*
Tacitus, *Annales*

Julia Domna, Ehefrau des Septimius Severus, Mutter Caracallas und Getas
Cassius Dio, *Annales*
Herodian, *Ab excessu divi Marci libri octo*

Julia Maesa, Schwester Julia Domnas
Cassius Dio, *Historia Romana*
Herodian, *Ab excessu divi Marci libri octo*

Julia Soaemias, Mutter Elagabals
Cassius Dio, *Historia Romana*
Herodian, *Ab excessu divi Marci libri octo*

Julia Mammaea, Mutter des Severus Alexander
Cassius Dio, *Annales*

RÖMISCHE HERRSCHERGESCHLECHTER

Die julisch-claudische Dynastie

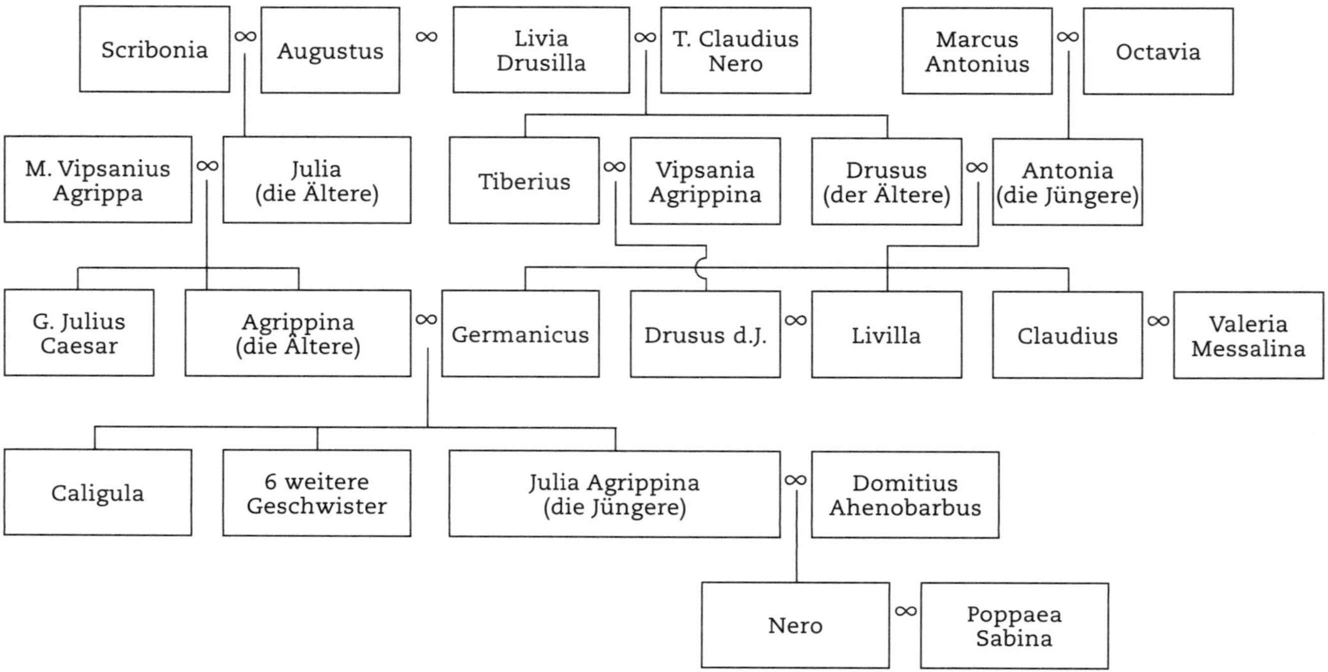

Die Flavier

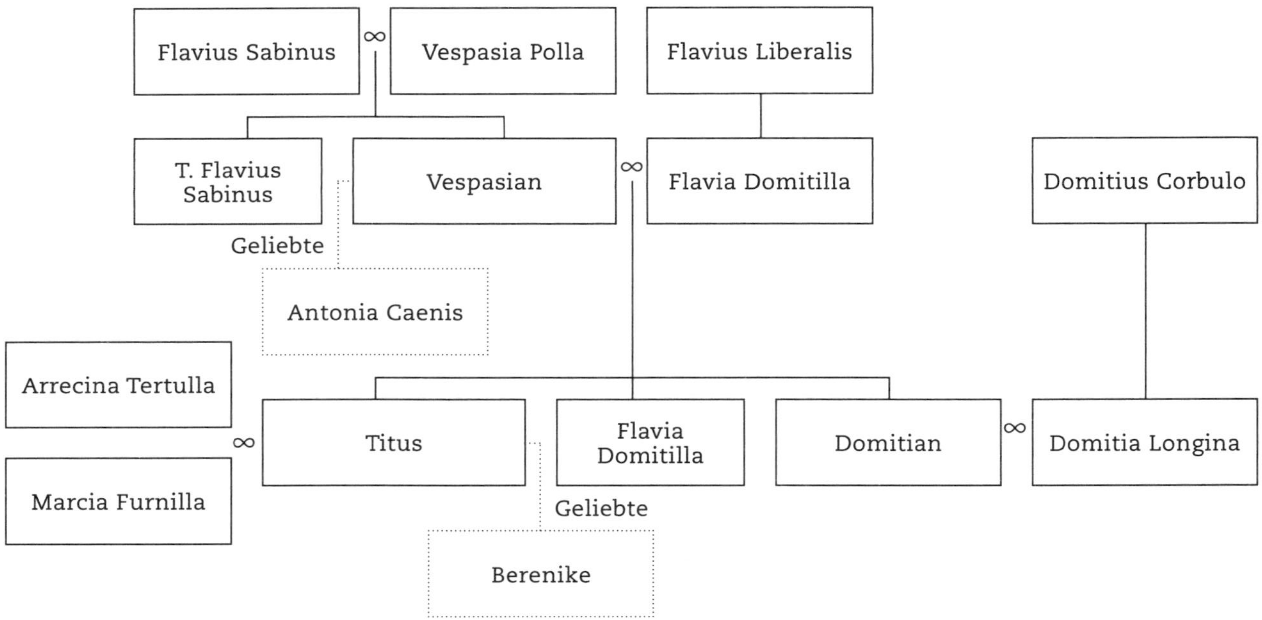

Flavius Sabinus
∞
Vespasia Polla
Flavius Liberalis
T. Flavius Sabinus
Vespasian
∞
Flavia Domitilla
Domitius Corbulo
Geliebte
Antonia Caenis
Arrecina Tertulla
Marcia Furnilla
∞
Titus
Flavia Domitilla
Domitian
∞
Domitia Longina
Geliebte
Berenike

Die Adoptivkaiser

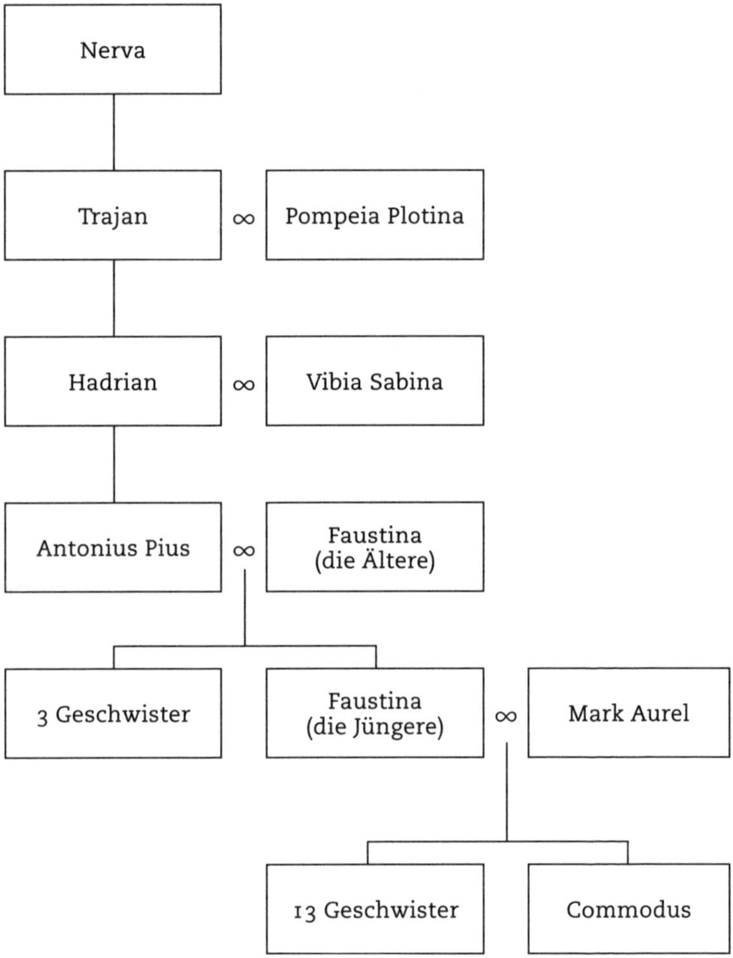

Die Severer

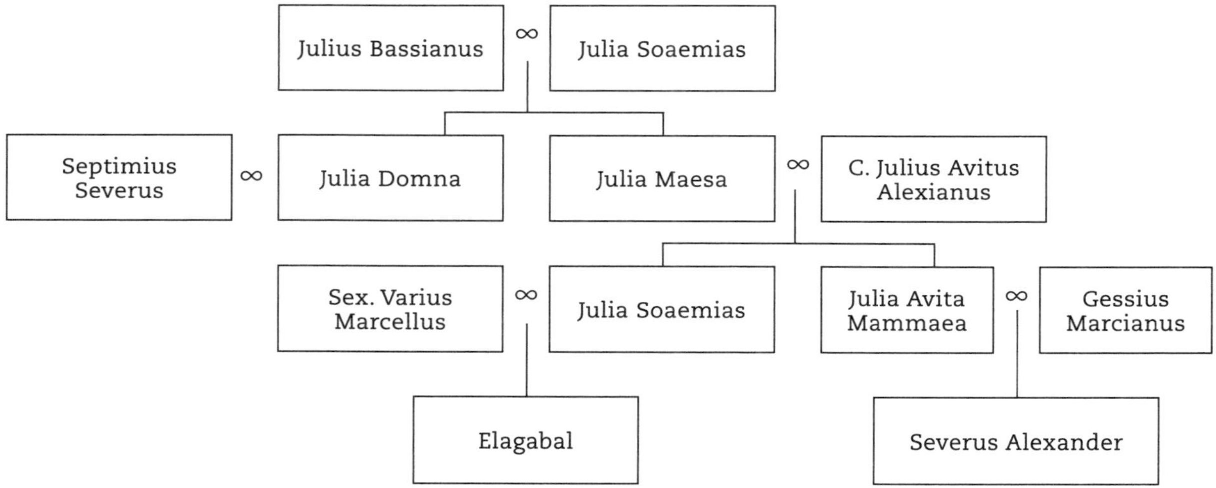
Julius Bassianus
∞
Julia Soaemias
Septimius Severus
∞
Julia Domna
Julia Maesa
∞
C. Julius Avitus Alexianus
Sex. Varius Marcellus
∞
Julia Soaemias
Julia Avita Mammaea
∞
Gessius Marcianus
Elagabal
Severus Alexander